Katrin Schön

Ausgeplappert

Lissie Sommers erste Leiche

Kriminalroman

Die Autorin

Katrin Schön, geboren 1975 in Offenbach/Main, wuchs im hessischen Dörfchen Hochstadt auf. Ihr komödiantisches Talent entdeckte die gelernte Bankkauffrau schon früh im hiesigen Karnevalsverein, wo sie bereits als Teenager vor allem die Lokalpolitik mit spitzer Feder aufs Korn nahm. Nach ihrem Studium der Publizistik in Bochum arbeitete sie als Fachjournalistin in Hamburg, bevor sie ein Angebot als Pressesprecherin annahm und ihren Lebensmittelpunkt nach Köln verlegte, wo sie seit zehn Jahren zu Hause ist und aktuell als Projektmanagerin arbeitet.
Nervenkitzel und Spannung sind ihr genauso wichtig wie das Strapazieren der Lachmuskeln.

Bibliografische Information der Deutschen Nationalbibliothek: Die Deutsche Nationalbibliothek verzeichnet diese Publikation in der Deutschen Nationalbibliografie; detaillierte bibliografische Daten sind im Internet über http://dnb.dnb.de abrufbar.

© 2015 Katrin Schön

Herstellung und Verlag:

BoD – Books on Demand, Norderstedt

ISBN: 978-3-74319-546-2

Als E-Book erschienen bei Midnight by Ullstein 2015 unter der ISBN: 978-3-95819-043-6

Umschlaggestaltung: ZERO Werbeagentur, München

Titelabbildung: © FinePic®

Autorenfoto: © privat

Für meine Eltern und Freunde

Gerüchte zum Frühstück

Ich niese.

»Geh fott! Du hast schon wieder keine Schuhe an!«, schimpft meine Mutter. »Du wirst dich noch erkälten!«

Ich laufe zu Hause – seit ich 15 bin – barfuß herum, da man mit Beginn der Pubertät Hausschuhe doof findet. Und habe mich trotzdem noch nie erkältet. Jedenfalls nicht vom Zu-Hauseohne-Schuhe-Herumlaufen. Sonst war ich natürlich schon mal erkältet. Dann hatte ich aber auch das Bedürfnis nach warmen Füßen und habe wenigstens Socken angezogen. Hausschuhe finde ich nach wie vor so eher mittel.

Ich sitze auf dem Balkon meiner Eltern in der hessischen Idylle meines Geburtsortes. Eigentlich ist Traunbach eine Kleinstadt, obwohl es weder ein Kino noch ein Theater gibt. Das Jugendzentrum hat vor Jahren zugemacht, und das Bürgerhaus wird selbst von den Tourneen abgehalfterter B-Schauspieler nicht mehr bedacht. Ich glaube, es liegt am Asbest. Also im Bürgerhaus. Aber immerhin haben wir eine Eisdiele – ich schätze, auch das nur, weil dort die italienische Mafia ihr Geld wäscht. Wie kann man sich sonst erklären, dass der Laden jede Saison unter einem neuen Namen, aber mit gleicher Mannschaft wieder öffnet.

Überhaupt: An Gaststätten und Kneipen mangelt es Traunbach nicht – wenigstens hat man sich den Sinn für Esskultur bewahrt. Oder Trinkkultur. Je nach Etablissement. Wahrscheinlich findet man deshalb immerhin auch Geschäfte, die den täglichen Bedarf an Käse, Wurst, Obst, Gemüse und Wattestäbchen abdecken – die Eingeborenen essen und trinken halt gern. Und doch ist es eher ein Dorf als eine Kleinstadt: Jeder kennt jeden. Und wenn man jemanden nicht kennt, heißt das noch lange nicht, dass man nicht trotzdem eine Meinung zu allem und jedem hat.

Ich sitze also in der Sonne, es ist Mai, aber die Temperaturen erinnern bereits an Juli, sodass ich eigentlich auch deshalb keinen Grund dafür sehe, warum ich im »Hochsommer« mit Schuhen rumlaufen sollte – auch wenn der Kalender noch steif und fest behauptet, es wäre später Frühling. Es ist ein herrlicher Samstagmorgen. Wir sind gerade dabei, ausgiebig zu frühstücken, und jetzt muss ich noch einmal gähnen.

Auch wenn ich inzwischen nur noch ab und zu an den Wochenenden zu Besuch da bin, hat sich das samstägliche Frühstücks-Weck-Ritual meines Vaters nicht geändert. Meistens werde ich bereits vom Knarren unserer Treppenstufen das erste Mal gegen halb acht wach. Spätestens zu dieser Uhrzeit hält es meine Eltern nicht mehr in der Horizontalen: Senile Bettflucht. Papa kann dann mit Duschen und Frühstückstischdecken noch eine Dreiviertelstunde rausschinden, bevor er spätestens um halb neun singend in mein Kinderzimmer in den zweiten Stock getapert kommt, den Rollladen hochzieht und fragt: »Frühstückst du mit, oder willst du weiterschlafen?«

»Hab ich eine Wahl?«

»Du musst ja nicht. Kannst auch weiterschlafen«, brummt er ein bisschen eingeschnappt.

Seit Jahren führen wir nahezu den gleichen Dialog. Ich seufze ein bisschen zu theatralisch, blinzle und rapple mich hoch. Das Samstagmorgen-Frühstück genieße ich immer besonders. Der Tag ist noch ganz jung, es gibt frische Brötchen vom Bäcker, der noch selbst knetet, statt polnische Teigrohlinge aufzubacken, und ein gekochtes Ei. Und das mit der frühen Uhrzeit werden wir wohl in diesem Leben nicht mehr ändern können.

»Juhuuuuu«, schreit es von der Straße zu uns auf den Balkon hoch. »Habt Ihr noch 'n Weck für mich?«

Es ist Carla.

»Komm hoch. Warte, ich mach dir auf«, schreit ihr meine Mutter entgegen.

»Morgenstund hat Gold im Mund«, murmelt mein Vater in seinen nicht vorhandenen Bart, und ich kann dabei die Ironie in seinem Tonfall heraushören. Ich muss grinsen.

Carla kommt die Treppe hochgejuckelt. Sie greift ihren etwas zu ausladenden Sommerhut und wirft ihn auf unser Sofa, bevor sie auf den Balkon tritt. Mein Vater stellt ihr schweigend einen Stuhl hin, und meine Mutter steht mit einem weiteren Kaffeegedeck in der Tür.

»Na, das passt ja gut«, sagt Carla und lässt sich auf den bereitgestellten Stuhl fallen. »Schee, immer wieder schee hier bei euch. Und du bist auch mal wieder im Land?«, sagt sie zu mir gerichtet und hält meinem Vater erwartungsvoll die Kaffeetasse hin. Mein Vater nuschelt ein »Guten Morgen!«, verzieht ein bisschen das Gesicht, sagt aber nichts weiter und schenkt Carla eine Tasse Kaffee ein. Carla wartet meine Antwort erst gar nicht ab, dreht sich zu meiner Mutter um und klopft auf das Sitzkissen.

»Ei, warum setzt du dich denn nicht?«

Carla ist die beste Bekannte meiner Mutter. Sie kennen sich seit der Schule – wie man sich eben so in einem Dorf kennt -, sie waren als Teenies gemeinsam im Urlaub und haben irgendwie ihr halbes Leben mit irgendwelchen Feten und Dorftratsch zusammen verbracht. Obwohl beide ihre eigenen Freundeskreise, Hobbys und Männer pflegten, hat sich diese Liaison irgendwie über die Jahre gerettet. Ob es eine Freundschaft ist? Dafür sind die beiden eigentlich zu unterschiedlich. Beim Blick auf meine nackten Füße hätte meine Mutter gerne, dass ich Schuhe anziehe, Carla fände es besser, wenn ich mir die Fußnägel blau statt dunkelrot lackieren würde.

Meine Mutter setzt sich und protestiert stumm gegen Carlas nassforsche Art, indem sie ihr kein Frühstücksei anbietet. Ich glaube, Carla mag keine Eier oder findet Frühstückseier einfach nicht wichtig. Aber ich weiß genau, wie es jetzt in meiner Mutter rotiert: »Ich hab ja nix dagegen, wenn sie einfach vorbeikommt und sich zum Frühstücken einlädt, aber einfach so koche ihr jetzt nicht noch extra ein Ei. Also wenn sie mal zur Abwechslung fragen würde, dann würde ich ihr natürlich eins kochen. Da ist ja auch nichts dabei. So ein Ei ist ja schließlich schnell gekocht, und was kostet denn auch so ein Ei. Aber sie könnte ja mal fragen. Und wenn sie nicht fragt, dann bekommt sie auch keins. Soll sie sich jetzt ruhig mal Gedanken machen, warum sie kein Frühstücksei vor sich stehen hat.«

Das Problem an den inneren Dialogen meiner Mutter ist, dass sie Carla nicht hört. Und so, wie die durchgeknallteste Mittsechzigerin, die ich je kennengelernt habe, jetzt in ihr Marmeladenbrötchen beißt, verschwendet sie keinen Gedanken an Mamas Frühstücksei oder die damit verbundenen Wenn-dann-Überlegungen.

»Habt Ihr eigentlich schon das Neueste gehört?«, bringt Carla kauend hervor. Ich merke, wie sich der Frühstückseimorgengroll meiner Mutter der Neugier unterwerfen muss. Carla hat das einzige Shopping-Highlight in Traunbach: Ein Damenoberbekleidungsgeschäft. Sprich: eine Boutique. Ich muss dabei immer an Loriot denken und sage innerlich »Butieke«, obwohl Carla großen Wert darauf legt, dass es sich eben NICHT um ein gewöhnliches Damenoberbekleidungsgeschäft handelt. Wahrlich liegt das an dem, sagen wir mal, ausgefallenen Geschmack.

Ich habe keine Ahnung, ob sie mit den Klamotten eigentlich Geld verdient und wo man so etwas ordern kann. Ich glaube sogar, dass die Sachen, die sie anbietet, wirklich hipp sind oder waren. Nur fehlt Carla erstens das passende Timing – sie ist mit ihrem Modegeschmack entweder ihrer Zeit voraus oder mindestens drei Jahre hintendran – und zweitens ignoriert sie geflissentlich, dass wir uns in Traunbach befinden, das so ziemlich alles ist – nur nicht der Nabel der Modewelt.

Unser Dörfchen ist eigentlich der Nabel von gar nichts auf der Welt. Und seit auch noch die Handkäs-Produktion in den Ruin getrieben wurde, haben wir noch nicht einmal mehr diesen stinkenden Kern hessischer Essenstradition behalten.

Carla hat es sich offenbar in den Kopf gesetzt, trotzdem etwas Großstadtflair nach Traunbach zu bringen. Die Main-Metropole ist schließlich nicht weit, und in unserem Kaff muss es doch wenigstens ein paar modebewusste Damen der Gesellschaft geben, die das Geld und den Mut haben, etwas ausgefallenere Kleidung zu tragen. Es gibt in der Tat ein paar. Denn: »Man hilft sich« in einem Ort wie unserem – auch wenn Carla keine (finanzielle) Hilfe nötig hat. Und trotzdem: Der ortsansässige Einzelhandel wird unterstützt. Man kennt sich, man kauft beieinander ein. Die Schreinersfrau denkt bei einem Carla-Shopping-Besuch an einen potenziellen Auftrag für ihren Mann, die Frau vom Bäcker will sich ebenfalls nicht nachsagen lassen, dass man sich auf der Hauptstraße nicht gegenseitig unterstützt. Ebenso geht es der Frau Apothekerin, und auch die Ehegattin von unserem Metzger lässt sich nicht lumpen und kauft ab und an bei Carla ein. Ich glaube, Gutscheine laufen am besten.

Bei was Carla aber immer auf dem neuesten Stand ist, ist der Klatsch und Tratsch in unserer 10.000-Seelen-Gemeinde. Man kann sich sicher sein, dass man hier die allerfrischesten Gerüchte und Neuigkeiten erfährt – manchmal sogar, bevor es die Beteiligten selbst wissen. Das ist ein Grund, warum ich Traunbach zum Leben und Wohnen den Rücken gekehrt habe – wenn ich auf einem Fest spätnachts auf einem Feldweg einen Typen geküsst habe, wusste es schon das halbe Dorf, noch bevor ich am nächsten Tag aus der Haustür getreten war. Da braucht man sich gar nicht über Facebook oder Google Streetview aufzuregen – Dorfgossip ist schneller als jeder Satellit oder das Internet.

Carla grinst und lässt sich ein bisschen sehr viel Zeit mit der Antwort auf ihre eigene, rhetorische

Frage.

»Jetzt lass dir nicht alles aus der Nase ziehen«, kann sich meine Mutter nicht mehr beherrschen – Frühstückseifrust hin oder her. Da ist sie ganz Frau. Und auch mein Vater spitzt die Ohren – was er natürlich nie zugeben würde.

Carla beugt leicht den Kopf nach vorne und flüstert halblaut über den Frühstückstisch: »Der Sohn vom Müller Heini lässt sich scheiden.«

Meine Mutter merkt, dass ihr ein bisschen der Mund offen steht, und schließt ihn schnell. Dann sagt sie: »Das gibt's ja nicht. Wie lange war denn der jetzt verheiratet? Das ist doch noch keine zwei Jahr her! Und die Yoki Yasmin kam doch erst im August auf die Welt!«

Ich verschlucke mich kurz an meinem Milchkaffee.

»Yoki Yasmin? Mama, die haben ihre Tochter nicht ernsthaft Yoki Yasmin genannt! Wie kommt man denn auf so was!« Mir tut das arme Kind wirklich leid. Wer will denn Yoki Yasmin Müller heißen! Ich sehe sie schon vor mir, wie sie auf dem Schulhof deswegen gehänselt wird. Von Kevin Laurin oder Paul Nikita. Na ja …

Carla grinst und erläutert:

»Tja, der hatte mal eine japanische Freundin, die Yoki hieß – das hat er seiner Frau aber erst erzählt, als der Name schon in der Geburtsurkunde stand. Und Yasmin hieß die Pille, die sie in der Zeit genommen hat. Offensichtlich aber ohne große Sorgfalt – wie man sieht. Die wollten ja eigentlich auch noch gar keine Kinder.« Carla beißt in ihr Brötchen und kaut.

»Und woher weißt du das schon wieder?«, frage

ich belustigt.

»Ach, in meiner Boutique erfahre ich so einiges. Und ein kleiner Seidenschal kostenlos on top schafft Vertrauen. Aber diese Sache weiß ich vom Müller Heini direkt. Als er beim Weihnachtsmarkt schon ein paar Schoppen intus hatte, war er sehr redselig, und da sagte er schon, dass es bei den beiden im Gebälk knirscht … Gerade bei solchen Gelegenheiten zahlt es sich meist aus, dass ich keinen Alkohol trinke und mich am nächsten Morgen noch an alle Details erinnern kann.«

Sie zwinkert mir zu und hat ein Lächeln im Gesicht, das man als schelmisch, aber auch als verschlagen bezeichnen könnte.

»Haben wir bei der Hochzeit auch wieder große Geschenke gemacht?« ist das, was meinem Vater – ganz praktisch denkend – dazu einfällt.

»Ei, was willst du da machen? Die hatten uns auch dreißig Euro im Umschlag, als die Oma gestorben ist. Das hatte ich denen auch. Nee, warte mal. Die wollten ja 'nen Gutschein vom Mediamarkt.«

»Drum prüfe sich, wer sich ewig bindet«, schwadroniert mein Vater und ergänzt:

»Hoffentlich haben sie die Namen an den Fernseher gebabbt.« Er lässt sich von meiner Mutter noch eine Tasse Kaffee einschenken und erklärt:

»Sonst kostet der Scheidungsanwalt mehr, als bei der Hochzeit rumgekommen ist.«

Ich löffle die letzten Reste von meinem Frühstücksei aus und habe immer noch keine Ahnung, um wen es eigentlich geht.

»Kenne ich die?«, frage ich in die Runde.

»Hm.« Meine Mutter zieht die Stirn ein bisschen kraus und überlegt. »Der Müller Heini wohnt mit seiner Frau neben dem Schuster Karl in der Rhöngasse. Und der Sohn ist mit der Ingrid in die Schule gegangen. Aber ich glaube, seine Frau ist aus Kassel. Die kennst du nicht.«

Gut. Einen Versuch war es wert. Da ich aber weder den Schuster Karl kenne noch im Kopf habe, wer wo in der Rhöngasse wohnt und auch den Schuljahrgang von Ingrid, der Tochter unserer Freunde Bernd und Evi, die mindestens vier Jahr älter ist als ich, nicht aus dem Effeff kenne, hat mir die Erklärung meiner Mutter nicht wirklich weitergeholfen. Aber da auch niemand nachfragt, ob ich es nun wirklich verstanden habe, brumme ich ein »Aha« in meinen Orangensaft und verzichte auf weitere Nachfragen.

Carla hat noch ein paar Neuigkeiten in petto, die meine Mutter noch nicht kannte, und so verplaudern wir die nächste halbe Stunde am Frühstückstisch. Mama kocht zwischendurch Carla ein Ei. Aber nur, weil Papa noch eins will und sie deshalb eh den Eierkocher noch einmal anschmeißen kann, und Carla isst nur die Hälfte davon, was – wie ich dem Gesicht meiner Mutter ansehe – sie noch eine weitere Runde ärgert. Selbst schuld.

Ich kenne nicht mal die Hälfte der Leute, um die es geht, wundere mich aber wirklich, woher Carla das alles weiß. Sie sollte vielleicht besser mit ihrem Dorftratsch handeln als mit ihren Klamotten – das könnte eine lukrative Angelegenheit sein.

Unser Kater Pünktchen kommt auf den Balkon geschlurft. Er streckt sich, macht einen Katzenbuckel und gähnt.

Irgendwann stand mein Vater mit zwei maunzenden Wollknäueln im Arm vor unserer Tür.

»Der Bauer Grimm wollte sie ersäufen. Das kann man doch nicht machen. Die kleinen Dinger.«

Meine Mutter war erst gar nicht begeistert, aber schließlich ließ sie sich doch erweichen, und Pünktchen zog mit seiner Schwester bei uns ein. Der graue Kater hatte ein paar weiße Flecken auf der Nase und im Fell, weshalb mein Vater ihn Pünktchen taufte.

»Na, dann heißt der Schwarze aber natürlich Anton«, bestimmte meine Mutter. Es sollte sich zwar noch herausstellen, dass »der Schwarze« eine »Sie« war, aber der Name blieb. So haben wir also seitdem einen Kater Pünktchen und eine Katze Anton.

Pünktchen springt meinem Vater auf den Schoß und schnuppert Richtung Wursttelller. »Das könnte dir so passen. Die gute Wurst«, sagt mein Vater, streckt sich über den Tisch und gibt Pünktchen eine Scheibe Fleischwurst. Ich wundere mich mal wieder, warum bei mir »Nein« immer »Nein« heißt, aber beim Kater »Ja«. Der Kater freut sich und macht sich mit seiner Beute davon in die Küche.

»Was denn? Der arme Kerl! Die Katz soll ja nicht leben wie ein Hund«, sagt mein Vater erklärend, als er den strengen Blick meiner Mutter sieht.

»Der ›arme Kerl‹ wird noch an Herzverfettung sterben«, sagt meine Mutter nicht so vorwurfsvoll, wie sie gerne gewollt hätte. Wahrscheinlich macht sie sich gerade nur deshalb Vorwürfe, dass sie nicht schneller war und der Kater das Leckerli von meinem Vater statt von ihr bekommen hat. Oder sie hatte ihm schon was in der Küche gegeben.

»So, ich bin dann mal wieder weg, Ihr Lieben«, flötet Carla und erhebt sich. »Danke für das leckere Frühstück. Ich muss jetzt noch mal kurz in die Stadt, bevor ich in mein Lädchen gehe. Ich bin nämlich noch verabredet. Ich bin da einem ganz heißen Gerücht auf der Spur, und mein ›Informant'«, sie sagt das jetzt so verschwörerisch wie in einem Fernsehkrimi, »will sich heute noch mit mir treffen. Wenn das stimmt, was ich schon gehört habe, und er mir jetzt noch die letzten Details erzählt, wird das der Knaller des Jahres. Dann ist aber in Traunbach was los, des sag ich euch! Ciaoiii!«, greift ihren Hut vom Sofa und ist auch schon weg, bevor wir noch nachfragen können.

»Die immer mit ihren ganzen Gerüchten«, sagt mein Vater und ergänzt: »Worte können Waffen sein.«

Er ahnt noch nicht, wie richtig er damit bei den kommenden Geschehnissen liegen sollte.

Wo ist Carla?

Meine Mutter holt den Apfelkuchen aus dem Ofen. Er duftet köstlich nach braunem Zucker, der über den reifen Früchten karamellisiert ist, und nach Zimt und Rosinen. Sie verteilt außerdem noch nur leicht angeschlagene Sahne über dem Kuchen und stellt ihn zum Auskühlen auf einen Rost. Niemand backt so einen herrlichen Apfelkuchen wie meine Mutter. Ich stehe in der Küche und würde am liebsten ein noch warmes Stück direkt vom Blech essen, aber meine Mutter haut mir verbal auf die Finger – sie hat offenbar meinen gierigen Blick gesehen. »Wag dich und esse den heißen Kuchen. Das gibt nur Bauchschmerzen.« Wieder so eine Mär, die ich noch nie bestätigt gefunden habe. Warum sollte mir von diesem köstlichen Apfelkuchen schlecht werden? Ich habe auch noch nie Bauchschmerzen bekommen, wenn ich nach dem Verzehr von Kirschen Wasser getrunken habe. Aber vielleicht sollte man das trotzdem auch mal den Eisdielen und Cafés sagen, die warmen Apfelstrudel mit Vanilleeis anbieten. Die machen sich damit ja quasi täglich der vorsätzlichen Körperverletzung schuldig.

   Ich drehe mich also um, um den verführerischen Apfelkuchen nicht mehr sehen zu müssen, und lehne mich mit dem Rücken an die Arbeitsplatte.

   »Hast du eigentlich was von Carla gehört? Das mit ihrem Informanten-Gedöns klang ja ganz schön verschwörerisch«, frage ich meine Mutter, die gerade über ihrem Kuchen sinniert, ob der noch was von der Sahne braucht oder nicht. Ich bräuchte da nicht weiter nachzudenken. Ich würde mein

Gesicht am liebsten direkt mit weit offenem Mund in den Apfelkuchen drücken. Auch Anton will wissen, was es da Leckeres gibt, springt mit einem Satz auf die Arbeitsplatte und schnuppert am Kuchen.

»Wag dich, Anton!«, sagt meine Mutter pseudostreng, nimmt Anton auf den Arm, einen Napf aus dem Schrank und reißt eine Dose Katzenfutter auf – obwohl das Frühstück noch nicht lange her ist. Aber Anton weiß, wie sie es anstellen muss. Den Apfelkuchen hätte sie sicher gar nicht gemocht, aber die Drohung, mal dran rumzuschlecken, reicht, um meine Mutter dazu zu bringen, den Dosenöffner zu mimen. Anton kaut genüsslich und freut sich, dass Pünktchen offenbar irgendwo Mäuse jagt und sie ihre Zwischenmahlzeit nicht teilen muss.

Nach der ungeplanten Fütterungsaktion nimmt meine Mutter den Gesprächsfaden wieder auf.

»Ach, wer weiß, was das wieder für 'n Unsinn ist. Da macht sie bestimmt die halbe Welt narrisch und dann ist das nur so 'n Firlefanz.«

Ich glaube, meine Mutter ist ein bisschen neidisch, dass sie zwar viel weiß, was in unserem Städtchen abgeht, aber Carla meistens einen Tick schneller ist. Irgendwie verbindet meine Mutter und Carla eine lebenslange Rivalität, die sich einfach in allem ausdrückt – selbst in der Halbwertzeit des Dorfklatschs.

»Na ja, du musst schon zugeben, dass Carla immer gute Quellen hat. Langweilig wird's mit ihr jedenfalls nie. Und wenn ich schon mal da bin, werde ich von Carla wenigstens immer auf den neuesten Stand gebracht. Du erzählst mir ja nichts«, sage ich mit einer kleinen Spur von gespieltem Vorwurf in der Stimme und freue mich dabei schon auf den ausgiebigen Protest, der nun folgen wird.

»Das stimmt doch gar nicht! Na ja, vielleicht geht mir mal was durch. Aber du weißt ja: der Garten, und dann haben wir doch gerade die Garage neu gefliest, und der Sängerverein … «

Ich schmunzle über den Freizeitstress meiner Eltern und darüber, dass meine Mutter immer noch ernsthaft glaubt, ich würde es ihr übel nehmen, wenn sie mich nicht täglich mit Neuigkeiten aus Traunbach zutextet.

»Hast du eine Ahnung, an welcher Sache sie dran sein könnte? Was gäbe es denn hier schon für ein Gerücht, das unser schönes Traunbach in seinen Grundfesten erschüttern könnte …«, sage ich ein bisschen spöttisch und merke an Mamas Blick, dass sie sich zwar auch immer über unseren Ort lustig macht, es gleichzeitig aber als persönlichen Angriff empfindet, sollte man auch nur andeutungsweise etwas gegen ihre schöne Heimat sagen.

»Du denkst schon wieder, dass nur in der Stadt etwas los ist«, sagt sie bestimmt und stemmt zur Unterstützung die Hände in die Hüften. »Wie oft höre ich in den Nachrichten im HR1 von den Skandalen im Taunus oder im Odenwald. Warum soll nicht auch hier mal was los sein?«

Da hat sie wohl recht. Nach meinen Erfahrungen in der Jugend kann ich das nur bestätigen: Was ich – meist erst nach Jahren und im Nachhinein – erfahren habe, wer mit wem welches Techtelmechtel am Laufen hatte, welchen Geschäftsmann sie wegen Steuerhinterziehung dranbekommen haben und warum in der Lokalpolitik so manches entschieden wurde, wie es entschieden wurde: Da gibt sich unser Großdorf nichts und kann mit jeder Stadt mithalten. Vielleicht mit dem einzigen Unterschied: Hier wird selten offen darüber gesprochen. Skandale haben offiziell keinen Platz in unserer heilen hessischen Welt. Nicht, wenn man sich auf offener Straße begegnet, und auch in unserem Lokalblatt haben sich die Skandale auf dem Niveau von unstatthaften Beitragserhöhungen im Geflügelzuchtverein eingependelt. Nein, Skandale werden hier meistens komplett auf der Metaebene ausgetragen. Unterhalten sich bei uns zwei Hausfrauen über die neuesten Seitensprünge der RTL-Explosiv-Promis, folgt ein vielsagender Blick, und beide wissen, dass auch die Nachbarin zwei Häuser weiter nicht gerade für ihre Treue im Ort bekannt ist. Und: »Oh, schickes Kleid. Hast du das aus Frankfurt?« kann dann auch schon mal bedeuten: »Damit der Fetzen an ihr gut aussieht, hätte sie erst mal fünf Kilo abnehmen sollen.« Ja, die viel gescholtene Anonymität der Großstadt hat doch auch oft etwas für sich. Und deshalb hat meine Mutter sicher nicht unrecht: Warum sollte es nicht auch bei uns einen Skandal geben, der unsere Dorfidylle mal so richtig aufmischt.

»Hm. Aber was das sein kann, weißt du auch nicht, oder?«, bohre ich noch einmal nach. Meine Mutter zuckt mit den Schultern und schaut wieder auf den Apfelkuchen.

»Ach, Kind«, seufzt sie. »Wenn ich mich den ganzen Tag so wie Carla mit dem Geschwätz von anderen Leuten beschäftigen würde, gäbe es heute bestimmt keinen Apfelkuchen.«

Wo sie recht hat, hat sie recht.

Ich stehe vor meiner Schublade mit meiner Unterwäsche und seufze. Ich schaue ratlos hinein. So, wie ich es verpasst habe, mit dem Rauchen anzufangen, als es cool war, habe ich wohl auch den Zeitpunkt verpasst, wann man anfängt, Strings zu tragen. Ich mag sie nicht. Ich finde die Dinger unangenehm. Und so bin ich mehr der Schlüpfer-Typ geworden.

Pantys, Slips, Hot Pants meist in Schwarz oder in Weiß schauen mich jetzt aus meinem Koffer spöttisch an. Ich halte einen schwarzen String in der Hand, den ich in einem Anfall von Selbstüberschätzung eingepackt habe, und blicke ihn betrübt an. Irgendwann habe ich mir das Teil mit einer gewissen Skepsis gekauft. Ich kenne mich und meinen Körper. Aber so, wie ich immer mal wieder an einer Zigarette gezogen habe, obwohl ich weiß, dass ich husten werde und dass mir das Zeug nicht schmeckt und auch in diesem Leben nicht mehr schmecken wird, so habe ich mir auch den String zugelegt. Alle meine Freundinnen tragen Strings. Und ich meine ALLE. Sowohl Lisa, die Größe 34 hat und bei der selbst ein String im Verhältnis zu ihrem zarten Körper viel Stoff bedeutet, als auch Marie, deren Hintern eher zur Kategorie »Brauereipferd« zählt. Klein, groß, dick, dünn, Hintern oder nicht – alle haben diese Teile im Schrank.

Ich wage also einen erneuten Versuch in der Hoffnung, dass sich das Gefühl beim Tragen dieses Mal ändert. Ich schlüpfe hinein, und das bisschen

Stoff rutscht in meine Poritze, verschwindet quasi darin, und ich habe sofort dieses fiese Gefühl. Dieses unangenehme, unbequeme Gefühl, als hätte man einen Rest Klopapier darin vergessen. Ich drehe und winde mich. Schließlich gehe ich ins Bad. Nein, mit diesem Gang werde ich nicht Germanys Next Top Model. Ich werde kein Foto bekommen. Und kein Vertrag mit Heidis Modelagentur. Aber ich könnte Werbung für das »Vorher«-Gefühl bei vierlagigem Toilettenpaper machen – mein Gesichtsausdruck wäre mehr als glaubwürdig.

Das ist sicher nur eine Gewöhnungssache. Die halbe, wenn nicht gar die ganze Frauenwelt trägt Strings. Die hatten sicher zu Anfang auch ein merkwürdiges Feeling. Ich muss mich einfach an das Gefühl gewöhnen. So vom Feeling her. (Weisheiten berühmter Fußballer gelten sicher auch für Dessous.) Ich muss mir einfach einreden, dass das Gefühl total sexy ist.

Ich quäle mich weitere fünf Minuten vom Bad in mein ehemaliges Kinderzimmer und zurück. Überlege, ob es für den Hintern auch Blasenpflaster gibt. Dann ziehe ich das Scheißding aus und feuere es wieder in den Koffer. Bis zum nächsten Mal. So in einem Jahr.

Ich beschließe, Carla in ihrer »Butieke« einen Besuch abzustatten, um mir einen Unterwäschetipp von der Fachfrau zu holen. Ich weiß jetzt schon: Sie wird mir einen String aufschwatzen. Wahrscheinlich in einer Farbe, die ich noch nicht mal druntertragen würde, wenn sich mein Hinterteil endlich mit den Minifetzen angefreundet hätte. Aber es ist ein guter Grund, mal bei Carla vorbeizuschauen. Außerdem bin ich neugierig, ob es was Neues in Sachen Megaskandal-in-unserem-Dorf gibt. Und was

Besseres habe ich eh nicht vor. Ich schlüpfe in Jeans und Shirt, male mir etwas Lidschatten auf die Augen – was ich normalerweise an einem Samstagmorgen in Traunbach niemals tun würde. Ich habe aber keine Lust, mir von Carla auch noch eine Make-up-Beratung anzuhören:

»Darling, habt ihr denn in der Stadt keinen Douglas? Du musst ein bisschen mehr aus dir machen. Du bist so ein schönes Ding, das kannst du auch mal ein bisschen zeigen.« Und so weiter und so fort. Sie wird meinen Einwand »Wem soll ich denn HIER schöne Augen machen?« sowieso nicht akzeptieren, also: Lidschatten drauf und los.

»Ich geh mal zu Carla«, rufe ich meiner Mutter in die Küche, aus der es von ihr zurückschallt:

»Sag einen schönen Gruß, aber sag nichts vom Apfelkuchen, sonst haben wir heute Mittag wieder keine Ruhe.«

»Warum sollte ich denn was vom Apfelkuchen sagen?«, schreie ich noch mal Richtung Küche.

»Ei, wenn ihr darauf gekommen wärt … Ach obwohl … die kann ja eh nicht backen. Sonst kann sie sich ein Stück holen, wenn sie will.«

Ich bleibe verwirrt auf dem unteren Treppenabsatz stehen.

»Was denn jetzt? Soll ich ihr was sagen oder nicht?«

»Ach nee. Sag nichts. Ich ruf sie an.«

Nein, man muss nicht alles verstehen in diesem Haus.

Ich stehe vor Carlas Laden. Die Tür ist verschlossen. Kein Licht. Merkwürdig. Es ist gerade mal halb zwei. Und Carla gehört nicht zu den

Geschäftsleuten, die samstags – wie sich das gehört – ihren Laden von 8.30 bis 13 Uhr öffnen. Carlas Öffnungszeiten sind samstags von 13 bis 17 Uhr. Das ist für unser Dorf geradezu revolutionär, hat aber den Vorteil, dass die eine oder andere Geschäftsfrau noch bei Carla vorbeischaut, nachdem sie selbst ihr Ladenlokal abgeschlossen hat, um bei der »Butieke«-Besitzerin die allerfrischesten Gerüchte gegen ein neues Top einzutauschen. Wie gesagt: Carla führt ihren Laden nicht des Geldes wegen. Obwohl ich glaube, dass ihr Geld an sich schon seit jeher wichtig ist. Sie ist reich geschieden, das Häuschen ist abbezahlt und das Geld ihres Ex gut angelegt. Und so wird ein schmuckes Accessoire, ein kleines Tüchlein oder ein lässiger Gürtel von Carla großzügig eingesetzt, um die Zunge der Damen für die eine oder andere Neuigkeit zu lockern. Das kommt an, und so herrscht – besonders an den Samstagnachmittagen – in ihrem Lädchen meist heitere Betriebsamkeit.

    Heute nicht. Es ist alles verrammelt, und es sieht so aus, als wäre Carla heute noch gar nicht da gewesen. Wenn sie auch sonst etwas exzentrisch ist: Auf Carlas Öffnungszeiten ist Verlass. Ich überlege kurz. Nein, sie sagte heute Morgen, sie würde noch kurz jemanden treffen, aber danach wollte sie in ihren Laden. Ein ungutes Gefühl macht sich in mir breit. Carla ist ja nun auch nicht mehr die Jüngste. Hoffentlich ist ihr nichts passiert. Ich stelle mir vor, wie sie über ihren riesigen Sommerhut, den sie beim Betreten ihres Hauses achtlos zu Boden geworfen hat, gestolpert ist, die Treppen hinuntergefallen sein könnte, um dann mit gebrochenem Genick am Fuße derselbigen zu liegen. Jetzt bin ich etwas von mir selbst entsetzt und merke, wie mich jemand von der Seite erstaunt anstarrt, als hätte er meine Gedanken gelesen.

»Suchen Sie das Fräulein Clara?«

Ich drehe mich erschrocken zu der Stimme um. Es ist ein Mann, groß, schlank, Mitte fünfzig, der in einem cremefarbenen Sommeranzug vor mir steht. Er trägt einen dünnen, fein gestutzten Schnauzbart und lüftet einen zum Anzug passenden Hut knapp zu einem Gruß. Er sieht aus wie eine Mischung aus George Clooney und Sir Peter Ustinov alias Hercule Poirot und wirkt hier in unserem Städtchen so unwirklich wie die beiden Herren selbst, die man ja auch nur aus Filmen kennt. Und ich fühle mich ebenfalls wie im Film. In einem ganz falschen. Hat er gerade »Fräulein Clara« gesagt? »Clara« statt Carla? Da fällt mir sofort die »Heidi«-Zeichentrickserie aus meiner Jugend ein, und in meinem Kopf mischen sich die Bilder der genickbrüchigen Carla, die tot auf dem Nil-Dampfschiff liegt, mit Heidi-Comics, und Gitti und Erika singen dazu: »Heidi, Heidi … deine Welt sind die Beeeerge.« Irgendwas stimmt hier gerade nicht. Nicht mit mir und nicht mit meiner Dorf-Idyllen-Welt.

Ich schüttle mich kurz, als wäre ich ein nasser Hund, und mache den Mund zu. Der Mann lächelt mich noch immer freundlich an.

»Äh, ja, aber ich wollte zu Carla, nicht zu Clara. Aber offenbar ist sie nicht da.«

Ich lächle ein leicht debiles Grinsen. »Natürlich ist sie nicht da«, schellte ich mich innerlich. »Die Tür ist zu, und das Licht ist aus. Das sieht ja ein Blinder mit Krückstock.« Der Mann verwirrt mich.

»Äh, und Sie?« Ich finde langsam meine Fassung wieder und schaue den Fremden, der so überhaupt nicht in unser Dorfumfeld passt, erwartungsvoll an.

»Fräulein Carla. Richtig. Wie dumm von mir. Ihre Schönheit hat mich offenbar ganz aus der Contenance gebracht, junge Dame.«

»Ist der aus 'ner Zeitmaschine entstiegen, oder haben sie gestern die Tür von 'ner nahe gelegenen Klappse nicht richtig zugemacht?«, frage ich mich. Er grinst. Er grinst so ein Grinsen, von dem man nicht weiß, ob er wirklich ein Gentleman ist oder seine makellos weißen Beißerchen die Rabatten zur Hölle sind.

»Ich gehe nicht davon aus, dass Sie bei ihr eine Bluse kaufen wollten?« Ich schaue ihn forschend an. Er lacht leise auf.

»Keineswegs. Ich hoffte, Fräulein Carla in einer privaten Angelegenheit in ihrer Boutique zu sprechen.«

In meinem Kopf mache ich selbst beim Zuhören aus »Boutique« bereits wieder »Butieke«.

»Sehr schade, sie nun hier nicht anzutreffen. Sie wissen nicht zufällig, wo sie wohnt?«

Er sieht mich mit einem durchdringenden Blick an und zieht dabei eine Augenbraue hoch. Ich schaue ihn verdutzt an, denn das mache ich auch immer und bin versucht, ihn zu fragen, ob er das mit beiden Augenbrauen kann – ich kann es nur mit rechts. Stattdessen antworte ich ein bisschen schnippisch:

»Na ja, wenn Carla Sie HIER treffen wollte, wird sie dafür schon ihre Gründe gehabt haben, Herr …«

»Da haben Sie wahrscheinlich recht, junge Dame. Nun, dann werde ich zu einem anderen Zeitpunkt noch einmal mein Glück versuchen. Ich wünsche Ihnen noch einen schönen Tag. Au revoir.«

Spricht's, dreht sich um und geht von dannen.

»Ihnen auch«, sage ich noch vor mich hin, während ich ihm irritiert nachsehe und noch immer nicht weiß, was ich von diesem Typen halten soll.

Ich beschließe, nie wieder zu behaupten, dass es in unserem Dorf langweilig zugeht, und mache mich auf den Weg zu Carlas Haus.

»Haus« ist allerdings der falsche Begriff für Carlas Hütte. Ihr Eigenheim ist eine kleine Villa am Waldrand, deren Wände Carla zartrosa und die Fenster dunkelrot hat streichen lassen. Dafür ist das Dach schneeweiß. Es ist genau wie Carla: ein echter Hingucker. Insgesamt ist Carlas Domizil nicht sonderlich groß, dafür ist der Garten eine Wucht. Wann immer es sich ergibt, dass ich Carla besuche, versuche ich, unter einem Vorwand in den Garten zu kommen. Er wirkt fast wie ein kleiner Park, was wahrscheinlich daher rührt, dass er ein bisschen verwinkelt angelegt wurde. Von der Straße ist von alldem nichts zu ahnen, denn die Fassade gleicht – bis auf ihre ausgefallene Farbigkeit – jedem anderen Häuschen irgendwo in einem Städtchen. Direkt hinter dem Haus öffnet sich allerdings ein kleines grünes Paradies, das von hohen, alten Bäumen blickdicht eingefasst wird. Direkt am Haus lässt es sich vortrefflich auf den mondänen, luxuriösen Gartenliegen in der Sonne relaxen. Auch beim Grill hat sich Carla nicht lumpen lassen und einen Edelstahl-Gasgrill aufstellen lassen, der von einer ausladenden Loungegarnitur begleitet wird.

Durch ein kleines Labyrinth von gut gestutzten, dichten Buchsbaumhecken gelangt man in den hintern Teil des Gartens, in dem ein kleiner Fischteich mit einem Rosenpavillon angelegt ist und damit das Kontrastprogramm zum modernen Entree des Gartens bietet. Hier regiert der Flair des romantischen englischen Landhausstils. Ich glaube, der Garten gefällt mir deshalb so gut, weil er viel von Carlas Persönlichkeit ausdrückt. Sie genießt es, die Jetset-Boutique-Besitzerin zu sein. Etwas versteckt liebt sie aber auch das Ländlich-Verspielte, die heile Welt der hessischen Heimat.

Ich stehe vor ihrem Haus und drücke auf die Klingel. »Ding dong dong dang ding«, höre ich es läuten. Keine Reaktion. Ich greife über die niedrige Pforte, die den kleinen Vorgarten von Carlas Villa trennt, und betätige den innen am Tor angebrachten Summer. Ich habe diese Konstruktion nie ganz verstanden. Entweder habe ich ein Tor, bei dem ich bestimme, wann es geöffnet wird, oder ich habe keins, und jeder kann hereinspazieren. Aber eine Tür, die Fremde selbsttätig durch Drücken des innen liegenden Summers öffnen können, macht für mich nicht den geringsten Sinn. Aber meine Eltern haben das gleiche Konstrukt. Ich vermute, unser Dorfelektriker ist doch geschäftstüchtiger, als er aussieht.

Ich gehe durch den kleinen Vorgarten zu Carlas Haus und stelle mich vor dem Küchenfenster auf die Zehen, um einen Blick hineinwerfen zu können. Die Küche ist leer. Außer zwei gespülten Weingläsern, die verkehrt herum auf der Spüle stehen, ist alles tiptop aufgeräumt – wie immer. Denn vermutlich hat der Junge vom Pizzaservice schon öfter Carlas Küche gesehen als die Töpfe in Carlas Schränken das Tageslicht. Carla hasst es zu kochen, und ich weiß, dass meine Mutter im Stillen vermutet, dass diese Tatsache ein nicht unerheblicher Scheidungsgrund war. »Die kann noch nicht mal ein Ei braten«, pflegt meine Mutter über Carlas Kochkünste zu schimpfen. »Und wenn sie doch mal was brutzelt, würde selbst die Sau vom Bauer Heini Reißaus nehmen, wenn man der das hinwerfen würde. Na, und schönsaufen kann sie sich das auch nicht. Sie trinkt ja noch nicht mal einen Schoppen.«

Seit Carla mit 16 Jahren auf einer Jugendfreizeit ihre erste und besonders schlimme Alkoholerfahrung mit etwas, was meine Mutter als »Puschkin-Kirsch« bezeichnet, gemacht hat, hat sie die Finger vom Alkohol gelassen. Was genau damals vorgefallen ist, weiß ich nicht. Und ich glaube, in diesem Leben will ich das auch nicht mehr wissen. Denn die Andeutungen von einem Fest der Sängervereinigung in einem Kaff im Odenwald, einem einbeinigen, singenden Bäcker und seiner eifersüchtigen Gattin mit Nudelholz samt Schwiegermutter in der dazugehörigen Pension, in der die ganze Jugendtruppe nächtigte, sowie verstopften Sanitäranlagen in dem alten Bauernhaus lassen nichts Gutes erahnen. Ich mache dann schon automatisch »Mimimimimi« und halte mir dabei die Ohren zu, wenn die Sprache auf diese Geschichte kommt. Seither hat Carla also dem Teufel Alkohol abgeschworen. Sie hat noch nicht einmal für Gäste ein Bier oder einen Wein im Haus, aber inzwischen haben sich alle Freunde und Bekannte daran gewöhnt und sich mit ihrem alkoholfreien Haushalt abgefunden.

Ich drehe mich um und will wieder zum Eingangstor gehen, als ich doch noch einmal innehalte. Wieso stehen denn dann eigentlich gespülte Weingläser in der Küche? Ich gehe zurück, recke mich noch einmal Richtung Küchenfenster und sehe erneut hinein. Tatsache. Ich habe mich nicht getäuscht. Da stehen zwei Weingläser aus Bleikristall auf der Spüle. Ich wusste gar nicht, dass Carla so etwas überhaupt besitzt. Andererseits: Zuzutrauen wäre es ihr. Sie pflegt ihre exaltierten Seiten, und ich würde mich nicht wundern, wenn sie ihre Cola aus einem Weinglas trinkt, weil sie es auf einem Flohmarkt entdeckt hat, hübscher findet als ein Wasserglas und meint, dass es auch noch besser zu ihrer Wohnungseinrichtung passt.

Allerdings habe ich diese Gläser noch nie bei ihr gesehen. Wieso stehen bei Carla in der Küche Weingläser? Zwei Weingläser? Hat sie ihren »Informanten«, wie sie heute Morgen sagte, vielleicht gar nicht in der Stadt, sondern hier getroffen? Und warum trinkt sie mittags Wein? Und warum ist sie nicht da und nicht in ihrem Laden? Ob doch etwas passiert ist?

»Lissie, du spinnst«, schelte ich mich laut selbst. Ich drehe mich um, um zu checken, ob mich jemand gesehen hat. Nur eine auf dem Kirschbaum sitzende Amsel hält kurz inne, schaut mich fragend an und zwitschert dann munter weiter. Ich stakse zur Tür und werfe sie beim Verlassen des Vorgartens hinter mir ins Schloss. Ich hab sie ja wohl nicht mehr alle. Ich bin doch nicht Agatha Christie, und das hier ist Traunbach! Lissie: Traunbach! Hier finden keine Verbrechen statt. Carla hat vielleicht einen neuen Lover, der gestern romantisch eine Flasche Wein zum ersten Rendezvous mitgebracht hat und Carla hat dann aus Nettigkeit ihr Getränk auch aus dem

Rotweinglas getrunken. Es könnte ja der Clooney-Ustinov-Verschnitt von vorhin gewesen sein? Auch in Sachen Männer bewies Carla immer einen, sagen wir, »extravaganten« Geschmack … Und sicher war der Sex mit dem Typen nach Pseudowein und Pizzaservice mehr so wie mit Hercule Poirot und weniger wie mit George Clooney. Wahrscheinlich konnte auch der blaue Skarabäus der Pharmaindustrie den Obelisken nicht aufrichten, sodass die Nacht dann sehr »Tod auf dem Nil« war, weshalb Carla ihrer neuen Flamme heute besser aus dem Weg gehen wollte und darum alle Schotten dichtgemacht hat. Ha! Ja, so wird es sein. Wahrscheinlich sitzt sie jetzt bei einer leckeren Tasse Kaffee in der Stadt auf dem Marktplatz und plaudert mit ihrem »Informanten« über den neuesten, frischesten, heißesten Dorfklatsch.

 Frisch. Neu. Heiß. Ich denke an Mamas Apfelkuchen und gehe auf dem schnellsten Weg nach Hause.

Der Killer von Traunbach

Das Telefon klingelt und wechselt nach drei Sekunden zur Melodie, die ich der Nummer meiner Eltern zugewiesen habe. Ich habe zwar erst vor knapp zwei Stunden mit meiner Mutter telefoniert, um ihr mitzuteilen, dass ich wieder gut in meiner Wohnung angekommen bin, aber wahrscheinlich hat sie wieder etwas vergessen und will es nun nachholen. In quasi jedem Telefonat fällt von meiner Mutter einmal der Satz: »Irgendwas wollt ich noch … Jetzt ist es fott.« Und so ist dieser Satz über die Jahre zum geflügelten Wort geworden, der von meinem Cousin Harald ursprünglich geprägt wurde. Mein Cousin hat schreckliche Prüfungsangst. Sobald er offiziell oder vor größeren Menschenmengen etwas zum Besten geben soll, ist sein Gehirn wie leer gefegt. Bei seiner Führerscheinprüfung war es besonders schlimm. Nach der theoretischen Prüfung kam er verzweifelt aus dem Prüfungsraum, sah seine Schwester mit aufgerissenen Augen an, die gespannt auf ihn gewartet hatte, und sagte: »Es is fott. Alles fott.« Und so hat sich »Es is fott« irgendwie in unsere Konversationen eingebaut.

Ich drücke auf den »Gespräch annehmen«-Knopf und überlege dabei noch, ob diese Taste eigentlich einen offiziellen technischen Namen hat, während ich in den Hörer flöte:

»Na, was war fott und ist dir jetzt wieder eingefallen?«

Sie sagt nichts, aber ich höre meine Mutter

schluchzen.

Sofort bildet sich ein dicker Kloß in meinem Hals. Es muss etwas Schreckliches passiert sein, denn meine Mama weint eigentlich nie.

»Mama, was ist los?«, frage ich sie deutlich hörbar besorgt.

»Carla is fott«, schluchzt meine Mutter.

»Wie? Wie … fott?«, frage ich nach und verstehe gerade nur Bahnhof, ahne aber weiterhin nichts Gutes.

Meine Mutter sammelt und räuspert sich und sagt dann sehr pietätvoll:

»Sie ist nicht mehr unter uns.«

»Wie jetzt? Ist sie …?«

Ich wage es fast nicht, die Frage zu Ende zu stellen, denn ich will nicht hören, was nicht sein kann. Man hat ja meist doch die Hoffnung, dass Dinge nicht wahr werden, wenn man sie nicht ausspricht.

Und trotzdem frage ich leise:

»Ist sie … tot?«

»Ja«, sagt meine Mutter und klingt doch immer noch sehr traurig.

Dafür dreht sich nun alles in meinem Kopf. Carla tot?

»Aber wie? Wieso? Was ist denn passiert?«, stammle ich die erste meiner sofort präsenten tausend offenen Fragen ungefiltert in den Hörer.

»Ich weiß auch noch nicht alles so genau. Aber man hat sie tot im Garten gefunden, und die Polizei hat alles gesperrt.«

Jetzt muss ich mich schleunigst setzen, damit ich

nicht umfalle.

»Polizei???«

»Ja, viel weiß ich wirklich nicht. Aber der Spengler Bruno musste sie nach Frankfurt in die Gerichtsmedizin fahren und hat erzählt, sie hätte so … so … Würgedinger …«

»Würgemale«, verbessere ich sie schnell.

»Ja, genau. Würgemale. Würgemale hat sie am Hals gehabt.«

Der »Spengler Bruno« besitzt das Beerdigungsunternehmer-Monopol in unserem Kaff und ist vor allem für seine unglaubliche »Verschwiegenheit« bekannt. Aber da sich keiner traut, einen Bestattungsunternehmer aus dem Nachbarort oder gar aus Frankfurt zu beauftragen, wird es billigend in Kauf genommen. Wahrscheinlich auch, weil jeder weiß, dass in unserem Örtchen ja doch nichts geheim bleibt. Wenn auch sonst nicht immer alles rundläuft: Klatsch und Tratsch funktioniert. So wie bei Carla im Laden.

Carla.

»Aber wer sollte denn Carla … umbringen?« Es ist wirklich fast zu schrecklich, um es auszusprechen.

»Soweit ich weiß, haben die noch keine Ahnung.« Ich höre, wie sich meine Mama in ein Taschentuch schnäuzt.

Ich weiß nicht, wer mir gerade mehr leidtut – die tote Carla oder meine trauernde Mutter. Zugegeben: Die beiden waren nicht die dicksten Freundinnen, aber Carla gehörte irgendwie dazu. Und das schon sehr lange.

»Ich komme sofort wieder nach Hause«, sage

ich.

»Ach, Kind, das musst du doch nicht«, startet meine Mutter einen obligatorischen Vernünftig-sein-Versuch, aber sie hat nicht wirklich Widerstand in ihrer Stimme, was so viel heißt wie »Ja, bitte komm heim«.

Und so sage ich bestimmend:

»Keine Widerrede. Heute ist es zu spät, aber ich komme gleich morgen früh.«

»Aber musst du nicht wieder arbeiten?«

»Ich hab noch so viel Resturlaub, und mein Chef hat sowieso schon gequengelt, dass ich den mal bald nehmen soll. Wenn also nicht jetzt, wann dann! Morgen Mittag bin ich da.«

»Ja, o. k.«, sagt sie und fügt dann laut überlegend hinzu: »Ach, doch gut, dass ich das Bett noch nicht wieder frisch überzogen hab.«

Selbst in ihrer Trauer verliert meine Mutter nie ihren Pragmatismus.

Wir verabschieden uns und legen auf.

Ich kann es noch immer nicht glauben.

Carla ist tot.

Ich schließe die Haustür meines Elternhauses auf und steige die Treppe hinauf in den ersten Stock. Ich höre die Stimme meiner Mutter, meines Vaters und noch eine dritte, die ich aber nicht identifizieren kann. Wahrscheinlich sitzt seit der Nachricht von Carlas Tod wechselweise halb Traunbach bei uns, um gemeinsam mit meinen Eltern über die mögliche Todesursache zu schwadronieren.

Es ist eine Männerstimme. Hoffentlich ist es jemand, den ich halbwegs kenne, denn ich habe mich für die Autofahrt in bequeme, aber nicht unbedingt vorzeigbare Klamotten geworfen. Schlabberleinenhose und T-Shirt – bei der Hitze und ohne Klimaanlage in meiner kleinen Kiste genau das Richtige. Ich weiß jetzt schon, wie meine Mutter gucken wird, wenn sie mich sieht. Sie braucht dann gar nichts mehr zu sagen. Es ist der »Was sollen denn die Leute denken?«-Blick, der mir sagt, dass ich auch auf heißen Autofahrten schicklich gekleidet zu sein habe. Inzwischen mache ich mir einen kleinen Spaß daraus, meine Mutter damit zu provozieren, dass ich eben nicht schicklich aussehe, damit ihr endlich mal das Geschwätz der Leute genauso egal wird, wie es mir seit jeher ist. Aber es funktioniert nur bedingt. Und schon gar nicht bei Fremden. Und die Stimme, die aus dem Wohnzimmer dringt, klingt mir weiterhin sehr fremd.

Ich öffne die Glastür und trete mit einem schwungvollen »Hallo, da bin ich« in den Flur der elterlichen Wohnung. Etwas zu schwungvoll, wie ich erschrocken feststellen muss, denn ich bin mit der Hosentasche meiner Schlabberleinenhose am Türgriff hängen geblieben und mit einem lauten »Ratsch« hat sich ein zehn Zentimeter großer Winkelriss seinen Weg an meinem Oberschenkel entlang gebahnt.

»So ein Scheiß«, fluche ich und betrachte mir das Malheur. Als ich wieder hochsehe, blicken mich drei Augenpaare sprachlos an: das meiner Mutter, in dem klar zu lesen ist: »Hätte sie 'ne Jeans angezogen, wäre das nicht passiert. Hoffentlich verrät das keiner der Elsbeth, dann kann ich mir beim Einkaufen wieder ihre dummen Sprüche anhören«; das meines Vater, das mir sagt: »Ich glaub, ich muss da mal was um den Türgriff wickeln. Hab ich noch was in der Garage? Ach, ich wollte eh mal wieder in den Baumarkt«; und das eines gut aussehenden Mittvierzigers, den ich noch nie gesehen habe und dessen Blick ich folglich überhaupt nicht deuten kann. Das Grinsen, das um seine Mundwinkel spielt, gilt aber offenbar mir und meinem zugegebenermaßen bühnenreifen Auftritt. Wem gehören denn diese grünen Augen in diesem markanten Gesicht, das nicht nur Witz, sondern auch Intelligenz ausstrahlt?

    Er trägt eine gut geschnittene Jeans und ein Hemd, aber sein durchtrainierter, nicht aufgepumpter Körper würde sich auch in einem Kartoffelsack gut machen. Augenblicklich bereue ich, dass ich nicht dieses eine Mal auf meine Mutter gehört und mir – selbst für eine schweißtreibende Autofahrt – was Nettes angezogen habe. Mein Sommerkleid steckt in meiner Reisetasche. Warum habe ich das eigentlich nicht angezogen? Damit wäre ich sicher nicht an der ollen Türklinke hängen geblieben und würde jetzt nicht wie ein begossener, nein, zerrissener Pudel im Flur rumstehen. Immerhin: Trotz schweißtreibenden 28 Grad habe ich nicht auf Puder, Kajal und Wimperntusche verzichtet und … apropos schweißtreibend … puh … – ich schnüffle kurz unauffällig vor mich hin – auch das Deo tut bisher ganz prima seinen Dienst. Ich seufze unhörbar. Memo an mich selbst: Dankesmail an Procter & Gamble schreiben.

    »Hallo, mein Schatz«, meine Mutter findet als Erste von uns ihre Fassung wieder, »das ist der Herr Loch. Herr Loch ist Kommissar und wegen der

Sache von der Carla da.«

Ich stehe noch immer wie angewurzelt im Flur. Loch? Dieser sympathische Typ heißt Loch? Warum ausgerechnet Loch? Er hätte der Vater meiner Kinder werden können, aber er heißt Loch! Ausgerechnet! Dazu muss ich vielleicht erklären, dass wir Sommer heißen. Ein Doppelname ist also schon einmal auszuschließen. Frau Sommer-Loch! Nein, das wäre ein Albtraum. Ich habe mir als Kind schon genug Scherze über meinen Namen anhören müssen. Vor allem in der Pubertät, als die Bravo und damit auch das »Dr. Sommer«-Team schwer angesagt waren. Der Name an sich ist ja nicht so spektakulär, und trotzdem lässt sich damit vortrefflich spaßen. Und selbst meine Oma hat immer in die Scherzkerbe gehauen mit Sprüchen wie »Heirat bloß keinen, der Urlaub oder Winter heißt. Des gibt keinen schönen Doppelnamen.« Auf »Loch« war bisher keiner gekommen. Bisher.

Meine Mutter sieht mich an und kennt mich leider doch zu gut. Gott sei Dank ist ihr im Moment nicht nach Grinsen zumute, sonst wäre diese ganze Situation noch peinlicher geworden, als sie sowieso schon ist.

»Nun komm schon rein und setz dich erst mal. Die Hose nähe ich dir später«, sagt meine Mutter. Ich fasse mich, gehe auf den Kommissar zu, der mich immer noch angrient, und strecke ihm meine Hand entgegen.

»Guten Tag, Herr Loch. Freut mich. Lissie Sommer.«

»Freut mich ebenfalls«, sagt Herr Loch, steht auf, und ich nehme seinen festen Händedruck entgegen. Sehr schön. Wenn eines einen Mann

direkt disqualifiziert, dann ist es ein
»Händedrückchen«. Wenn man das Gefühl hat,
man umfasst ein lebloses, vielleicht sogar noch
nasskaltes Stück Schweinefilet, ist ein Mann bei mir
schon unten durch. Da pflege ich gerne alle meine
Klischees und Vorurteile: Kein anständiger
Händedruck – eine Niete.

»Nun setz dich doch. Willst du auch einen
Schluck Wasser?«, fragt meine Mutter und an
meinen Vater gewandt: »Geh, Schatz, hol dem Kind
mal ein Glas.«

Ich zupfe an meiner zerrissenen Hose herum
und setze mich. Mein Vater stellt das Glas auf
unseren Wohnzimmertisch und schenkt mir ein. Ich
setze das Glas an und trinke etwas zu schnell,
sodass mir etwas Wasser aus dem Mundwinkel
herunterläuft. Auch das noch. Ich wische schnell
und möglichst unauffällig über mein Kinn und
versuche ein Lächeln aufzusetzen. Es ist immer das
Gleiche: Finde ich einen Mann auch nur halbwegs
attraktiv, bin ich die Schusseligkeit in Person.

Herr Loch sieht mich jetzt eher kritisch an.

»Sind Sie nervös, Frau Sommer?«

Ich merke, wie mir die Röte ins Gesicht schießt.

»Warum sollte ich?«, sage ich selbst für meine
Verhältnisse etwas zu kess und blitze ihn
herausfordernd an. Auch so eine typische Reaktion
von mir, wenn ich einen Mann sexy finde: Lieber
direkt etwas zu forsch, dann kommt man sich nicht
so bescheuert vor, wenn man eine Abfuhr
bekommt.

»Nun ja, Sie waren ja auch eine der letzten
Personen, die Frau Zimmermann lebend gesehen
hat. Und Ihre Mutter hat mir gerade erzählt, sie

seien am Samstagmorgen auf dem Weg zu ihr in die Boutique gewesen?«

Daher weht also der Wind! Verdächtigt der mich? Ja, keine Frage: Er verdächtigt mich! Ich kann es nicht fassen und merke, wie mir der Mund etwas offen steht. Und außerdem denke ich schon wieder »Butieke«. Langsam beginnt mir, mein Loriot-Geist auf den Geist zu gehen.

»Aber ich hab ihnen doch schon gesagt, dass die Carla da schon nicht mehr da war«, grätscht meine Mutter wahrheitsgemäß dazwischen.

Ich kann es immer noch nicht fassen, dass dieser Herr Kommissar ernsthaft denken kann, ich hätte etwas mit Carlas Tod zu tun. Wie kann er sich in seinem attraktiven Köpfchen so etwas auch nur ausmalen! Das traut er also der zukünftigen Mutter seiner ungeborenen Kinder zu?! Ich bin mir nicht sicher, ob das die richtige Basis für eine lange, glückliche Beziehung sein kann.

Und so ergänze ich:

»Ja, das ist richtig. Ich wollte zu ihr, um mir …« Ich kann mich gerade noch stoppen, bevor ich »Slips kaufen« weiterplappere. Das muss der Herr Loch ja nun auch nicht noch wissen. Und nicht auszudenken, wenn meine Mutter in ihrer unnachahmlichen Art ihren Freundinnen erzählt, dass ich so was gesagt habe wie »Slips, Herr Loch, Slips«. Ich halte also kurz inne und sage dann: »… mal wieder den neuesten Dorftratsch anzuhören.«

Sehr gut, Lissie, wahrscheinlich hat er Carlas Vorliebe für Gerüchte sowieso schon herausgefunden.

»Aber war sie nicht erst morgens zum Frühstück bei Ihnen und hat dort alle Neuigkeiten bereits ausgeplaudert?« Der Blick von Kommissar Loch wird nun immer skeptischer. Und ich mache mich offenbar gerade in seinen Augen zur Hauptverdächtigen.

»Oh, Sie kannten Carlas Halbwertzeit für Gerüchte nicht«, sage ich und versuche ein Augenzwinkern, das ungefähr so einstudiert aussehen muss wie das ständige Geblinzel von Johann Lafer im ZDF-Fernsehgarten. Die Skepsis des Kommissars hat es wenigstens nicht gemindert, das kann ich deutlich sehen.

»Würden Sie mir bitte noch einmal von Samstag Morgen erzählen«, sagt Herr Loch jetzt mit sehr professionellem Ausdruck. Auf dem Flirtbarometer befinden wir uns nun bei Minus 4.

»Na ja, was gibt es da groß zu erzählen. Während wir gefrühstückt haben, kam Carla spontan vorbei und hat uns Gesellschaft geleistet.«

»Ich habe ihr sogar noch ein Ei gekocht«, ergänzt meine Mutter. Der Kommissar weiß augenscheinlich nicht so recht, was er mit diesem Kommentar meiner Mutter anfangen soll. Und ich weiß es auch nicht. Deshalb fahre ich fort.

»Sie erzählte uns von dem neuesten Dorftratsch.«

»Genau. Ich hab Ihnen ja schon gesagt, dass sich der Sohn vom Müller Heini scheiden lassen will.«

Herr Loch sieht nun so aus, als würde ihm zum ersten Mal der wahre Sinn einer getrennten Zeugenbefragung klar.

»Mama, ich glaube, das interessiert Herrn Loch nicht wirklich.«

»Woher willst du das denn schon wieder wissen,

Lissie?«, empört sich meine Mutter und ergänzt:

»Die sagen doch immer im Krimi, dass jede Kleinigkeit wichtig sein kann, gell, Herr Kommissar!?«

»Da haben Sie im Prinzip völlig recht, Frau Sommer«, pflichtet der Schnösel-Schnüffler nun auch noch meiner Mutter bei. Er wird noch sehen, was er davon hat. Ich muss aber doch über den »Alles ist wichtig«-Enthusiasmus meiner Mutter schmunzeln. Herr Loch schaut mich wieder mit seinem undurchsichtigen Gesichtsausdruck an.

»Sie scheinen das ja wirklich alles erstaunlich locker zu nehmen, Frau Sommer.«

»Nein, ich … äh … ich denke zwar wirklich nicht, dass die Scheidung vom Müller Heini etwas mit dem Mord an Frau Zimmermann zu tun hat. Aber in der Tat fehlt mir in solchen Sachen schlicht die Erfahrung.«

Ich funkle ihn herausfordernd an, und er funkelt zurück.

»Ja, also …«, fahre ich fort und weiche seinem Blick nun doch aus. Lernt man dieses Anstarren auch auf der Polizeischule? Übung im zweiten Ausbildungsjahr: Zwei Polizeischüler, ein Tisch, wer wegschaut, verliert.

»Also, Carla berichtete, dass sie sich noch mit einem Informanten – wie sie es nannte – treffen wollte und sagte, wenn sich dieses Gerücht bewahrheitet, würde das in unserem Dorf ganz schön für Aufregung sorgen.«

»Das wäre ›der Knaller des Jahres‹, hat sie gesagt«, ergänzt meine Mutter.

»Und Sie haben keine Ahnung, um was es sich bei diesem Gerücht gehandelt hat?«

»Wenn ich das nur wüsste«, seufzt meine Mutter und schluckt.

»Ich weiß es leider auch nicht«, beantworte ich ebenfalls die Frage des Kommissars. »Ich weiß ja noch nicht mal genau, wer der Müller Heini ist, der sich scheiden lässt ...«

»Mich dürfen Sie auch nicht fragen. Das ist ja eh mehr so 'ne Frauensache. Das mit den Gerüchten«, sagt mein Vater und krault Pünktchen den Bauch, der auf den Schoß meines Vaters gesprungen ist und jetzt – so laut wie Omas alte Singer-Nähmaschine schnurrend – offensichtlich diese Gesprächsrunde von uns allen am meisten genießt.

Herr Loch nickt und schaut auf seinen Notizblock. Offenbar ist die hessische Polizei noch nicht im Smartphone-Zeitalter angekommen.

»Und Sie haben Frau Zimmermann dann also später noch einmal in ihrem Laden aufgesucht?«

Wieder schaut mir der Kommissar eindringlich in die Augen.

»Herr Loch«, sage ich, nun bestimmter, denn dieser Möchtegern-Columbo fängt an, mir nun doch auf die Nerven zu gehen. Der macht sicher auch nur seinen Job, aber wenn er mich ernsthaft für eine Tatverdächtige hält, hat er wohl im Fach »Menschenkenntnis« in der Lebensschule gepennt.

»Ich WOLLTE Frau Zimmermann besuchen, aber wie Ihnen meine Mutter sicher schon berichtet hat, habe ich sie nicht angetroffen. Ihr Laden war geschlossen. Sie sollten vielleicht Ihre Kraft besser darauf verwenden, diesen komischen Typen zu suchen, der mir vor ihrer Tür aufgelauert und mich über Carla ausgequetscht hat!«

Ich bin nun richtig in Rage und werde sowohl rot

als auch laut. Ich spüre, dass meine Wangen glühen.

Herr Loch sieht mich ruhig an. Herrje, der ist so cool, dass er wahrscheinlich Eiswürfel pinkelt.

»Von diesem Herrn hat mir Ihre Frau Mutter noch gar nichts erzählt.«

Herr Loch sieht fragend erst mich, dann meine Mutter an. Und meine Mutter sieht wiederum mich mit großen Augen an.

»Was denn für ein Typ?« Die Stimme meiner Mutter überschlägt sich leicht bei dem Wort »Typ«. Sie hat recht. Ich hatte ganz vergessen, ihr von dem merkwürdigen Spinner zu erzählen. Das kann sie ja noch gar nicht wissen! Pünktchen erschrickt von dem Gequieke meiner Mutter und springt meinem Vater vom Schoß. Auch er sieht mich nun überrascht an. Drei Augenpaare ruhen auf mir, niemand sagt ein Wort.

»Ach, an den Spinner hab ich gar nicht mehr gedacht. Der sah aus wie George Clooney, war aber ein bisschen älter und angezogen, als wäre er gerade einem Agatha-Christie-Film entsprungen«, erkläre ich mit einer abwimmelnden Handbewegung.

»Sie meinen so wie Hercule Poirot?« Keine Frage: Der Kommissar kennt sich mit alten Krimis aus.

Aber in seiner Stimme liegt sowohl etwas Spöttisches als auch Ungläubiges, und so ergänze ich:

»Genau. Weißer Leinenanzug und Strohhut. Und er wollte wissen, wo Carla ist, und sagte, dass er mit ihr verabredet sei. Nein, Moment, er fragte nach ›Clara‹ – so gut scheint er sie also nicht gekannt zu haben.«

»Hat er Ihnen gesagt, was er von Frau Zimmermann wollte?« Herr Loch klingt noch immer nicht überzeugt.

»Nein, nur, dass er sich mit ihr im Laden treffen wollte. Er fragte noch nach ihrer Privatadresse, aber ich fand den Herrn komisch und habe ihm die Adresse nicht gegeben. Und so ist er dann gleich abgezogen.«

»Und seinen Namen hat er Ihnen nicht zufälligerweise gesagt?« Herr Loch lässt wirklich nicht locker.

»Nein, zufällig nicht, Herr Kommissar.« Ich spüre, dass ich immer noch rot im Gesicht bin. Und dass ich noch röter werde, je mehr ich versuche, meinen Teint wieder auf normale Sommerbräune runterzufahren. Herr Loch sieht mich immer noch prüfend an.

»Nun ja, so eine auffällige Erscheinung wird ja sicher noch jemand gesehen haben. Wir werden das natürlich nachprüfen.«

Aha! Er glaubt mir also weiterhin nicht.

»Tun Sie das!«, sage ich bestimmt und schaue Herrn Loch fest in die Augen.

»Glauben Sie, dass dieser Kerl die Carla umgebracht hat?«, grätscht nun meine Mutter wieder dazwischen.

Herr Loch wendet seinen Blick von mir und sieht meine Mutter an.

»Wenn es diesen Herren wirklich gibt …, wird es sicher interessant sein, zu erfahren, was er von Frau Zimmermann wollte. Alles andere wird sich zeigen.«

»Was heißt denn: ›wenn es den Herrn wirklich gibt‹?!« Jetzt überschlägt sich meine Stimme ein bisschen.

»Was sind Sie denn für ein Ermittler«, poltere ich aufgebracht weiter. »Ich habe ja noch nicht einmal Ihren Dienstausweis gesehen! Vielleicht sind Sie ja gar nicht von der Polizei und stecken mit dem Mörder unter einer Decke!«

»Frau Sommer, machen Sie sich jetzt nicht lächerlich. Das ist ja völlig absurd«, spöttelt der Kommissar.

»Genauso absurd wie Ihre Annahme, ich hätte mir den Zwanzigerjahre-Typen ausgedacht«, pfeffere ich zurück.

Heiße Blitze, giftige Pfeile – die Augen von Herrn Loch schießen nun alles auf mich, was man mit seinen Blicken so verschießen kann und wofür er mir eigentlich auch noch seinen Waffenschein zeigen müsste. Aber er sagt nichts, holt seinen Dienstausweis aus der Tasche und legt ihn kommentarlos vor mir auf den Tisch.

Ich schaue auf den Ausweis, der aussieht, als hätte er als Gimmick dem letzten Micky-Maus-Heft beigelegen.

»Hessische Polizei Dienstausweis. Sebastian Loch. Polizeioberkommissar«, lese ich.

Das Bild von ihm ist toll. Er sieht darauf richtig nett aus, auch wenn es offenbar auch auf diesen Ausweisen – wie bei den biometrischen Reisedokumenten – nicht gestattet ist zu lächeln. Er lächelt darauf nicht mit dem Mund. Aber seine Augen lächeln. Ohne Blitze. Ohne Pfeile. Trotzdem sieht der Ausweis wie selbst eingeschweißt aus.

»Ist der echt?«, frage ich Herrn Loch

geradeheraus.

Er wird ein bisschen rot.

»Natürlich«, sagt er sehr bestimmt. Er klingt, als wäre ich nicht die Erste, die ihm diese Frage gestellt hat. Das Land müsste dringend mit seiner Ausweisdruckerei reden, denke ich mir.

»Meine Rolle in diesem Fall wäre also damit geklärt.« Polizeioberkommissar Sebastian Loch nimmt schnell seinen Ausweis vom Tisch und steckt ihn wieder ein.

Damit hat er wohl recht. Aber er soll nicht glauben, dass ich mich damit geschlagen gebe. Ich werde ihm schon beweisen, dass er bei mir an der falschen Adresse ist – was seine Verdächtigungen betrifft.

Herr Loch steht auf, zückt aus seiner Brusttasche eine Visitenkarte und streckt sie meiner Mutter entgegen – er hält sie also für glaubwürdiger als mich. Ich ärgere mich nicht mehr darüber, denn ständig wird meine Mutter sogar in fremden Städten nach dem Weg gefragt – sie ist eben ein echter Sympathieträger.

Meine Mutter nimmt die Karte in beide Hände, schaut kurz darauf und sieht dann Herrn Loch fest an.

»Herr Kommissar ... meinen Sie, Sie haben den bald? Also den, der die Carla umgebracht hat? Also den Würger?«

Sie hat zu viele Edgar-Wallace-Streifen geschaut, denke ich mir. Und ich weiß jetzt schon, dass Carlas Mörder seinen Namen in unserem Dorf weghat: »Der Würger von Traunbach«. Es kann gut sein, dass das auch morgen die Headline unseres Käseblatts ist.

»Früher oder später werden wir den Täter ... oder die Täterin ... mit Sicherheit aufspüren.« Ich merke, wie er mich aus den Augenwinkeln immer noch beobachtet und kann mich des Eindrucks nicht erwähren, dass kurz ein lustiges Blitzen in seinen Augen zu sehen war.

Ich finde trotzdem, dass Herr Loch ein Arsch ist, stehe auf und lasse ihn grußlos mit meinen Eltern im Wohnzimmer sitzen.

Carla, Carla – wer hätte das von dir gedacht!

Nachdem Herr Loch gegangen ist, begebe ich mich in mein Zimmer und ziehe nun endlich das Sommerkleid an. So richtig gefällt es mir nicht mehr, nach drei Jahren hat sich die Mode doch ein wenig verändert. Ich brauche dringend neue Klamotten. Aber vielleicht projiziere ich meine Wut über das missglückte Gespräch mit dem blöden Kommissar nun auf das arme Kleid. Was soll's – Stoff ist geduldig.

»So ein aufgeblasener Fatzke«, schimpfe ich immer noch vor mich hin, als meine Mama wenig später den Kopf hereinstreckt, um mir die genähte Hose wieder reinzureichen. Ich weiß eigentlich nicht genau, warum sie sie überhaupt genäht hat. Denn selbst zugenäht macht ein L-Cut die Leinenhose nicht wirklich tragbarer. Ich nehme die Hose, sage artig: »Danke«, und dann fällt mein Blick auf die geflickte Stelle. Pumuckl grinst mir von dort frech mit erhobenem Daumen entgegen. Auf meiner weißen Leinenhose prangt jetzt also eine Stoff-Applikation, die man sonst Kindern auf die durchgefallene Hosenstelle am Knie aufsetzt. Ich sehe erst noch einmal den Pumuckl mit seinen feuerroten Haaren und dann meine Mutter fragend an.

Sie wird leicht rot und verteidigt sich:

»Ei, die Hose hättest du eh nicht mehr tragen können. So kannst du sie wenigstens noch ein bisschen daheim rum anziehen. Und für daheim rum ist doch der Pumuckl ganz lustig!?«

Ich weiß immer noch nicht, was ich dazu sagen soll. Einerseits will ich nicht mit ihr schimpfen, denn sie hat sich die Mühe gemacht und mir die Hose genäht. Andererseits ist allein die Idee, ihrer 37-jährigen Tochter einen Pumuckl auf die Hose zu nähen, eigentlich eine Frechheit. Aber vielleicht ziehe ich das Ding in einem Anflug von Kindheitssehnsucht ja wirklich mal »daheim rum« an – mit Pumuckl auf dem Oberschenkel.

Ich muss dann doch schmunzeln und lege die Hose auf einen Stuhl. Pünktchen schleicht zur Tür herein, springt auf den Stuhl und kuschelt sich auf die geflickte Hose.

»Guck! Dem Kater gefällt sie«, triumphiert meine Mutter.

Dann setzt sie sich auf mein Bett und seufzt.

»Ich kann das immer noch nicht glauben, dass die Carla tot ist. Umgebracht! Bei uns! Das kann doch nicht sein.«

Ich setze mich neben sie und nehme ihre Hand in meine. Meine Mutter schaut traurig auf meinen geblümten Kinderzimmerteppich.

»Mama, ich kann mir das auch nicht erklären. Aber die Menschen sind überall gleich. Die Guten wohnen nicht nur auf dem Dorf, und nicht alle Schlechten in der Stadt. Und wie oft hast du selbst schon über den einen oder anderen hier den Kopf geschüttelt. Man ist so schockiert, weil man immer denkt, dass so was nur den anderen passiert.«

»Ach, Kind, du hast ja recht. Aber wer hat denn die Carla so gehasst, dass er sie umbringt? Mir geht das nicht in den Kopf. Ja, gut. Sie war manchmal schon ganz schön anstrengend mit ihrem vielen Geschwätz. Aber deshalb bringt man doch niemanden um!«

»Hm … Es sei denn, sie hat dieses Mal wirklich was rausbekommen, womit sie jemandem große Schwierigkeiten hätte machen können.«

»Das hätten aber schon gewaltige Schwierigkeiten sein müssen …«, protestiert meine Mutter, allerdings eher halbherzig. Sie kannte ihre Freundin und ihr Talent für Gerüchte zu gut, um das wirklich für so abwegig zu halten.

Sie seufzt.

»Ja, wer weiß! Mich würde das auch brennend interessieren …«

Wir schweigen kurz gemeinsam. Dann sieht mich meine Mutter an.

»Ach, Kind, ich könnte auch ruhiger schlafen, wenn ich wüsste, dass der Scheißkerl hinter Gittern sitzt.«

Ich stutze kurz. »Scheißkerl« gehört sonst nicht in den Wortschatz meiner Mutter. Sie muss wirklich aufgebracht sein, wenn sie solche Kraftausdrücke benutzt.

»Ja, ich auch«, sage ich und beschließe, mich mal umzuhören. Jemand muss doch den Hercule-Poirot-Verschnitt gesehen haben. Und nach dem Blick von Herrn Loch zu urteilen, will ich mich mal lieber nicht darauf verlassen, dass er mich ernst genommen hat und selbst Ermittlungen anstellt.

»Der blöde Kommissar hat mich eben echt genervt. Ich glaub, ich geh jetzt zum Rudi 'nen Schoppen trinken.«

Ich stehe auf und sehe meine Mutter an.

»Willst du und Papa mitgehen?«

»Nee, lass mal«, seufzt meine Mutter noch einmal und steht auf. »Ich will die Wäsche noch bügeln. Viel Spaß, und komm nicht so spät heim.« Wenn ich da nicht hinlaufen könnte, hätte sie sicher auch noch ergänzt, dass ich anständig fahren soll. Man bleibt eben immer das Kind.

Als ich die alte Apfelweinkneipe auf unserer Hauptstraße betrete, schlägt mir schon ein beachtlicher Lärmpegel entgegen, gepaart mit dem Duft von Sauerkraut und dem leicht modrigen Geruch alter Apfelweinfässer, der für diese traditionsreichen Lokale so typisch ist. Ich mag diese ursprünglichen, unprätentiösen Kneipen, in denen noch kein Latte macchiato und keine Balsamicocreme Einzug gehalten haben. Und viele meiner Generation sehnen sich genauso wie ich nach diesem Ursprünglichen, Authentischen, Unverfälschten. Wir haben diese ganze unpersönliche Bistro-Szene einfach satt. Deshalb findet man bei Rudi nicht nur die alteingesessenen Traunbacher, sondern auch viele jüngere Leute. Und an der langen Theke trifft man zudem immer jemanden, mit dem man ein paar Sätze quatschen kann. Auch wenn man – wie ich heute – alleine kommt.

Ich bleibe kurz im Eingang stehen und lasse den

Blick schweifen. Fast alle Tische sind voll besetzt, und ich nicke der einen oder anderen Gruppe freundlich zu. Dabei formen meine Lippen ein tonloses »Hallo« – man kennt sich halt in unserem Kaff, und deshalb ist das Grüßen ein Muss. Wenn man durch unseren Ort läuft, wird »Guten Tag« gesagt – darauf legen meine Eltern auch heute noch großen Wert. Ich kann daher nur allen raten, die vorhaben, in ein Städtchen mit weniger als 10.000 Einwohnern zu ziehen: immer freundlich die Leute grüßen, auch wenn man niemanden kennt – das ist trotzdem die halbe Miete, um gut bei der Dorfgemeinschaft anzukommen.

Ich kann mich erinnern, dass ich mit meinen Eltern als Zehnjährige mal an der Nordsee Urlaub gemacht und natürlich auch dort alle Leute, die mir auf der Straße entgegenkamen, gegrüßt habe. Und es war dort gerade Hochsaison. Sprich: Es kamen mir viele Leute entgegen. Ich kam quasi mit dem Grüßen gar nicht mehr nach. Das bräuchte ich nun wiederum nicht tun, meinten meine Eltern damals zu mir, was mir als Kind allerdings nicht ganz eingeleuchtet hat. Denn diese Menschen kannte ich genauso wenig wie die meisten, die mir in Traunbach begegneten. Die Leute an der Küste sollten es also weniger wert sein, von mir gegrüßt zu werden? Das fand ich als Kind sehr merkwürdig. Und hat mich in meinem Grüßverhalten nachhaltig beeinflusst.

Inzwischen habe ich festgestellt: Anderen Menschen geht es augenscheinlich genauso. Ob man nun grüßen soll oder nicht – diese Verunsicherung spüre ich immer noch vor allem bei Spaziergängen und Wanderungen, egal in welchem Landesteil. Die einen sagen direkt »Grüß Gott«

oder »Hallo«, andere schauen, ob der
Entgegenkommende vielleicht was sagt oder
erwartet, dass man grüßen soll, oder nicht oder ob
der andere das dann doch merkwürdig findet, denn
man kennt sich ja gar nicht. Man nimmt nur gerade
heute zufällig den gleichen Wanderweg – nur
jeweils in umgekehrter Richtung. Und während man
dann das so denkt, ist man meistens auch schon
aneinander vorbeispaziert. Wenn ich diesen
Moment verpasst habe und ein Wanderer – von mir
ungegrüßt – an mir vorbeigegangen ist, habe ich
noch heute ein schlechtes Gewissen und spüre im
Fahrtwind des anderen, dass es diesem genauso
geht. Verrückt. Ich habe dazu inzwischen meine
persönliche These entwickelt, die ich immer wieder
aufs Neue überprüfe: Je mehr Wald, desto eher
grüßen die Leute. Auf dicht umwaldeten
Wanderwegen wird eigentlich immer gegrüßt.
Kommt man aus dem Wäldchen heraus und biegt in
eine noch so kleine Ortschaft ein, ist es aus mit der
ganzen Grüßerei – vielleicht wäre das für mich als
Kind eine plausible Erklärung gewesen: Wald gleich
grüßen. Fremder Ort gleich nicht grüßen.

 Ich vergewissere mich noch einmal, dass ich
allen Tischen artig zugenickt habe, und schaue
dann zur Theke hinüber und sehe Egon. Und er
sieht mich. Der Abend hätte so entspannt werden
können, aber nun sitzt da Egon und grinst mich
fröhlich an. Egon ist 62 und unser Metzger. Und
leider ein Tatscher. Zugegeben: ein netter Tatscher,
dem man nicht böse sein kann. Egon fällt ganz klar
in die Kategorie »Hunde, die bellen, beißen nicht«.
Und da ich seit meiner Kindheit im Turnverein, im
Flötenunterricht und im Gesangsverein meiner
Eltern rumgesprungen bin, kenne ich in diesem Ort

fast jeden. Aber viel schlimmer: Jeder kennt mich.

Ich entschuldige mich also innerlich schon mal bei meinem Knie für Egons dicke Schweißpranken und gehe auf ihn zu.

»Ei, mein Mädchen, bist du auch mal wieder im Land?« Ja, auch die Standardbegrüßung für Weggezogene hat sich in all den Jahren nicht geändert.

»Setzt du dich ein bisschen zu mir?«, fährt Egon fort und klopft mit seiner schweißnassen Metzgershand auf den kunstlederbezogenen Barhocker, sodass nun fünf feuchte Striemen zu sehen sind.

»Na klar, Egon«, grinse ich ihn an und versuche, nicht an den Metzgerglibber zu denken, als ich mir den Barhocker ranziehe und mich draufsetze. Ich probiere, ein wenig Sicherheitsabstand zwischen uns zu lassen, aber es funktioniert nicht, und schon spüre ich Egons Hand auf meinem unteren Oberschenkel.

»Schön, dass du mal wieder da bist«, freut sich Egon und lässt seine Hand einfach ungeniert auf meinem Bein ruhen.

»Was willst 'n trinken? Einen Schoppen?«

Na, wenigstens werde ich mit Apfelwein entschädigt.

»Gerne. Sauer, bitte«, antworte ich Egon und zupfe an meinem Kleid, sodass er nun doch seine Hand von meinem Knie nimmt.

Egon bestellt mir einen sauergespritzten Apfelwein und sich selbst noch einen pur – echte Kerle schütten eben kein Mineralwasser in ihren Schoppen. Und seine bereits glasigen Augen verraten mir, dass er schon ein paar Gläser hatte.

Betty, die Frau von Rudi, kommt aus der Küche. Sie sieht nicht so aus, als würde sie heute Abend ihrem Göttergatten helfen wollen. Sie trägt eine schicke Jeans und über ihrem Top einen Poncho, wie sie gerade mal wieder modern sind. An ihrem Handgelenk baumelt eine passende Handtasche.

»Ich bin dann weg«, sagt sie zu ihrem Mann, der gerade ein Tablett mit Getränken bestückt. Rudi sieht nicht einmal auf, murmelt ein »O. k.«, zapft noch die Schaumkrone auf ein Bier und schiebt das Tablett Richtung Kellnerin Sabine, die bereits vor der Theke wartet. Mit einem Lächeln nimmt sie die Getränke und bedient freundlich die Gäste. Sie hat offenbar mehr Spaß an ihrem Job als ihre Chefin, die zur Gastro-Rushhour das Lokal verlässt. Aber: Der Laden läuft trotzdem gut – auch ohne Wirtsfrau.

Egon fängt meinen Blick auf.

»Die Betty geht mit ihren Freundinnen ins Kino. Reicht ja auch, wenn hier einer die Stellung hält«, erklärt er mir ungefragt und beiläufig.

»Und du? Hast du Urlaub, Mädchen, oder zieht's dich doch wieder ganz in die Heimat?«, wechselt Egon dann das Thema, und seine Miene verrät mir, dass er die Antwort auf seine Frage eigentlich schon weiß. Aber wie alle Einheimischen kann auch Egon es nicht lassen, jede Gelegenheit zu nutzen, die abtrünnige Jugend zu überzeugen, dass die Stadt ein Moloch und nur das Landleben das einzig Wahre ist. Leider überzeugte diese Taktik noch nicht einmal Egons vier Söhne. Zum Ärger des Vaters wollte keiner von ihnen Tieren den Garaus machen, den Metzgerladen übernehmen und in Traunbach bleiben. Stattdessen arbeiten sie nun in den Großstädten dieser Welt und erfüllen ihrerseits dort alle Klischees – aus ihnen ist ein Banker, ein

Jurist und ein Arzt geworden. Und der Jüngste macht »was mit Medien«, natürlich in Berlin.

»Ich hab nur Urlaub, Egon«, lächle ich ihn sanftmütig an. Alle Egons, Heinz und Helmuts meines Ortes sind ein bisschen wie Onkel oder große Brüder für mich – je nach Alter.

»Ich hatte noch ein paar freie Tage zu bekommen, und dann bin ich halt hergekommen. Auch wegen der Carla. Ich dachte, die Mama kann ein bisschen Beistand brauchen.«

»Ja, das machst du schon richtig.« Egon nickt bedächtig mit dem Kopf und schaut in sein Apfelweinglas.

»Was für eine schreckliche Sache das ist«, sage ich betroffen vor mich hin. Er sagt nichts, nickt nur im selben Tempo weiter und erinnert mich dabei an einen Wackeldackel, wie er früher im Heck des silbergrauen Opel Ascona meines Onkels Herbert herumwackelte.

Egon nimmt einen tiefen Schluck Apfelwein und sagt dann:

»Aber gewundert hat's mich eigentlich nicht.«

Ich stutze und kann gerade noch meinen Mundvoll Sauergespritzten runterwürgen, ohne mich zu verschlucken.

»Wie meinste denn das jetzt?« Ich sehe Egon fragend an.

Er sitzt ganz ruhig auf seinem Barhocker, aber sein Körper hat sich merklich versteift, und ich spüre, dass zwar etwas in ihm brodelt, er aber auch den Eindruck vermittelt, dass er mit seiner Andeutung schon zu viel gesagt hat. Sein Kopf ist schon ganz rot angelaufen. Aufregung und 45 Jahre täglich Schweinefleisch aufs Brot ergeben keine gute Kombination für einen gesunden Blutdruck.

»Man soll ja nicht schlecht über Tote reden, aber die Carla hat's manchmal wirklich übertrieben. Die hat ja keine Ruhe gegeben, bis sie nicht jede Kleinigkeit über alles gewusst hat. Manchmal war sie wirklich nagend.«

»Aber, Egon: Deshalb bringt man doch niemanden um.« Ich sehe ihn irritiert an, aber er versucht meinem Blick auszuweichen.

»Oder?«, füge ich mit leiser Piepsstimme hinzu.

»Ich glaub, die hat schon einiges gewusst, was sie besser nicht hätte wissen sollen.« Ich sehe auf, denn nun steht Rudi vor uns und sieht so aus, als wollte er sich in unser Gespräch einklinken. Jedenfalls schaut er Egon scharf an und macht ein vielsagendes Gesicht, während er mit einem schon etwas in die Jahre gekommenen Küchenhandtuch ein Apfelweinglas poliert.

»Na, also dass sich der Sohn vom Müller Heini scheiden lässt, ist ja jetzt keine Info, wofür man jemandem umbringt«, sage ich so vor mich hin und nehme noch einen Schluck von meinem Sauergespritzten.

Beide Männer sehen mich mit großen Augen an.

»Was, die lassen sich scheiden?«, fragt Egon und sieht dann Rudi an. »Die waren doch noch gar nicht so lang verheiratet, oder?«

Rudi runzelt die Stirn, schaut an die Decke und überlegt, während er noch immer das Apfelweinglas poliert. Ich habe ein bisschen Angst, dass es weitere zwanzig Umdrehungen in seiner Hand nicht überstehen wird und dann nie wieder ein Küchenhandtuch zum Trocknen zu sehen bekommt.

»Warte mal. Die waren ja nach dem Standesamt

damals zum Essen bei mir. Das weiß ich noch, denn die wollten zum Nachtisch unbedingt Pistazieneis – weil die Jungen das doch so gern essen. Ich hab die halbe Metro abgesucht, bis ich das hatte. Als ob das Fürst Bückler es nicht auch getan hätte. Das von Langnese ist wirklich gut! Hat sogar der Antonio gesagt, und der ist schließlich Italiener. Und siehst du: Das Pistazieneis hat die Ehe auch nicht gerettet.«

Rudi stellt nun endlich das Glas ins Regal hinter sich und greift nach dem nächsten aus dem Spülkorb.

Mich interessieren die Details von dem Müller-Heini-Sohn-Standesamt-Essen nun so gar nicht, dafür umso mehr, was Carla noch alles wusste.

»Ja, ja. Das ist ja jetzt auch nicht so wichtig«, bügle ich die beiden Dampfplauderer ab.

»Aber deswegen ist Carla ja wohl wirklich nicht umgebracht worden.«

Rudi und Egon werfen sich einen vielsagenden Blick zu und schweigen.

Ich sehe von einem zum anderen.

»Ich bin keine 13 mehr«, sage ich vorwurfsvoll und schaue Rudi und Egon noch einmal abwechselnd an. Egon sagt zu Rudi:

»Mach mir noch 'nen Schoppen.«

Mir fällt dabei der Klassiker von »Badesalz« ein: »Ich bin 42 Jahre und Elektroingenieur.« So fühle ich mich im Moment: eine gealterte Fachidiotin, der man jede Selbstverständlichkeit wie einem Kleinkind erklären muss und die von der Welt um sich herum keine Ahnung hat. Jedenfalls nicht von der Welt in Traunbach.

Aber ich sehe gar nicht ein, jetzt lockerzulassen.

»Nun sagt schon! Was hat denn Carla in diesem Kaff schon Brisantes rausfinden können?« Meine Stimme klingt bei dem Wort »Kaff« abfälliger, als ich es wollte. Aber der Gedanke, dass in unserem bescheidenen Dorf hochgeheime Informationen gehandelt werden, für die jemand umgebracht wird, scheint mir doch zu absurd.

Offenbar habe ich mit meiner Stimmlage aber bei Egon einen empfindlichen Nerv getroffen. Er springt von seinem Barhocker auf, sieht mich ernst an und sagt:

»Bei mir stand plötzlich der Arsch vom Gesundheitsamt im Laden. ›Anonymer Hinweis‹, hat der Korinthenkacker nur gesagt und mein Schlachthaus links gemacht. Da hing halt noch das Reh vom Alfons drin. Das darf man halt nicht, wegen Wild und Fleischbeschau und nicht offiziell übern Förster und Pipapo. Dabei bin ich Metzger! Wenn jemand so ein Tier fachmännisch zerlegen kann, dann bin ich es. Glaubst du ja selbst nicht, dass ich nicht aufgepasst hätte, dass alles wieder sauber ist. Aber da gibt's halt diese scheiß Vorschriften. 3.000 Euro Strafe hab ich zahlen müssen!«

Egons Kopf ist nun so rot, dass ich mir ernsthaft Sorgen mache. Seine Augen sind ein bisschen hervorgetreten, und beim Sprechen flutscht ihm immer mal ein Speichelfaden aus dem Mund. Keine Frage: Egon ist wütend.

»Kannst dir auch noch mal vom Rudi erzählen lassen, wo überall plötzlich das Ordnungsamt oder die Kripo vor der Tür stand. Gell, Rudi?« Egon sieht Rudi an. Rudi nickt und poliert.

»Und das soll Carla gewesen sein?«, frage ich zweifelnd, denn das kann ich noch immer alles nicht glauben.

»Pff. Keine Ahnung, ob sie es selbst war.« Ich schätze Egons Blutdruck jetzt auf mindestens 200 zu 140 und habe wirklich Angst, dass gleich sein Kopf platzt.

»Aber was man so hört, hat sie es sich auch bezahlen lassen – was zu sagen. Oder nichts zu sagen. Je nachdem, wie sie gelaunt war und wer da seine Vorteile von hatte.«

Egon sieht mir fest in die Augen. Ich weiß, dass es die Wahrheit ist. Alles, was er mir da eben erzählt hat. Und wahrscheinlich gibt es da noch viel mehr.

Er wendet sich ab.

»Rudi, schreib's auf. Auch die Schoppen von der Lissie. Ich zahl's des nächste Mal.« Spricht's, wartet mein »Danke« gar nicht erst ab, greift seine alte Jägerjacke und geht mit einem »Mach's gut, Klaa« und dem immer noch puterroten Kopf hinaus.

Ich sehe Rudi an. Rudi sieht in den Spülkorb. Er ist leer. Alle gespülten Apfelweingläser sind poliert.

»Ich geh mal einen Kasten Wasser hochholen«, sagt Rudi und verschwindet.

Ich trinke meinen Sauergespritzten aus. Ich warte noch fünf Minuten, dann gehe ich auch. Eigentlich wollte ich noch nach Hercule Poirot fragen, aber Rudi scheint das Wasser selbst und zu Fuß aus dem Vogelsberg zu holen. Er ist immer noch im Keller verschwunden. Und jeder weitere Versuch, mehr über Carlas Machenschaften herauszubekommen, wäre heute Abend sowieso sinnlos.

Auf der Mauer, auf der Lauer …

Es ist fast schon dunkel, als ich Rudis Apfelweinkneipe verlasse und meine Schritte nach Hause lenke. Der Tag war zwar warm, aber nun merkt man doch, dass es erst Mai ist. Ich fröstle und ziehe mir meine Jeansjacke über. Es ist kurz nach neun, die Sonne ist bereits untergegangen, und seit mindestens einer Stunde sind die Bürgersteige in Traunbach hochgeklappt. Auch daran merkt man, dass wir trotz Nähe zur Großstadt eigentlich in der Provinz leben – die Einheimischen haben sich in ihre Fachwerkhäuser oder modernen Energiesparbauten zurückgezogen, durch die Vorhänge kann man den Fernseher flackern sehen, und da, wo die älteren Traunbacher wohnen, hört man ihn auch. Ich glaube, wir gehören auch zu den unbeugsamen Dörfern, wo der Supermarkt noch um 19 statt um 20 Uhr schließt. Und trotzdem verhungert hier niemand. Darüber sollten die Konzernchefs mal nachdenken.

Die Luft ist kühl und klar, und man kann riechen, dass bald der Sommer kommt. Noch bevor die medialen Wettervögel dieser Welt ihre Vorhersagen treffen, kann ich den Wechsel der Jahreszeiten riechen. »Es liegt was in der Luft« gilt bei mir nicht nur für Melitta-Kaffee. Und heute riecht es nach Sommer. Es sind vielleicht die ersten Wiesengräser, die ihre Knospen öffnen, oder die Bäume, die mit ihren Blüten die Bienen von unserem Imker Philipp willkommen heißen. Ich weiß es nicht genau, aber ich rieche: Jetzt beginnt für mich die schönste Jahreszeit. Und ich möchte gar nicht an den

September denken. Wenn die Tage kürzer werden und die sinkenden Temperaturen den ersten Blättern den Garaus machen. Dann riecht es nach Abschied, und in meinem Bauch formt sich ein trauriger Kloß, der bedeutet, dass ich nun wieder ein halbes Jahr auf den Frühling warten muss.

Ich atme tief ein, bin für einen Moment einfach glücklich im Hier und Jetzt und möchte noch ein bisschen mehr von dem abendlichen Frühsommerduft genießen. Und so gehe ich nicht durch die Ortsmitte, sondern beschließe, einen kleinen Umweg zu laufen, und schlage den Weg durch die Schrebergartenkolonie ein.

Je weiter ich mich von den letzten Häusern entferne, desto mehr umgibt mich natürliche Stille. Irgendwo raschelt ein Hamster, und Herr Amsel piepst noch einmal eine Zwitscherübung, auf dass er morgen endlich bei Frau Amsel landen kann. Ich würde es nie bei meinen Eltern oder deren Bekannten zugeben: Diese Idylle vermisse ich in der Stadt. Manchmal. Ich seufze. Man muss ja nicht gleich die ganze Kuh kaufen, wenn man einen Liter Milch trinken will. Mein Leben in der Stadt ist sonst ja wirklich schön.

Die Kindheitseindrücke stimmen bei näherer Betrachtung auch nicht immer mit der Wirklichkeit überein – so dunkel hatte ich den Weg durch die Gärten gar nicht in Erinnerung. Vielleicht bin ich früher nur zu Hochsommerzeiten hier abends entlangspaziert. Oder es war vielleicht doch vor acht – was Sinn machen würde, denn wenn ich recht darüber nachdenke, haben mich meine Eltern eigentlich abends nicht mehr alleine vor die Tür gelassen. Die magische Grenze fürs Nachhausekommen lag meist so bei sechs Uhr.

Ich muss konzentriert auf den Weg schauen, damit ich in der Dunkelheit nicht noch über einen Stein stolpere. Wäre ich doch durch die Straßen zurückgelaufen. Man kann ja kaum seine Hand vor Augen sehen.

Knack!

Es klingt, als wäre hinter mir jemand auf einen Zweig getreten. Und ich bin mir sicher, dass es dieses Mal kein Hamster war. Ich drehe mich um.

»Hallo? Ist da jemand?«

Ich kann niemanden in der Dunkelheit entdecken. Ich drehe mich um und gehe weiter. Mein Herz beginnt schneller zu schlagen, und automatisch schlagen auch meine Beine ein höheres Tempo an. Was immer ich gelesen oder gehört habe, wie man sich bei einer Panik verhält, in diesem Moment funktioniert es augenscheinlich nicht. Meine Beine werden nicht mehr von meinem Hirn, sondern nur noch von meinem triebgesteuerten Unterbewusstsein dirigiert.

Knack! Knack!

Ich bin eigentlich kein ängstlicher Typ. Aber wie das mit dem »eigentlich« so ist – jetzt ist mir mein Herz direkt in den Schlüpfer gerutscht. Und ich bin froh, dass ich keinen String anhabe – in das bisschen Stoff hätte mein Herz überhaupt nicht reingepasst. Noch ungefähr hundert Meter und dann um die Ecke: Dort beginnt wieder die erste Gasse. Und ich bin mir sicher: Dort gibt es wieder eine Straßenlaterne. Dann werde ich all meinen Mut zusammennehmen, mich umdrehen und meinem Verfolger ins Gesicht schauen. Doppelschwör.

Knack, knack! Knack, knack!

Jetzt bin ich mir wirklich sicher, dass jemand

hinter mir her ist. Und sehne mich augenblicklich wieder nach meiner nun Pumuckl-besetzten Leinenhose: Mit der würde ich als potenzielles Vergewaltigungsopfer nämlich ausscheiden. Und wenn er mich gar nicht hinter die Büsche ziehen will, sondern mich …? Ich schlucke laut. Was ist, wenn es Carlas Mörder ist, der ein neues Opfer sucht? Ich horche in die Nacht, während meine Beine mich nun im Walkingschritt weiter über den Weg tragen. Außer den langsam näher kommenden Schritten ist es mucksmäuschenstill, und auch der Mond scheint sich gegen mich verschworen zu haben, denn er versteckt sich gerade hinter einer dunklen Wolke.

Noch dreißig Meter.

Ich erschrecke, als ich über einen Stein stolpere und kurz hängen bleibe.

»Verflucht!«, entfährt es mir, und das denke ich auch noch mal. Verflucht, verflucht! Wer auch immer mir folgt: Er muss meine Panik ja nicht auch noch hören. Der Stolperer hat mich wieder eine Sekunde gekostet und meinen Verfolger ein Schrittchen näher an mich herangebracht.

Noch zwanzig Meter.

Dieser Weg scheint kein Ende zu nehmen. Mein Herz klopft bis zum Hals. Memo an mich selbst: Wenn du hier unbeschadet rauskommst, wird wieder mehr Sport gemacht. Diese Situation ist der lebende Beweis, warum es doch Sinn macht, sich dreimal pro Woche aufzuraffen und eine Runde durch den Stadtpark zu drehen. Ich denke kurz über Kampfsport nach und wie man seine Finger in die Augen eines Angreifers rammen soll. Ob ich das noch zusammenbekomme? Ich bin mir nicht sicher.

Ich höre meinen Puls pochen und versuche, mein Tempo noch zu steigern, ohne dabei zu rennen. Warum eigentlich nicht? Was spricht dagegen, jetzt loszurennen?

Ich bilde mir ein, einen Atemhauch in meinem Nacken zu spüren, und sprinte los. Ich schaffe die letzten Meter und renne um die Ecke.

Der Schein der Straßenlaterne trifft meine an die Dunkelheit gewöhnten Augen wie ein Blitz. Ich kneife instinktiv die Lider zusammen und sehe noch schemenhaft etwas vor mir auftauchen. Ich kann nicht mehr ausweichen und pralle dagegen. Mir wird kurz schwarz vor Augen, ich torkle ein wenig und öffne die Augen.

Vor mir steht Hercule Poirot und zieht ein verwundertes Gesicht. Sein Strohhut ist ihm vom Kopf gefallen, aber ansonsten sieht er genauso aus wie an dem Tag, als ich ihn vor Carlas Laden getroffen habe. Wir starren uns für eine Sekunde an, dann drehe ich mich blitzschnell um. Wo ist mein Verfolger geblieben?

»Guten Abend, junge Frau! So stürmisch unterwegs um diese Uhrzeit?«

Ich drehe mich wieder zu Hercule Clooney um und sehe ihn offenbar immer noch entgeistert und ein bisschen benebelt an. Rennerei mit Äppler im Bauch und jähes Zusammenprallen mit fremden Männern: keine gute Mischung. Endlich finde ich meine Sprache wieder.

»Ich … äh … wo ist er hin?«, schnaufe ich.

»Wer?« Nun ist es an Hercule, ein entgeistertes Gesicht zu machen.

Wieder herrscht für ein paar sehr lange Sekunden Stille.

»Der … also … Sie müssen ihn doch gesehen haben!« Ich kann es gar nicht fassen. Wer oder was mich verfolgt hat, war doch, kurz bevor ich um die Ecke gebogen bin, noch direkt hinter mir.

»Wen soll ich gesehen haben? Haben Sie vielleicht zu viel von dem köstlichen Äpfelwein genossen, meine Liebe?« Er sagt es schmunzelnd und fast etwas verschwörerisch. Und tatsächlich redet er von »Äpfelwein«. Das sagt hier kein Mensch, und es klingt aus seinem Mund doppelt merkwürdig. Er denkt, ich bin betrunken! Das ist ja wohl die Höhe!

»Na, hören Sie mal! Ich bin stocknüchtern!«, echauffiere ich mich.

»Echauffieren Sie sich doch nicht so, junge Dame! Es sei Ihnen doch von Herzen vergönnt!«

Er macht eine kurze Pause, dann fügt er hinzu:

»Nun, wie auch immer. Ich wünsche Ihnen noch einen schönen Abend! Und grüßen Sie Clara von mir!«

»Carla! Sie hieß Carla«, schreie ich ihn nun an. Dieser Zeitreisende hat wohl den Schuss nicht gehört. Oder besser gesagt: die Todesanzeige nicht gelesen.

»Bitte?« Der Zwanzigerjahre-Clooney hebt seinen Strohhut auf und ist schon einen Schritt an mir vorbei, dreht sich aber nun noch einmal um.

»Wieso sagen Sie ›hieß‹?«

»Weil Sie tot ist!«

Mein Satz hallt in der menschenleeren Gasse wider. Ich bekomme eine Gänsehaut.

Etwas leiser ergänze ich:

»Und da ich Sie ja nun wiedergetroffen habe,

würde mich brennend interessieren, was Sie eigentlich von ihr gewollt haben? Warum haben Sie vor ihrer … ihrem Laden gewartet? Und wer sind Sie eigentlich?«

Ich vermeide es, Boutique zu sagen – Sie wissen schon.

Hercule Clooney sieht mich an, setzt seinen Hut auf und geht – ohne mir eine einzige Frage zu beantworten – an mir vorbei.

»He! Sie können doch jetzt nicht einfach gehen!« Ich laufe ihm nach, aber er beschleunigt seinen Schritt, und ich muss wieder leicht traben, damit ich hinter ihm herkomme.

Ich laufe um ihn herum und stelle mich ihm in den Weg.

Er bleibt stehen. Aus seinem Gesicht ist jede Farbe gewichen, und ich mache mir kurz Sorgen, dass er auf der Stelle umfällt. Seine Augen sehen durch mich hindurch.

»Lassen Sie mich bitte vorbei.«

Er sagt es im Befehlston, und mir ist schlagartig nicht mehr wohl in meiner Haut. Aber ich will nun endlich wissen, was er im Schilde führt. Meine Neugier besiegt meine Angst – da kommt der Widder wieder in mir durch. Ich hole tief Luft.

»Nicht, bevor Sie mir nicht endlich sagen, was Sie von Carla wollten.«

»Das ist Privatsache und geht Sie nichts an«, sagt er tonlos.

»Mich geht es vielleicht nichts an, aber die Polizei wird das sicher interessieren«, gebe ich zurück, aber Hercule sieht mich nur an und sagt nichts. Sein Gesicht bleibt dabei völlig regungslos.

»Sagen Sie mir wenigstens Ihren Namen«, fordere ich ihn erneut auf und nuschle – mehr zu mir selbst – vor mich hin:

»Damit ich nicht immer an Hercule Poirot und George Clooney denken muss.«

Er sieht mich an und zieht die Augenbrauen hoch. Ich habe den letzten Satz tatsächlich ausgesprochen. So ein Mist!

Nun sehe ich doch ein Lächeln über seine Lippen huschen.

»Dann nennen Sie mich doch einfach Georg. Das gefällt mir gut. Guten Abend!«

Er lässt mich in der Dunkelheit stehen.

Ich warte einen Moment, dann gehe ich ihm nach. Er biegt in eine Seitenstraße ab, und ich kann gerade noch sehen, wie er in einen schwarzen Mercedes steigt, der dort geparkt ist. Er fährt davon. Es ist zu dunkel, um das Autokennzeichen erkennen zu können.

Viel habe ich ja nun nicht herausbekommen, aber vielleicht sollte ich doch Kommissar Loch anrufen.

»Sie glauben also, dass Sie verfolgt worden sind. Gesehen haben Sie aber niemanden. Stattdessen haben Sie also Ihren Hercule Poirot erneut getroffen, den Sie nun Georg nennen sollen und der in einem schwarzen Mercedes davongefahren ist, dessen Kennzeichen Sie nicht erkennen konnten. Habe ich das so richtig zusammengefasst, Frau Sommer?«

Herr Loch hat meine Erzählung in der Tat korrekt

zusammengefasst. Trotzdem klingt es aus seinem Mund, als hätte ich mir das alles ausgedacht. Auch wegen seines nicht zu überhörenden Untertons – was den Begriff damit ad absurdum führt.

»Nun ja, es klingt vielleicht ein bisschen kurios«, gebe ich zögernd zu. »Aber Sie müssen mir glauben: Genauso hat es sich gestern abgespielt!«

In der Leitung ist es still.

»Hallo? Herr Loch? Sind Sie noch da?«

»Ja, Frau Sommer, aber ich weiß, ehrlich gesagt, nicht so recht, was ich davon halten soll. Meine Kollegen haben sich umgehört. Niemand hat Ihren mysteriösen Fremden gesehen.«

Jetzt bin ich diejenige, die das nicht glauben kann und nicht weiß, was sie dazu sagen soll.

»Frau Sommer?«

»Hm.« Mehr fällt mir im Moment nicht ein.

»Sind Sie sicher, dass Sie Ihre Angaben zu Ihrem Unbekannten weiter aufrechterhalten wollen?«

Er sagt es so eindringlich, dass ich für eine Millisekunde selbst daran zweifle.

Dann sage ich bestimmt:

»Ja, Herr Loch, das tue ich. Ich weiß nicht, wen Sie gefragt haben, aber ich habe mir das alles nicht eingebildet. Und nach gestern Abend bin ich mir sicher, dass der Typ etwas mit Carlas Tod zu tun hat. Und Sie würden gut daran tun, mir zu glauben und in dieser Richtung mal richtig zu ermitteln. Und wenn ich Ihre Nummer in meinem Handy gehabt hätte, hätte ich mich auch gleich gemeldet. Und … Ach, glauben Sie doch, was Sie wollen. Guten Tag!«

Ich lege auf, ohne eine Antwort abzuwarten, und wundere mich über mich selbst. Das mache ich sonst nie. Meine Eltern haben mich gut erzogen, und dazu gehört auch, dass man sich anständig am Telefon verabschiedet. Das mache ich sogar bei Callcenter-Anrufen, was dazu geführt hat, dass ich monatlich mindestens fünf E-Mails schreiben muss, um Abos direkt wieder zu kündigen, die ich mir am Telefon habe aufschwatzen lassen. Die Callcenter-Mitarbeiter sind einfach zu gut geschult und wittern gleich, dass ich nicht der »Ich lege einfach auf«-Typ bin. Erst vor ein paar Wochen habe ich zwanzig Minuten mit einem Herrn Schulze aus Bitterfeld gequatscht, der mir in tiefstem Sächsisch die Vorzüge der »Brigitte« erklärt hat und auch, dass er selbst gerne die Kolumne liest und die Rezepte immer nachkocht. Ich hab dann von meinen erfolglosen Abnahmeversuchen mit der Brigitte-Diät in den Neunzigern erzählt und dabei das alte Kochbuch aus meinem Bücherregal herausgekramt, und wir haben uns beide gefragt, ob es noch jemanden gibt, der freiwillig Kartoffelbrei mit Corned Beef isst. Drei Rezepte später hat er dann gejammert, dass er nun wieder Ärger mit seinem Chef bekommen würde, weil er jetzt schon zwanzig Minuten mit mir geredet habe und dennoch keinen Abschluss vorweisen könne. Vielleicht würde er ihn dieses Mal sogar rausschmeißen. Ich habe dann das Brigitte-Essen-&-Trinken-Stern-Kombipaket bei ihm bestellt. Und das habe ich noch nicht gekündigt – ich will nicht, dass Herr Schulz seinen Job verliert, weil ich nicht schnell genug aufgelegt habe.

Aber jetzt habe ich einfach aufgelegt. Herr Loch fördert ganz neue Seiten in mir zutage.

Ich erschrecke, denn mein Handy, das ich noch

immer gedankenverloren in der Hand halte, klingelt. »Nummer unterdrückt« steht im Display. Ich atme tief ein, nehme mir vor, das Gespräch ohne Abo zu beenden, und melde mich:

»Lissie Sommer, guten Tag!«

»Wenn du mehr über Carlas Geschäfte wissen willst, komm heute Abend um zehn zur alten Grillhütte im Auwäldchen. Allein!«

Es knackt in der Leitung, und ich frage mich, ob Herr Loch vielleicht doch recht hat und ich schon einen an der Waffel habe. Ich starre auf mein Handy und erhoffe mir im Stillen, dass aus einem mir bisher unbekannten Geheimfach ein Gesprächsprotokoll ausgedruckt wird, das ich Herrn Loch auf seinen Schreibtisch legen kann. Denn – da bin ich mir sicher – mit einem anonymen Anruf brauche ich dem Kommissar jetzt nicht auch noch zu kommen. Ich benötige erst etwas Handfestes, bevor ich mich wieder bei ihm melden kann – schon weil ich ein triumphierendes Gesicht aufsetzen will, wenn ich ihm endlich einen Beweis für meine Aussagen präsentieren kann. Und ich möchte gleichzeitig sein entschuldigendes Gesicht anschauen!

Mut oder Übermut?

Ich zögere kurz. Wenn ich vor dem Fernseher sitze und mit einer Tüte Chips in der Hand gelangweilt einen Krimi anschaue, ist dies der Moment, an dem ich laut vor mich hin sage: »Ja, wie doof. Ruf halt die Polizei an. Wer geht denn schon alleine zu so einem Treffen. Das macht doch kein normal denkender Mensch.« Ich weiß, dass ich damit recht habe – auch weil das hier irgendwie so etwas wie mein persönlicher Fernsehkrimi geworden ist. Ich nehme mein Handy, suche in den Kontakten nach der Nummer von meiner alten Schulfreundin Doris und wähle »anrufen« aus dem Menü.

Doris und ich sind zusammen zur Grundschule und später ins Gymnasium gegangen. Sie ist ein halbes Jahr jünger als ich und schon immer ein Hasenfuß gewesen. Vielleicht hätte ich für diese Aktion lieber Karen anrufen sollen, aber ehe ich michs versehen hätte, hätte sie Herrn Loch informiert, denn Karen ist die Vernunft in Person. Nein, ich brauche jetzt jemanden, den ich davon überzeugen kann, dass der Alleingang zu zweit im Moment der richtige Weg ist. Und Doris traut sich meistens nicht, mir zu widersprechen.

»Auf gar keinen Fall gehe ich mit dir abends ins Auwäldchen!« Doris klingt bestimmt und überhaupt nicht eingeschüchtert. Sie ergänzt sogar noch:

»Das ist total bescheuert! Ruf die Polizei. Die sollen sich darum kümmern und ab.«

Wenn Doris aufgeregt ist, schlägt bei ihr das Hessisch immer mal wieder durch.

»So selbstbewusst kenne ich dich ja gar nicht«, nuschle ich mehr zu mir als zu ihr in den Hörer. Herrje! Hab ich das gerade auch wieder laut ausgesprochen?

»Ja, da staunst du! Aber das hat Herr Dr. Tiefenbruch auch gesagt! ›Ihre Freunde werden sie nicht wiedererkennen.‹«

»Wer ist Herr Dr. Tiefenbruch?«, frage ich.

»Mein Ego-Coach«, sagt Doris wieder sehr bestimmt.

»Dein was?« Ich bin mir nicht sicher, ob ich mich verhört habe.

»Ego-Coach? Was ist denn das für 'n Quatsch!«, entfährt es mir. Na bravo, Lissie. So überzeugst du Doris sicher nicht, sich mit dir im Wald auf die Lauer zu legen.

»Das ist kein Quatsch!« Doris klingt empört und beleidigt zugleich. Mist!

»Ich hab in seinen Seminaren schon viel gelernt.«

Sie klingt wirklich angefressen.

Seminare? Wir haben wohl wirklich lange nicht mehr telefoniert, und ich hoffe, es ist keine Sekte, aus der ich jetzt meine alte Schulfreundin auch noch befreien muss. Das halten meine Nerven bestimmt nicht durch.

»Du lässt mich also hängen«, sage ich und versuche, möglichst viel Enttäuschung in meiner Stimme mitklingen zu lassen.

In der Leitung ist es still. Ich lege noch einmal nach.

»Jetzt sind wir so lange befreundet, und ich habe dir schon so oft beigestanden, und jetzt bitte ich dich mal um einen kleinen Gefallen, und du lässt mich hängen. Das ist echt bitter.«

Ich höre Doris schlucken. Offenbar hielt sich die Anzahl der Seminare bei Herrn Dr. Tiefenbruch noch in Grenzen, und das neue Selbstbewusstsein meiner Freundin ist doch noch nicht so gefestigt.

»Ich lass dich nicht hängen«, sagt Doris leise. Ich kann mir ein kleines Schmunzeln nicht verkneifen.

»Aber, Lissie: Nur weil du es bist! Eigentlich passt mir das gar nicht! Ich hab meine Reisetasche schon gepackt, denn um vier morgen früh fährt mein Zug nach Südfrankreich. Dr. Tiefenbruch gibt ein Sommerseminar zum Thema ‚Mein verstecktes Selbstbewusstsein in meinem Über-Ich'.«

Ich ziehe verachtend die Augenbraue hoch. Gut, dass sich das Bildtelefon noch nicht durchgesetzt hat. Sonst hätte Doris – im Gegensatz zu mir – das Gespräch jetzt ohne Kommentar beendet.

Aber sie fährt fort und startet einen letzen Versuch:

»Außerdem, Lissie: Das ist doch wirklich 'ne Schnapsidee. Und viel zu gefährlich! Ich weiß nicht …«

»Wenn ich nicht allein bin, ist es doch kein Problem. Zu zweit ist es doch nur halb so gefährlich.« Ich bin selbst erstaunt, zu welcher wirren Logik mein Hirn imstande ist, aber wenn es Doris überzeugt, soll es mir recht sein.

Ich lege noch mal nach:

»Und du bist ja quasi nur meine Versicherung. Du musst nichts weiter tun, als mir Rückendeckung zu geben. Mich aus sicherer Entfernung im Auge behalten – das ist dein Job. Sonst nichts.«

Ich höre ein tiefes Seufzen, das sehr theatralisch rüberkommt. Das hat sie sicher auch von diesem Doktor Tiefenbruch gelernt: Wenn es sich denn nicht vermeiden lässt, soll man seine Großmut wenigstens den anderen spüren lassen. Hat funktioniert – mein schlechtes Gewissen hat angeschlagen.

Doris seufzt noch einmal und sagt:

»Na gut, Lissie. Weil du es bist. Aber ich sage dir gleich: Ich hocke mich in einen Busch, und mehr mache ich nicht! Alles andere kannst du vergessen! Und vorher fährst du mich am Bahnhof vorbei, damit ich meine Reisetasche schon im Schließfach deponieren kann. Die Nacht wird durch die Aktion noch kürzer. Ich muss sowieso im Laufschritt zum Bahnhof – da zählt morgen früh jede Minute! Und ohne Tasche läuft es sich schneller.«

»Doris, du bist ein Schatz! Ich hol dich um neun ab. Bis dann!«

»O. k. Bis dann!«

Ich meine, noch mal einen Seufzer von Doris zu hören, und lege erleichtert auf. Endlich werde ich Herrn Loch beweisen können, dass ich nicht spinne.

Doris steht schon auf dem Bürgersteig vor ihrem Haus, als ich kurz vor neun in ihre Straße einbiege, und tippelt aufgeregt von einem Bein auf das andere. Neben ihr auf dem Bürgersteig – der unerwarteterweise um diese Zeit noch nicht hochgeklappt ist – steht eine schwarze Reisetasche, die fast größer ist als die ganze, zierliche Doris. Dieselbige hat sich tatsächlich eine schwarze Jeans und einen schwarzen

Rollkragenpullover angezogen – beides hauteng. Ich bin ein wenig neidisch, dass Doris scheinbar ohne Mühen seit Jahren ihre Größe 36 hält.

    In ihrem figurbetonten schwarzen Dress sieht sie aus wie ein Bondgirl, das sein Waffenarsenal in einer XXL-Tasche mitschleppt. Mich wundert, dass sie sich nicht auch noch zwei Tarnstreifen auf die Wangen gemalt hat. Außerdem haben wir Mai. Draußen ist alles grün, und meine Freundin zieht sich zur Tarnung schwarze Klamotten an. Ein frisches Limettengrün wäre im Moment unauffälliger gewesen. Aber wie heißt es so schön: Nachts sind alle Katzen grau, und so hoffe ich, dass schwarz dennoch eine gute Wahl für meine fleischgewordene Fallback-Lösung ist.

    Ich selbst stecke in engen Jeans, Turnschuhen und einem blauen Kapuzensweater – wenn Doris das Bondgirl ist, bin ich mehr so Pippi Langstrumpf, was nicht zuletzt an meiner roten Lockenpracht liegt. Ich verzichte aber inzwischen darauf, mir entsprechende Zöpfe zu flechten. Heute trage ich meine Mähne offen – Modell »rote Zora«. Ich habe keine Ahnung, was die Leute denken, was wir vorhaben könnten, wenn sie uns heute Abend so zusammen sehen. Unauffällig ist definitiv anders.

    Ich winke Doris zu und beuge mich zur Beifahrertür, um ihr von innen zu öffnen – der alte Punto verfügt leider nicht über eine Zentralverriegelung. Quasi in der gleichen Sekunde reißt Doris an der Tür und zieht mich fast quer über den Beifahrersitz. Im letzten Moment lasse ich den Türgriff los. Sie hat so viel Schwung, dass ich kurz Angst habe, dass sie die Tür aus den Angeln reißt. Wie gesagt: Ich fahre einen Punto und keinen Mercedes. Immerhin hat das Schätzchen vier

Türen, worauf ich sehr stolz bin, auch wenn mein Vater damals gar nicht begeistert war, dass ich mir einen Fiat kaufe. »Oje! Einen Italiener! Du weißt doch, was man sagt: FIAT – Fehler In Allen Teilen!« Es ist mir heute noch eine Genugtuung, dass der Schrauber meines Vertrauens, Papas Vorurteil Jahr und Jahr widerlegen konnte bzw. ich DANK der Künste meines Schraubers Papas Vorurteil jedes Jahr aufs Neue widerlegen kann.

»Hallo, du Superagentin! Dafür, dass ich dich überreden musste, heute Abend mitzukommen, scheinst du es ja jetzt gar nicht mehr abwarten zu können«, begrüße ich sie und drücke ihr gleichzeitig ein Küsschen auf die Wange, als sie sich zu mir in den Wagen beugt. Meine Mutter würde jetzt wieder Zustände bekommen und kopfschüttelnd ausrufen: »Immer diese Knutscherei! Des hat's bei uns früher nicht gegeben. Neumodische Förz!« Aber ich drücke meine Freundinnen gerne und lasse mich in diesem Fall mal nicht von meiner Mutter kirre machen. Doris wuchtet ihre Reisetasche auf den Rücksitz und hat dabei schon ganz rote Wangen. Man sieht ihr ihre Aufregung an und hört sie auch, denn sie verfällt bei ihrer Antwort gleich wieder ins Hessische. »Ja, geh fort. Ich weiß auch nicht, warum ich mich auf den Kram eingelassen hab.«

Ich mustere sie noch einmal von oben bis unten. Sie sieht wirklich so aus, als wäre sie einem Agententhriller entsprungen. Sie spürt meinen Blick, und leider kann ich auch das Zucken um meine Mundwinkel nicht verbergen.

»Was guckst du denn so!?«, fragt sie mit großen Augen.

»Na, dein Outfit ist jedenfalls schon mal schwer Tatort-verdächtig«, sage ich und lasse jetzt meinem dicken Grinsen einfach freien Lauf.

»Entschuldige, bitte! Ich hab noch nicht so oft andere Leute beschattet, dass ich wüsste, was so das beste Outfit dafür ist«, blafft sie mich an und lässt sich auf den Beifahrersitz fallen. Sie verschränkt die Arme und versucht, ein bisschen zu schmollen.

»Jetzt sei doch nicht gleich eingeschnappt«, sage ich, lege den Gang ein und fahre los. Ich kann nicht riskieren, dass es sich Doris doch noch einmal anders überlegt und plötzlich aussteigt.

»Du siehst ja trotzdem toll aus. Wirklich!«, schiebe ich hinterher, um die Laune im Auto wieder aus dem Gefrierfach zu holen.

»Und ehrlich gesagt: Ja, ich komm mir hier ein bisschen vor wie beim Tatort. Aber bei 'ner ganz schlechten Folge! Lissie, bist du dir sicher, dass wir des wirklich machen sollten? Und wenn doch was passiert?« Doris hat sich halb zu mir umgedreht. Der Gurt spannt sich zwischen ihrem Busen, und ich bin drauf und dran, sie zu dem Treffen zu schicken – ihre straffe Oberweite ist waffenscheinpflichtig. Damit würde sie jede Information aus jedem Informanten ruck, zuck rausbekommen, es sei denn, der Informant wäre schwul. Im Gegensatz zu meinem Wohnort Köln ist davon hier in der hessischen Idylle aber nicht auszugehen.

Doris folgt meinem Blick.

»Ist was?«

Sie schaut an sich herunter.

»Hab ich doch 'nen Fleck auf dem Pulli? Ich hab den lang nicht angehabt.«

Doris zieht an ihrem Pulli und schaut noch mal

genauer hin.

»Nein, nein. Das sah nur eben … also … das sah nur gerade mit dem Gurt ein bisschen komisch aus«, entgegne ich schnell und starre wieder auf die Fahrbahn. Die Dämmerung hat sich ausgedämmert, und ich beschließe, das Licht einzuschalten. Dass es um zehn stockduster sein würde, hatte ich bis jetzt noch überhaupt nicht richtig bedacht. Ob es wirklich eine gute Idee ist, allein im Auwäldchen jemanden zu treffen, der vielleicht Carlas Mörder ist oder zumindest weiß, was es mit Carlas zwielichtigen Machenschaften auf sich hatte? Ich schaue wieder zu Doris und sehe, dass sie noch immer an ihrem Pullover rumzupft.

»Ich hab meine Kamera eingesteckt. Hier …« Ich greife hinter mich auf den Rücksitz und ziehe meine Spiegelreflexkamera hervor. Erleichtert stelle ich fest, dass sie nicht von Doris' Reisetasche erschlagen wurde. Vor ein paar Jahren habe ich meine Leidenschaft fürs Fotografieren entdeckt und immer wieder in neues Equipment investiert. Mit der Kamera sollten sich also ein paar schöne Aufnahmen von unserem noch unbekannten Date machen lassen – selbst in der Dunkelheit. Wahrscheinlich kann Herr Loch den Täter mit meinen Fotos dann ruck, zuck identifizieren. Ich grinse und reiche die Kamera an Doris rüber, die sie ungelenk und mit spitzen Fingern in Empfang nimmt, als hätte sie gerade nicht meine schöne Nikon, sondern ein Bazillenmutterschiff auf dem Schoß.

»Ach neeee, Lissie! Du weißt doch, dass ich von Technik so gar keine Ahnung hab.«

»Du wirst doch ein paar Fotos machen können! Das könnte ja sogar meine Mutter!«

Doris verzieht das Gesicht. Ich gebe zu: Das war ein bisschen hart. Denn wer meine Mutter kennt, weiß auch um die Abneigung meiner Mutter gegenüber allem Technischen. Mich wundert es manchmal immer noch, dass wir überhaupt ein Telefon zu Hause haben. Und das Handy, von dem ich sie – für Notfälle – vor Jahren überzeugen konnte, würde im Antiquariat sicher einen Spitzenpreis erzielen: Uralt und – weil quasi nie benutzt – noch fast wie neu. Ihren Unwillen gegenüber jeder Form von Technik drückt sie dann auch noch mit demonstrativ zur Schau gestellter Unfähigkeit aus, etwa indem sie sich das Handy verkehrt herum ans Ohr hält.

»Das Monsterteil würde deine Mutter nie und nimmer anrühren! Und ich auch nicht! Ich mache bestimmt was kaputt!« Doris hält die Kamera wie einen stinkenden Fisch von ihrem Körper weg.

»So ein Quatsch! Ich stell dir alles ein, und du musst nur aufs Knöpfchen drücken«, versuche ich Doris zu überzeugen.

»Auf welches denn – von den hundert?!«, kontert sie und dreht mit ihren Fingern ein bisschen hilflos an dem einen und anderen Hebel herum.

Nun ja, ich muss zugeben: Die Nikon ist nun wirklich keine Kleinbildkamera. Aber wenn man das Prinzip doch einmal verstanden hat … Ich halte in meinen Gedanken inne und überlege, wie lange es wohl dauern würde, meiner technisch desinteressierten Freundin die Grundfunktionen der Kamera zu erklären. Ich schaue noch einmal zu meiner Beifahrerin und ihrer waffenscheinpflichtigen Oberweite: Da kommt mir ein anderer Gedanke.

»Sag mal, Doris …« Ich mache eine kurze

Pause, um ihre Aufmerksamkeit von der Kamera in ihrer Hand weg und hin zu mir zu lenken.

»Sag mal, Doris, was hältst du davon, wenn wir heute Abend mal auschecken, ob deine Seminare bei Herrn Dr. Sauerbier ...«

»Tiefenbruch, Lissie. Er heißt Tiefenbruch. Und ich finde es nicht nett, dass du dich darüber schon wieder lustig machen willst. Er hat mir wirklich schon einiges beigebracht, und ich meistere selbst schwierige Situationen nun viel gelassener, als ich das früher getan habe«, erklärt mir meine eigentlich schüchterne Freundin.

»Das meine ich ja, Doris. Vielleicht sollten wir heute Abend mal ausprobieren, wie weit dir das Coaching von Herrn Tiefenbruch wirklich schon etwas gebracht hat.«

Doris sieht mich ungläubig an.

»Aha! Und wie?«, fragt sie.

»Na ja, wenn du also nicht fotografieren willst oder kannst: Wie wäre es denn, wenn du an meiner Stelle zu dem Treffen gehen würdest ...«

»Waaaas?« Doris verzieht ihr Gesicht zu einer erstklassigen Edvard-Munch-Der-Schrei-Gedächtnis-Fratze. Ich habe ein bisschen Angst, dass ihr Gesicht in diesem Ausdruck erstarrt und dann für immer so bleiben wird. Offenbar haben sich die frühen Drohungen meiner Oma in meiner Kindheit (»Hör sofort auf zu schielen, sonst bleiben die Augen irgendwann stehen«) fest in mein Hirn eingebrannt.

»Kannst du mir nur einen Grund sagen, warum ich des mache sollt!« Sie muss furchtbar aufgeregt sein, denn ihr Hessisch wird immer schlimmer.

Ich überlege kurz. Sie hat ja eigentlich recht.

Warum sollte der Anrufer mit ihr reden. Wahrscheinlich wird er sich gar nicht raustrauen, wenn er Doris statt mir kommen sieht. Andererseits ist es wirklich schon sehr dunkel und Doris in ihrer schwarzen Geheimagentinnen-Kluft nur schemenhaft auszumachen. Das Fotografieren wird bei diesen Lichtverhältnissen schon schwer genug. Ich werde nicht viele Versuche haben, und die Fotos müssen gut werden, damit Herr Loch etwas damit anfangen kann.

Ich seufze laut. Etwas lauter, als ich wollte. Vielleicht hat meine Freundin aber auch mal recht, und dieses ganze Treffen ist an und für sich eine einzige Schnapsidee!

»Andererseits ... Ich mach's! Schubidu!« Doris sieht mich gleichzeitig nervös und triumphierend vom Beifahrersitz aus an, und ich muss mich beherrschen, nicht in den Graben der Landstraße zu fahren. Schubidu?

»Du hast ja recht! Mit Mut voran! Das hat der Tiefenbruch ja auch gesagt. Also los! Schubidu! Und fotografieren kann ich einfach nicht gut.« Sie nimmt die Kamera und legt sie wieder auf den Rücksitz.

»Schubidu?«, frage ich.

»Ja.« Doris nickt. »Dr. Tiefenbruch sagt, das ›Schubidu!‹ bringt einen auch verbal nach vorne, schiebt einen quasi.«

»Aha!«, sage ich und bin nun wirklich verwirrt.

Doris schaut auf die Landstraße, schürzt ihre Lippen und stößt mit einem lauten »Püh, püh, püh« ein paar kräftige Atemzüge aus, nimmt wie ein Boxer ihre Arme vor die Brust und produziert ein paar Luftschläge. Wenn sie jetzt noch anfängt, die

Titelmusik von Rocky zu summen, lasse ich mir ihren Ausweis zeigen, um sicherzugehen, dass da wirklich meine ängstliche Freundin Doris neben mir sitzt.

»Doris, echt. Das war ja nur so eine Idee! Vielleicht wird's ja doch gefährlich. Schließlich hat irgendjemand Carla ermordet.«

»Papperlapapp! Ich geh da hin und ab! Und du machst ein paar super Schnappschüsse, damit sie den Kerl dann auch kriegen. Schubidu!« Jetzt schlägt sie sich mit den Fäusten gegen die Brust. Mich erfasst ein schlechtes Gewissen, denn ich scheine mich wirklich sehr, sehr lange nicht mehr bei Doris gemeldet zu haben, sonst wäre mir diese Persönlichkeitsstörung sicher früher aufgefallen.

Zu zweit bugsieren wir Doris' Reisetasche in das größte Schließfach der altmodischen Anlage an unserem Bahnhof.

Diese liegt im schummrigen Halbdunkel – höchstens die Hälfte der installierten Laternen besitzt noch funktionierende Leuchtmittel, die noch aus der ersten Generation der Energiesparlampen zu stammen scheinen, denn sie erhellen ihre Umgebung nicht sonderlich gut. Grafitti mit verzerrten Fratzen in dunklen Farben starren uns in der Dunkelheit von den Wänden an, und ich bin mir nicht sicher, ob nicht gerade eine Ratte unseren Weg zum Bahnsteig gekreuzt hat. Es riecht widerlich nach Urin, und durch die kaputten Platten sucht sich das Unkraut erfolgreich seinen Weg und formt sich in der Dunkelheit zu undurchsichtigen Skulpturen. Wir sind allein. Niemand sonst lässt sich um diese Zeit auf dem Bahnhofsgelände blicken. Ich will es mir selbst nicht eingestehen, aber mich gruselt es ein bisschen. Wenn dieses Szenario nicht eine prima Generalprobe für den nächtlichen Besuch einer Grillhütte im Wald ist ...

»Was, zum Teufel, hast du denn alles dabei?«, fluche ich und gebe der Tasche schnaufend den letzten Schub ins Schließfach. Doris wirft die Tür zu, Geld ein und zieht den Schlüssel ab.

»Was man halt so für zwei Wochen Südfrankreich braucht«, sagt sie achselzuckend und schiebt den Schließfachschlüssel in ihre enge Gesäßtasche.

»Klamotten für tagsüber, was für abends, Trainingszeug. Schuhe für tagsüber, Schuhe für abends, Schuhe fürs Training – für drinnen und draußen ...«

»Schon gut, schon gut!«

Ich muss zugeben, dass die Modelfigur wahrscheinlich nicht davon kommt, nach den Seminareinheiten zwei Wochen im Hauch-von-nichts-Bikini nur am Strand zu liegen. Ich schaue auf die Uhr.

»Komm jetzt, wir müssen uns beeilen.«

Ich blinke und biege in den asphaltierten Feldweg, der zum Auwäldchen führt. Hier hat sich die Stadt im Gegensatz zur Bahn die Straßenbeleuchtung komplett gespart, und so schneidet der Scheinwerfer meines Puntos ein kleine, helle Schneise in die rabenschwarze Nacht. Die Nächte sind auf dem Land immer viel dunkler als in der

Stadt.

Ich parke den Wagen in der ersten Parkbucht des sonst gähnend leeren Parkplatzes. Ich könnte das Auto auch kreuz und quer abstellen, denn um diese Zeit nehme ich hier wohl niemandem eine Parkmöglichkeit, aber ich kann nicht aus meiner Haut: So wie ich mich selbst für das Umsetzen meines Wagens auf zwanzig Metern Strecke anschnalle, so platziere ich mein Auto auch nachts korrekt zwischen die Markierungen der vorgegebenen Parkbucht eines sonst leeren Parkplatzes.

Ich stelle den Motor ab und schalte das Licht aus. Doris und ich sitzen im Dunkeln, sagen nichts, hören gegenseitig unsere Herzen pochen. Draußen im Wald machen Tiere Geräusche, die sie bestimmt immer machen, die aber hier und heute und in der dunklen Nacht furchteinflößender nicht sein könnten. Ich schelte mich innerlich wieder, dass ich damals im Naturkundeunterricht nicht besser aufgepasst habe. Wissen hilft gegen Angst, und wenn ich jetzt wüsste, dass da im Auwäldchen einfach ein Federvieh auf Nahrungssuche diese fiependen Geräusche macht oder die Feldmäuse für das Geraschel im Unterholz verantwortlich sind, wäre mir sicher wohler. Insgesamt besteht diese ganze absurde Situation aus zu vielen Konjunktiven – inklusive meiner eigentlich ängstlichen, heute aber demonstrativ todesmutigen und damit für mich völlig unberechenbaren Freundin Doris.

Meine Augen haben sich bereits an die Dunkelheit gewöhnt, und ich schaue zu Doris rüber.

»Doris, ich …«

»Kein Wort mehr!«, unterbricht sie mich barsch,

hebt dabei abwehrend die Hand in meiner Richtung und fügt hinzu: »Ich geh jetzt zur Grillhütte, und du kommst in zwei Minuten nach. Wenn ich richtigliege, hat unser Förster gleich rechts neben dem Trampelpfad vor drei Wochen ein paar Baumstämme hingelegt – ich glaub, von da aus kannst du gut knipsen.«

Ich nicke selbstbewusst, obwohl mir mein Herz längst in die Hose gerutscht ist. Da hat auch die Generalprobe am Bahnhof nichts geholfen. Dann denke ich an Carla und fühle mich gleich wieder ein wenig stärker.

»Alles klar, Doris. Mach es so kurz wie möglich, und wenn du Hilfe brauchst, ruf einfach laut nach mir oder der Polizei oder so was.«

Doris nickt, sieht mich aber nicht an, sondern stiert konzentriert nach vorne. Wie ein Sportler, der kurz vor dem Start schon in seinem »Tunnel« ist.

Dann murmelt sie ein weiteres »Schubidu!«, öffnet die Tür, steigt aus, geht das kurze Stück über den Parkplatz zum Trampelpfad. Ich bleibe mucksmäuschenstill sitzen und warte, bis sie hinter den ersten Bäumen verschwunden ist. Dann greife ich nach hinten, angle meine Kamera vom Rücksitz und öffne, so leise es möglich ist, meine Wagentür. Ich drücke sie fast lautlos zu und schließe sie ab. Vielleicht wäre es besser, sie offen zu lassen. Aber es ist auch hier wie mit dem Einparken – in meinen Ritualen bin ich festgefahren.

Auf Zehenspitzen schleiche ich in Richtung Trampelpfad und Grillplatz. Dieser liegt zwar nicht in der Mitte des Auwäldchens, sondern gleich am Anfang. Man muss aber doch durch etwa zwanzig Meter dichten Baumbestand, um die Lichtung zu erreichen. Ich war lange nicht mehr hier, und doch kenne ich den Ort noch gut aus meiner Kindheit. Irgendwann in den 1970ern wurde dieses Kleinod der bürgerlichen Naherholung angelegt: ein Klettergerüst, eine Schaukel, eine Wippe und ein paar Baumstämme zum Sitzen sowie ein Holztipi, dessen Sinn mir nie ganz klar war. Ich glaube, es passte einfach nur gut in die Pseudo-Indianer-Atmosphäre.

Das Highlight war die etwas im Wald gelegene Seilbahn. Auf den an ihr befestigten Tellersitz musste man sich mit einem Sprung in bester Tarzan-Manier draufschwingen, dann in wilder Fahrt 15 Meter Richtung Endpfahl sausen, um kurz vor dem Holzstamm mit einem dumpfen »Plock« von einer Dämpfung abgefedert und wieder ein Stück zurückgeworfen zu werden. Und nie war man sich ganz sicher, ob die Stadtverwaltung nicht am Material gespart hatte und man dieses Mal doch gegen den Mast geschleudert wurde. Wahrscheinlich verursachte genau das bei den meisten den Nervenkitzel. Meine erste Adrenalinausschüttung erfolgte bereits beim Aufspringen auf den Tellersitz, was mir leider nicht immer glückte. Die Seilbahn fuhr dann entweder ohne mich oder mit mir an der Stange baumelnd statt sitzend. Cool war in beiden Varianten definitiv anders.

Selbst jetzt im Dunkeln sehe ich, dass an allem der Zahn der Zeit gründlich genagt hat. Die Wippe scheint noch intakt zu sein, bei der Seilbahn fehlt der halbe Tellersitz ebenso wie bei der Schaukel, und das Tipi hat im Laufe der Jahre ein paar Bretter eingebüßt.

Doris hatte recht. Der Revierförster hat ein paar

Baumstämme zwischen dem Grillplatz und dem Trampelpfad gelagert. Ob man sich vielleicht doch der heruntergekommenen Spielgeräte erbarmt und sie erneuern will? »Als ob das jetzt wichtig wäre, Lissie.« Ich ducke mich hinter den Holzstapel und nehme die Kamera wie ein Gewehr in Anschlag. Ich bin bereit zum Abschuss.

Etwa in der Mitte des Spielplatzes steht die alte Grillhütte mit der vorgelagerten Feuerstelle. Das massive sechseckige Holzhäuschen wirkt wie ein dunkles Loch inmitten der Lichtung. Ich weiß, dass in ihrem Inneren Sitzbänke an den Wänden angebracht sind, sehen kann ich sie durch die schmale Öffnung aber nicht.

Und auch Doris sehe ich fast nicht. In ihrem schwarzen Dress fügt sie sich leider fast nahtlos in das Grillhütten-Schwarz ein. und nur weil sie sich eben kurz bewegt hat, konnte ich überhaupt erkennen, dass sie davorsteht. Mist! Ich hätte ihr sagen müssen, dass sie sich etwas abseits stellen soll, damit wir den Informanten aus der Grillhütte für die Fotos in die Nacht hinauslocken. Das Mondlicht zusammen mit meinem Spezialobjektiv sollte eigentlich für eine brauchbare Aufnahme reichen.

Ich spähe durch den Sucher meiner Kamera und sehe ... nichts. Ich stutze. Das gibt's doch gar nicht! Ich sehe noch einmal hindurch. Dunkelheit. Nein, Moment. Verschwommene Dunkelheit. Doris wird doch nicht an den Einstellungen ... Doch, sie hat wohl wirklich aus Versehen und in ihrer Aufregung einige Knöpfe und Hebel an der Kamera verstellt.

Aus dem Augenwinkel sehe ich, dass sich Doris

zur Grillhütte gedreht hat. Offenbar ist jemand aus dem Inneren zu ihr getreten, der dort bereits gewartet hat. Ich höre ein leises Wispern. Unmöglich zu sagen, ob es sich dabei um einen Mann oder eine Frau handelt.

»Äh, hallo. Nein. Frau Sommer konnte nicht und hat mich geschickt«, höre ich Doris ein wenig übertrieben laut sagen. Hätte ich Doris auch noch einmal sagen sollen, dass ich nur Fotos mache und kein Video drehen will?

Fotos! Hektisch versuche ich, im Dunkeln die Einstellungen wieder so zu verändern, dass die Blende stimmt und man etwas – oder besser: jemanden – auf den Bildern erkennen kann. Aber es ist wirklich verdammt dunkel; ich muss die Hebel nach Gefühl einstellen: Ich schaue wieder durch den Sucher. Nicht optimal, aber es könnte klappen.

Ich drücke leicht auf den Auslöser, stelle scharf, drücke den Knopf durch, und … es blitzt.

»Scheiße«, entfährt es mir leise. Wieso wurde denn jetzt der Blitz ausgelöst?

Im gleichen Moment geht alles ganz schnell.

Ich höre Doris rufen:

»Du???«

Den Rest von dem, was sie noch sagen will, verstehe ich nicht – ihr Gegenüber hält ihr scheinbar den Mund zu.

Jetzt ist auch alles egal. Ich springe hinter dem Holzstapel hoch und drücke auf den Auslöser. Es blitzt, die Kamera summt, es blitzt, summt, blitzt. Wieder und wieder.

Ich habe Sternchen vor den Augen, als ich Richtung Grillhütte loslaufe.

»Doris!«, schreie ich laut.

Nur noch ein paar Schritte, wenige Meter, ich stolpere über die kalte Feuerstelle, dann stehe ich vor dem Holzhäuschen.

»Doris? Doris, wo bist du?«, rufe ich laut aus.

Keine Antwort.

Ich halte mir die Kamera vor die Brust und drücke noch einmal auf den Auslöser. Es blitzt, und für einen Sekundenbruchteil erscheint das Innere der Hütte dadurch taghell. Sie ist leer.

Weg, einfach weg

Meine Eltern wohnen in einem Haus, das eigentlich zu groß für sie ist. Aber da mein Vater Posaune spielt und meine Mutter mit 55 Jahren unbedingt ausprobieren wollte, ob sie noch Schlagzeug spielen lernen kann, und weil das ja außerdem gut für die Koordination ist, die im Alter ja bekanntlich schlechter wird, dröhnen die beiden nun abwechselnd oder gleichzeitig im Haus rum. Deshalb wohnen sie immer noch in ihrem zu großen Haus, und auch Mieter zu finden, ist daher nicht so einfach. Das liegt allerdings in erster Linie an der Art meiner Mutter, Mieter zu finden. Oder nicht zu finden – je nachdem wie man das sieht.

Ich komme in die Küche, nehme mir einen Kaffee und setze mich an den Küchentisch. Meine Mutter wirbelt durch die Küche und räumt hektisch noch die letzten gespülten Teller aus dem Geschirrspüler in den Oberschrank.

»Ach, Kind, das ist jetzt ein unglücklicher Zeitpunkt, ich hab gar keine Zeit für ein Schwätzchen«, sagt meine Mutter etwas gehetzt zur Begrüßung.

»Da kommt doch gleich eine, die sich die Wohnung angucken will.«

»Ach was", sag ich ehrlich erstaunt. "Ihr habt tatsächlich mal eine Anzeige aufgegeben?!«

»Ja, aber es haben sich nicht so viele gemeldet. Und die, die da jetzt kommt, ist nichts.«

Meine Mutter erstaunt mich immer wieder.

»Wieso ›ist die nichts‹?«, zitiere ich sie fragend.

»Die kommt aus Rumänien und hat bestimmt kein Geld.«

Nur gut, dass meine Mum keine Vorurteile hat.

»Woher willst du denn wissen, dass die kein Geld hat?«, frage ich trotzig nach. Ich fürchte, dass meine Mutter doch mit ihrer Menschenkenntnis recht haben könnte (oder sie hat die arme Frau bereits am Telefon verbal bis auf die Unterhose ausgezogen), aber irgendwie habe ich bei diesen Gesprächen immer das Gefühl, die Jeanne d'Arc der Witwen und Waisen mimen zu müssen.

»Na, die hat schon gesagt, dass sie nur 'n Nebenjob beim Aldi hat.«

»Mama, warum lässt du die arme Frau dann überhaupt bei euch antanzen?«

»Ich will mir nicht nachsagen lassen, dass ich was gegen Ausländer hätte.«

Das glaube ich ihr wirklich. Meine Mutter ist tolerant. Jedenfalls gibt sie sich alle Mühe. Man muss ihr zugute halten, dass sich die Ausländer in unserem Dorf auf den griechischen Kulturverein und den italienischen Pizzabäcker beschränken. Und die sind so was von integriert, dass sie wahrscheinlich inzwischen besser Hessisch sprechen als ich. Und wenn unser Stammitaliener Antonio nach Vorspeisen, Pasta und Edelfisch wieder mal nen Grappa springen lässt – »de guude, weiße Tu, isse von meine Obba« -, machen es unsere Mitbürger mit Migrationshintergrund meinen Eltern auch verdammt einfach mit der Toleranz.

»Du könntest es ja auch mal bei der Messegesellschaft versuchen. Die suchen doch immer auch Privatzimmer, in der Zeit, in der die großen Messen stattfinden«, schlage ich vor und bin sehr stolz auf mich. Ich biete ihr damit: Geschäftsleute, sichere Einnahme, nur ein paar Tage da – das sollte doch ganz nach dem Geschmack meiner Mutter sein.

»Und die qualmen uns dann die Bude voll!«

Ich bin sicher, dass gerade überdimensionale Fragezeichen über meinem Kopf erschienen sind – wie im Comic.

»Das kannst du doch angeben. Wenn ihr keine Raucher im Haus wollt, gibst du halt an, dass ihr nur an Nichtraucher vermietet.«

»Aber bis die dann an der Messe sind! Am Ende kann ich die dann noch an den Bahnhof fahren. Soweit kommt's noch! Das haben wir gern! Erst billig wohnen wollen, und dann können wir noch das Taxi machen!«

Ich geb's auf. Das ist der Punkt, an dem ich meine Mutter nicht mehr verstehe. Und ich glaube, sie sich selbst auch nicht.

»Na, mal sehen«, lenkt sie ein. Es klingelt. Das ist die rumänische Wohnungssuchende ohne Geld, der meiner Mutter bestimmt mit so schlüssigen Argumenten wie »Da ist ja auch gar kein Keller dabei. Dann ist das ja auch gar nichts für Sie« absagen wird, weil sie dann doch nicht damit rausrücken will, dass sie eigentlich der Aldi-Gehaltsabrechnung bzw. der rumänischen Zahlungsmoral nicht traut.

Ich nehme meinen Kaffee und trotte in mein altes Kinderzimmer.

Wieder setze ich mich an meinen Laptop, öffne das Bildbearbeitungsprogramm und klicke mich durch die Aufnahmen aus der letzten Nacht.

Meine Kamera samt Speicherkarte hat Kommissar Loch noch gestern Abend mitgenommen. Mich wundert es eigentlich immer noch, dass er mich nicht vom Fleck weg verhaftet hat. Gut, dass ich geistesgegenwärtig noch daran gedacht hatte, die Fotos von der Speicherkarte auf einen USB-Stick zu ziehen.

Aber ich hätte es mir auch sparen können. Offenbar hatte Doris während der Autofahrt an den Einstellungen rumgedreht, und ich konnte sie in der Dunkelheit nicht auf die richtige Justierung zurückstellen. Alle Bilder sind gnadenlos überbelichtet. Auch drei verschiedene Internet-Tutorials in Sachen Photoshop haben mir nicht weitergeholfen – auf den Fotos ist außer ein paar schemenhaften Gestalten nichts zu erkennen.

»I'm dreaming of a white christmas«, dudelt es aus meiner Stereoanlage. Ich war zu faul, mir eine Playlist zu machen, und habe einfach auf »zufällig« gedrückt, nicht daran denkend, dass sich in meiner Festplatten-Musiksammlung natürlich auch Weihnachtslieder befinden, die ich gut finde. Ich überlege kurz, ob ich aufstehen soll, um auf »forward« zu drücken und somit den nächsten Titel abzuspielen. Aber Frankie Sinatra schmettert bereits die letzten Töne, und so bleibe ich am Rechner sitzen. Als Nächstes stimmen die Räuber ihren Karnevalshit »Denn wenn et Trömmelsche jet« an.

Es klopft, und meine Mutter streckt den Kopf herein. Jetzt bin ich es, die die überdimensionalen Fragezeichen über ihrem Haupt sehen kann.

»Kind, es ist Mai. Ich weiß ja, dass es dir in Köln gefällt. Aber musst du das ganze Jahr Karnevalslieder hören! Was soll denn die neue Mieterin denken!«

Die überdimensionalen Fragezeichen sind nun wieder zu mir gewandert, und sie sehen ein bisschen genervt aus aufgrund des ständigen Hin und Hers zwischen dem Kopf meiner Mutter und dem meinen.

»Sag bloß, die Rumänin zieht jetzt wirklich hier ein!«

Ich sag ja: Meine Mutter überrascht mich immer wieder.

»Kann sie denn mit ihrem Aldi-Aushilfsjob doch die Miete bezahlen?«

»Ich hab schon mit ihr ausgemacht, dass sie jede Woche vier Stunden bei uns putzt, und dann nehm ich ihr ein bisschen weniger Miete ab.«

»Du weißt schon, dass das Schwarzarbeit ist«, gebe ich zu bedenken.

»Ach, papperlapapp. Da soll mir erst mal einer draufkommen. Und Sorana sagt da sicher nichts, die ist ja froh, dass sie die Wohnung bekommt.«

Sorana heißt unsere neue Mieterin also. Wäre das damit auch geklärt.

Ich versuche einen letzten Einwand.

»Und du willst nicht noch einmal nach einem anderen Kandidaten schauen?«

»Kind, das kostet uns wieder dreißig Euro für die Anzeige, die Wohnung steht wieder einen Monat länger leer, und ich glaube, die Sorana ist eine anständige Frau. Ich hab das im Gefühl.«

Na dann. Gegen Muttergefühle ist ja bekanntlich

kein Kraut gewachsen.

»Willst du ihr nicht schnell ›Guten Tag' sagen?«

Wie ich das hasse. Meine Haare sind nicht gekämmt, mehr als Zähneputzen habe ich an Körperpflege heute noch nicht betrieben, und ich trage die Leinenhose mit dem aufgenähten Pumuckl.

»Ach, Mama!«, starte ich einen Abwehrversuch, von dem ich eigentlich jetzt schon weiß, dass er scheitern wird.

»Muss das sein! Mir steht der Kopf heute gar nicht nach Gesellschaft. Außerdem bin ich noch nicht einmal richtig angezogen. Was soll die denn denken, wenn ich mit einem Pumuckl auf der Hose erscheine.«

»Ja, deshalb sag ich dir ja immer: Mach dich gleich morgens fertig! Wenn jemand kommt. Aber ich glaub nicht, dass Sorana mit Markenklamotten aufgewachsen ist. Los komm! Auf jetzt.«

Ich weiß, dass es zwecklos ist, mit ihr darüber zu diskutieren.

Ich folge meiner Mutter ins Treppenhaus, nicht ohne vorher noch einmal sehr theatralisch zu seufzen.

Ich schätze Sorana auf Mitte vierzig. Mit einem langen Rock und einer etwas altmodischen Bluse steht sie in unserem Flur, dabei ist sie fast so breit, wie sie klein ist. »Ein Kopf größer als 'ne Thermoskanne, nur nicht so heiß«, würde mein schwuler Nachbar in Köln – zugegebenermaßen nicht ganz charmant – jetzt kommentieren. Sorana hat warme dunkelbraune Augen und ein gewinnendes Lächeln – ich verstehe, warum meine Mutter ihr die Wohnung gegeben hat. Sie streckt mir die Hand entgegen.

»Hallo, ich Sorana«, stellt sie sich in gebrochenem Deutsch vor, und ihre Augen strahlen mich an. Man kann ihr ansehen, wie froh sie ist, dass sie bei uns einziehen darf. Jetzt bin ich mir sicher, dass ihre Menschenkenntnis meine Mutter erneut nicht im Stich gelassen hat. Und ich könnte sie dafür umarmen, dass sie sich auf ihren Instinkt verlässt. Dadurch trifft sie oft unkonventionellere Entscheidungen, als man in unserem Dorf erwarten kann und ihr wahrscheinlich selbst bewusst ist. Und dafür liebe ich sie.

Aus meinem Zimmer höre ich Jürgen Drews »Ein Bett im Kornfeld« trällern. Ich muss dringend meine Festplatte aufräumen, denke ich und werde ein bisschen rot.

Natürlich helfen wir Sorana beim Einzug.

»Viele Hände, schnelles Ende«, gibt mein Papa eine seiner Weisheiten zum Besten. Und auch wenn meine Mutter keine Mieter zu Bahnhöfen fahren will, packt sie bei Soranas Einzug mit an. Ich glaube, meine Eltern sind auch deshalb beim Kistenschleppen dabei, weil es ihnen ein Gefühl gibt, weiterhin alles – wortwörtlich – in der Hand zu haben. Und weil sie ein kleines Helfersyndrom haben – auch wenn sie das natürlich nie zugeben würden.

Keine Stunde später ist Sorana bei uns eingezogen und komplett eingerichtet. Ihr Hausstand ist mehr als überschaubar, denn außer zwei Koffern, einem Rucksack, drei Umzugskisten, einer Kommode und ihrem Fahrrad bringt Sorana nichts weiter mit. Mit einer Mischung aus Traurigkeit, weil sie so wenig besitzt, und Bewunderung, weil sie so wenig besitzt, betrachte ich die wenigen Habseligkeiten. Ich bekomme eine Gänsehaut, wenn ich nur daran denke, mit meinem ganzen Plunder wieder umziehen zu müssen. Nur gut, dass es danach im Moment nicht aussieht. Denn ich habe von meiner Lieblings-Großtante vor zwei Jahren eine wunderbare Altbauwohnung in einem Kölner Multikulti-Stadtteil geerbt. Und ich kann mir beim besten Willen keinen Grund vorstellen, warum ich aus meiner Traumwohnung ausziehen sollte. Da müsste schon mein Traummann um die Ecke kommen: groß, charmant und mit einem Weingut an der Mosel, dessen Hotel und Restaurant ich führen könnte. Der ist leider aber weit und breit nicht in Sicht – wahrscheinlich ist er zu sehr mit seinen Weinbergen beschäftigt und hat keine Zeit, seine Traumfrau zu suchen. Oder die Chance, selbst ein Restaurant oder ein Café aufzumachen – ja, dann würde ich auch noch einmal über einen Umzug nachdenken.

»Warum hast du nur so wenige Sachen, Sorana?«, frage ich im Türrahmen lehnend unsere neue Mieterin, die mit einem Haushaltstuch über die Anrichte wischt.

Sie schaut mir direkt in die Augen und sagt: »Mein Mann nix gut. Hat geschlagen mich. Schon lange. Aber ich mich nix getraut zu sagen gegen ihn. Dann ich putze bei Frau Carla und sie mir helfen sagen Tschüss zu Radu.«

»Carla?«

Ich trete einen Schritt auf Sorana zu.

»Du hast bei Carla Zimmermann geputzt?«,

frage ich noch einmal nach.

Sie nickt traurig, und ich sehe, dass ihre Augen feucht werden.

»Schlimm. Schlimm. Dass Frau Carla tot jetzt«, sagt sie, zieht ein Taschentuch aus ihrem Ärmel und schnäuzt sich hörbar hinein.

»Frau Carla guter Mensch. Sie mir sagen: ›Sorana, kein Mann erlaubt zu schlagen dich.‹ Immer wieder sie sagen. Aber ich nix mutig gehen weg von ihm. Ich versucht, reden mit Radu. Aber er dann noch mehr wütend. Auch auf Frau Carla. Aber dann Frau Carla tot und ich mutig und weg. Auch für Frau Carla.«

In der Küche herrscht für einen Moment lang Totenstille.

»Wollte er Carla auch etwas antun, Sorana?« Ich lege ihr die Hand auf die Schulter und sehe ihr direkt in die Augen. Offenbar war ihr nicht klar, dass sie gerade mit dem, was sie mir erzählt hat, ihren Mann zum Hauptverdächtigen gemacht hat. Erst als sie meinen fragenden Blick sieht, begreift sie, was sie eben ausgesprochen hat. Ihre Augen weiten sich, und sie wird blass.

»Nein! Nein! Fräulein Sommer! Radu mich hauen, aber nicht machen Carla tot! Sicher nicht. Nein! Nein!«

Meine Mutter kommt herein.

»Was ist denn hier los? Sorana, du bist ja ganz blass! Lissie, was hast du denn wieder gesagt?!«

»Ich?«, frage ich empört, und meine Stimme überschlägt sich leicht. »Mama, wusstest du, dass Sorana bei Carla geputzt und ihr Mann sie geschlagen hat? Er war offenbar wütend auf Carla, weil sie Sorana geraten hat, ihn deswegen zu verlassen.«

»Natürlich weiß ich das! Das hat sie mir schon erzählt, als sie sich die Wohnung angesehen hat. Und jetzt lass das arme Ding in Ruhe. Komm, Sorana, ich hab Kaffee gekocht, und ich hab noch Apfelkuchen.«

Sie lassen mich verblüfft stehen.

Schon als ich seine Stimme höre, weiß ich, dass es ein Fehler war, ihn anzurufen.

»Loch« meldet sich der Kommissar knapp, und offenbar weiß er, wem die Telefonnummer gehört, die gerade in seinem Display aufleuchtet, denn ich kann den Missmut schon hören, der in seiner kurzen Begrüßung mitschwingt.

»Äh, ja, Lissie Sommer hier«, stottere ich in den Hörer und schelte mich innerlich, warum mich dieser Kommissar gleich wieder so verunsichert.

»Frau Sommer! Schön, von Ihnen zu hören.«

Ja, Herr Loch weiß, was Ironie ist.

»Was kann ich für Sie tun? Ist die nächste Freundin von Ihnen entführt worden?«

Ich werde rot und spüre, wie eine Mischung aus Scham und Zorn in mir aufsteigt. Keine gute Mischung. Ich zwinge mich, über diese Bemerkung einfach hinwegzusehen.

»Nein. Apropos: Haben Sie schon etwas Neues herausgefunden? Gibt es ein Lebenszeichen von Doris?«

»Nein, leider nicht«, antwortet er – nun wieder ganz seriös.

»Das ist kein gutes Zeichen, oder?«

Kommissar Loch zögert einen Wimpernschlag zu lange mit seiner Antwort.

»Dazu kann man jetzt noch nichts sagen.«

Ich habe einen Kloß im Hals.

»Frau Sommer, gerade weil wir hier auf Hochtouren ermitteln: Könnten Sie mir sagen, was der Grund Ihres Anrufs ist?«

»Ach so, ja. Also wir haben eine neue Mieterin. Sorana. Sie hat früher bei Carla, also bei Frau Zimmermann ... äh ... also sie hat sie gekannt. Und Radu, also der Mann von Sorana, hat sie geschlagen. Also Sorana, nicht Frau Zimmermann. Und deshalb hat sie, also Carla, ihr geraten, ihn zu verlassen. Also den Radu. Er soll sich ziemlich darüber aufgeregt haben, und jetzt dachte ich, dass vielleicht er ... also ...«

»Dass der Mann der – ich nehme mal an – illegalen Putzfrau von Frau Zimmermann diese deshalb gleich um die Ecke gebracht hat.«

»Na ja, also ... wäre das nicht eine Möglichkeit?«

Herr Loch seufzt am anderen Ende der Leitung.

»Frau Sommer, hören Sie: In der Regel richtet sich häusliche Gewalt – wie der Name schon sagt – gegen Mitglieder der Familie. Selbst wenn eine externe Person die Betroffene ermuntert, sich zu trennen, zieht weiterhin die Ehefrau den Zorn ihres prügelnden Gatten auf sich. Ich halte es daher für unwahrscheinlich, dass dieser ... Radu ... etwas mit dem Tod von Frau Zimmermann zu tun hat. Der Tatort spricht nicht für einen geplanten Mord – Beziehungstaten passieren meistens im Affekt. Und danach sieht es bei dem Mord an Frau Zimmermann aus. Aber ich will mir nicht vorwerfen lassen, nicht jeder Spur nachgegangen zu sein. Können Sie mir den vollständigen Namen und die Adresse von diesem Radu sagen?«

Nein. In meiner vorschnellen Reaktion hatte ich daran überhaupt nicht gedacht.

»Äh. Moment, Herr Loch, ich frage mal meine Mutter, ob sie die alte Anschrift von Sorana kennt.«

Ich kann hören, wie er mit den Augen rollt.

»Ich kann hören, dass Sie mit den Augen rollen!«, sage ich etwas ärgerlich, und Herr Loch erwidert nichts. Volltreffer.

Ich halte den Hörer mit einer Hand zu und schreie Richtung Küche: »Mama, hast du mal die Adresse von Sorana für mich?«

Der Oberkörper meiner Mutter lugt schräg aus der Küche hervor. Offenbar hat sie ihre Hände in irgendwas und kann sich gerade so weit von der Arbeitsplatte wegbewegen, um halb schräg im Türrahmen zu erscheinen.

»Kind, was stellst du denn wieder für Fragen! Weißt du unsere Adresse nicht mehr, oder was?«

Mein Vater kommt aus dem Wohnzimmer, läuft Richtung Bad und rezitiert: »Nicht das Streben nach Wissen ist edel, sondern das nach Erkenntnis.«

Ich schaue ihm eine Sekunde ungläubig nach, dann fange ich mich wieder und rufe meiner Mutter, die wieder in der Küche verschwunden ist, hinterher: »Nein, nein, ich meine die alte Adresse!«

Meine Mutter macht sich nicht mehr die Mühe, ihren Kopf wieder in meine Richtung zu strecken, und ruft: »Keine Ahnung. Die wohnt doch jetzt hier!«

Ich seufze, nehme meine Hand vom Telefon, höre einen glucksenden Herrn Loch, seufze und sage: »Ich schicke Ihnen gleich eine SMS.«

Die Schwester aus Amerika

Am Abend sitze ich in Rudis Apfelweinkneipe, dieses Mal aber nicht an der Theke, sondern zusammen mit meinen Eltern an einem Tisch.

»Ich muss mal was anderes hören und sehen – egal, was die Leute sagen«, hat meine Mutter verkündet und vor sich selbst gleich damit gerechtfertigt, dass sie – trotz Carlas Tod – Lust auf einen essensbedingten Tapetenwechsel hat. Egal, was die Leute sagen. Meines Erachtens gibt es überhaupt keinen vernünftigen Grund, warum wir nicht zum Essen das Haus verlassen dürfen – auch wenn eine gute Freundin von uns leider tot ist. Zum anderen ist es mir inzwischen auch ziemlich egal »was die Leute sagen«. Zumal sie ganz oft gar nichts sagen. Und die, die lästern wollen, finden so oder so etwas – ganz egal, ob man sich nach der Meinung des Mainstreams richtet oder nicht.

Ich klappe die Speisekarte zu.

»Was isst du denn?«, fragt mich meine Mutter. Und jetzt folgt dieser Dialog, der sich immer entwickelt, wenn wir essen gehen.

»Ich glaube, ich nehme entweder das Schnitzel Diabolo oder den Speckpfannkuchen mit Salat«, antworte ich.

»Hm ... ja ... das hatte ich auch überlegt.«

Kurze Pause.

»Hm. Ich könnte ja den Speckpfannkuchen mit Salat nehmen und du das Schnitzel, und dann können wir nach der Hälfte tauschen?«

»Mama, ich will nicht tauschen. Ich möchte entweder das eine oder das andere essen. Und ich werde spontan entscheiden, was ich nehme, wenn die Bedienung kommt.«

»Ich hab ja nur gemeint. So könnten wir von beidem was probieren«, gibt meine Mutter schmollend zurück. Ich glaube aber, in ihrem Inneren will sie nur, dass alle zufrieden sind. Auf keinen Fall das Risiko eingehen, dass es jemandem nicht schmecken könnte, damit jeder zu hundert Prozent glücklich nach Hause geht. Aber ich mag weder beim Essen noch sonst wo halbe Sachen. Und ja: Ich will auch mal ein Risiko eingehen. Und sei es nur beim Schnitzel Diabolo. Zudem gehe ich bei Rudi dieses Risiko gerne ein, da bei ihm alles hervorragend schmeckt.

»Oh Mann! Immer diese Tauscherei!«, gebe ich ebenfalls gespielt schmollend zurück.

Mein Vater sieht uns an, legt die Speisekarte zur Seite und sagt:

»Ich nehme mal die Leber Berliner Art.«

Meine Mutter und ich schauen beide gleichsam angewidert. Er weiß genau, dass er damit auf keinen Fall Gefahr läuft, dass meine Mutter oder ich mit ihm tauschen wollen. Ich komme da nach meinem Vater: Auch er hält nichts von einer Essen-im-Kreis-Tauscherei.

Sabine kommt mit ihrem von der Kelterei gesponserten Notizblöckchen an unseren Tisch. Rudi sperrt sich vehement gegen jede technische Neuerung – wie z. B. eine elektronische Bestellannahme. Seiner Meinung nach ist das »alles rausgeschmissenes Geld«. Ich weiß noch, wie er erzählt hat, dass er sich nur auf Druck seines

Steuerberaters die elektronische Kasse zugelegt hat. Und das ist schon ein paar Jahre her.

»Na, Familie Sommer. Habt ihr was gefunden?«, flötet Sabine fröhlich in unsere Runde, und ihr blonder Pferdeschwanz wippt dabei genauso lustig auf und ab. Solange ich denken kann, arbeitet Sabine bei Rudi als Bedienung. Sie dürfte inzwischen auch schon Anfang fünfzig sein, hat sich – außer durch ein paar Falten, die ihrem nicht unerheblichen Zigarettenkonsum geschuldet sein dürften – in all den Jahren überhaupt nicht verändert. Heute fallen mir allerdings ihre bandagierten Handgelenke auf. Offenbar kann man auch vom Kellnern eine Sehnenscheidenentzündung bekommen.

»Ich nehme die Leber Berliner Art«, grinst mein Vater sie triumphierend von unten an.

»Oh, das tut mir leid! Die ist aus. Hatte ich das vergessen zu sagen, als ich euch die Karten gebracht habe? Willst du noch nach etwas anderem schauen?«

Das Triumphlächeln entgleitet meinem Vater, und ich kann ihm direkt ansehen, wie es hinter seiner Stirn rotiert und er krampfhaft überlegt, was er bestellen könnte, um der Tauschoption zu entgehen.

»Äh … Ach schade. Ja, dann. Bestellt ihr doch schon mal!«, sagt mein Vater und blättert hektisch erneut in der Karte.

»Ich nehme das Schnitzel Diabolo!«, entscheide ich mich und freue mich bereits jetzt darauf. Bei Rudi gibt es einfach das beste Schnitzel weit und breit. Das Fleisch ist zart, die Panade fluffig in Butter in der Pfanne ausgebacken, die Pommes knusprig, und die Soße, die er mit Zwiebeln, Chili und Paprika kocht, hat genau die richtige Schärfe.

»Für mich bitte die Matjes!«, sagt meine Mutter.

Sabine nickt, und ich schüttle etwas belustigt den Kopf. Ich hasse Matjes. Offenbar hat sie gespürt, dass ich heute keinen Bissen meines scharfen Schnitzels abgeben werde. Dann ist ihre häufigste Reaktion: Endlich beruhigt das bestellen, auf das sie eigentlich Lust hatte.

»Die nehm ich auch«, sagt mein Vater zufrieden. Keine Tauschabsicht durch die Tochter, und da er das Gleiche isst wie meine Mutter, droht auch von dieser Seite keine Tellerwechsel-bei-der-Hälfte-Gefahr.

Sabine bedankt sich, sammelt die Karten ein und will davonrauschen, als ich noch scherzend zu ihr sage: »Hast du zu viele schwere Teller getragen?«

Ich deute auf ihre bandagierten Handgelenke und lächle ihr offen ins Gesicht.

Sabine schaut mich überrascht an. Ihre Gesichtsfarbe wechselt chamäleonhaft erst zu Kreidebleich und kurz danach zu Dunkelrot, und sie stottert: »Das? Ach, nee … also da hab ich mir beim Sport wehgetan.«

Sie zieht ihre Ärmel herunter, um die Bandagen etwas besser zu verdecken, drückt die Speisekarten schützend an sich und eilt zur Theke.

»Sport ist Mord«, kommentiert mein Vater trocken und nippt an seinem Apfelwein.

Noch bevor ich mir weitere Gedanken über Sabine machen kann, geht die Tür auf, und eine ältere Dame betritt das Lokal. Sie trägt ein geblümtes Sommerkleid, das für meinen Geschmack etwas zu bunt ist, und ein paar passende Blütenohrringe, die ebenfalls etwas zu groß sind. Allerdings alles teuer und von guter Qualität – das sieht man sofort. Ich blicke in ihr Gesicht und finde, dass sie ein bisschen Ähnlichkeit mit Carla hat, als meine Mutter neben mir abrupt aufsteht und in die Richtung der Dame ruft: »Gertrud? Bist du es wirklich?«

Ich sehe meine Mutter überrascht an. Meine Mutter kennt diese Frau? Wer ist Gertrud?

Die Dame lächelt und zeigt ihre strahlend weißen, aber ganz offensichtlich gemachten Zähne, breitet ihre Arme aus und kommt auf meine Mutter zu.

»Gudrun? Nice to see you! But du kannst mich Trudy nenne."

Trudy? Woher kennt meine Mutter eine Trudy, die ganz offensichtlich direkt aus den Staaten kommt, denn ihr amerikanischer Akzent ist kaum zu überhören.

Meine Mutter schaut meinen Vater und mich mit roten Wangen an.

»Das ist Gertrud. Also Trudy. Carlas Schwester, die seit fast vierzig Jahren in den USA lebt.«

Als sie Carlas Namen ausspricht, wechselt der Gesichtsausdruck meiner Mutter schlagartig, und sie drückt mit betrübter Miene Trudy erneut fest an sich und flüstert: »Es tut mir so leid.«

Als sich Trudy aus der Umarmung meiner Mutter löst, kann ich sehen, dass ihre Augen leicht glänzen, aber sie hat es trotzdem geschafft, die Fassung zu wahren.

»Thank you, Gudrun. But, was soll ich sage: That's life.«

In ihrer Antwort schwingt deutlich unser hessischer Dialekt mit.

»Ach, wie unhöflich von mir.« Auch meine Mutter hat sich wieder gefasst.

»Trudy, das sind mein Mann Herbert und meine Tochter Lissie.«

Wir schütteln Trudy die gepflegte Hand. Keine Frage, bei Trudy scheint es sich nicht um eine arme Kirchenmaus zu handeln. Ich schaue ihr auf die Hände mit perfekt manikürten, langen, knallroten Nägeln und erneut in ihr Gesicht. Das Make-up ist auch nicht von schlechten Eltern, wenn auch eine Spur zu dick aufgetragen, die Haut ein wenig merkwürdig glatt – vielleicht geliftet?

»Hi, Lissie. Du bist aber e tall girl worn.«

Ich blinzle, und mein Gehirn verarbeitet das englisch-hessische Kauderwelsch zu einem Lächeln.

»Hi, Trudy. How are you?«, wende ich mal mein eingerostetes Schulenglisch an.

Sie lächelt ein offenes, herzliches Lächeln.

»Fine. Thank you.« Und an meine Mutter gerichtet: »Is da noch e Plätzche bei euch free?«

»Natürlich, Trudy. Setz dich zu uns. Wir haben auch gerade erst etwas zu essen bestellt. Hast du Hunger? Wann bist du denn angekommen? Wo wohnst du denn?«

Trudy setzt sich auf einen Stuhl und antwortet:

»Mein plane is heut morje gelandet. Aber hey, Gudrun, isch hab vielleicht 'n Hunger. Des food im plane is auch in vierzig Jahren net better gworn. Ich hab mir en room im ‚Lachenden Ochsen‹ gebookt. Hey, des is not so bad there.«

Mein Vater und ich sehen Trudy fasziniert an und setzen zeitgleich unser Apfelweinglas an die Lippen, ohne die Augen von Trudy und meiner Mutter zu lassen, die sich nun unterhalten, als würden sie jede Woche bei Rudi einen Schoppen trinken gehen.

Ich erfahre, dass Trudy vor vierzig Jahren 300.000 Mark im Lotto gewonnen hat und daraufhin mit ihrem Mann in die USA ausgewandert ist. Ludwig, ihr Mann, gab die Bäckerei seiner Eltern in Deutschland auf und gründete eine der ersten deutschen Bäckereien in Chicago. Die Nachfrage stieg, sodass aus der kleinen »German Bakery« schon bald eine Kette entstand, die schließlich die halbe Ostküste mit deutschen Gebäckspezialitäten versorgte. Vor acht Jahren verkauften Trudy und Ludwig ihr Unternehmen an einen amerikanischen Lebensmittelkonzern und zogen nach Florida. Leider konnte Ludwig die Annehmlichkeiten des Ruhestands und das warme Klima des Südens nur noch drei Jahre genießen. Bei einer Golfrunde biss ihm ein Alligator ins Bein, als er – gegen alle Warnungen – versuchte, einen verloren gegangenen Ball aus einem seitlichen Wasser zu fischen.

»Ja, von den Reichen lernt man das Sparen«, warf mein Vater an dieser Stelle von Trudys Erzählung ein.

Der Biss an sich war eigentlich keine große Sache. Unglücklicherweise entzündete sich aber die Wunde schwer und schnell, und Ludwig verstarb bei der OP, die sein Bein retten sollte.

»Un dann hab ich do gesesse mit dem große Haus. Hey, ich sach euch, mir hatte e big house. Ich hab dann noch es bissi money on the stock market angelegt, aber vor der crisis wieder verkauft. Un jetzt kann mir kaaner mehr was.«

Trudy beendet ihre Erzählung und nippt an ihrem Apfelwein, den ihr Sabine auf einen Wink meines Vaters hin hingestellt hat. Sie verzieht das Gesicht.

»Des Zeusch is immer noch so sauer wie damals. Hätte die a Coke zum Mixe. Un e bissi Eis.«

Ich schmunzle, weil meine Eltern Trudy anschauen, als wäre der Teufel in sie gefahren.

Mein Vater bestellt ihr notgedrungen einen mit Limonade süß gespritzten Schoppen. Aber »des gute Stöffsche« mit Cola zu mischen und es mit Eis zu bestellen – das bringt er nicht über sich.

»Hey, un das ich aus so em reason mol wieder nach Deutschland komm, des hätt ich auch net gedacht.«

Sie schüttelt traurig den Kopf und fährt fort: »I mean, she was a Funzel, aber so was hätt se doch net verdient. I swear.«

Ich ziehe meine rechte Augenbraue hoch und sage freiheraus in die Runde: »Ich wusste bis heute gar nicht, dass Carla eine Schwester hat.«

Meine Mutter wirft mir ihren »Selbstverständlich habe ich dir das mal erzählt! Was muss Trudy denn jetzt von uns denken«-Blick zu, aber Trudy betrachtet nur nachdenklich ihren von der Limonade gelb gefärbten Apfelwein und sagt schließlich: »Leider der Kontakt word immer more little. I believe, she was neidisch on my money. At last, she has misch sogar nach ebbes gefragt."

«Sie hat dich nach Geld gefragt?"

Trudy nickt nur kurz, dann steht Sabine mit

unserem Essen am Tisch.

Short Message von Wonderwoman

»Aber ich sage Ihnen doch: Das ist eine Ausnahmesituation … Ja, natürlich weiß ich, dass das ein bisschen plötzlich kommt … Ja, verstehe. Ich werde nächsten Montag wieder da sein.«

Ich lege auf und atme durch. In meinem Inneren wusste ich, dass mein spontaner Urlaub – trotz reichlich Überstunden – einmal ein Ende haben musste. Jetzt, da mich mein Chef wieder zurück nach Köln beordert, kann ich mir aber doch nicht recht vorstellen, einfach am nächsten Montag wieder am Schreibtisch zu sitzen, als wäre nichts gewesen. Carla ist tot, Doris noch immer verschwunden, und als Erholungsurlaub habe ich meine freien Tage nun wirklich nicht genutzt. Ich muss mir was Gutes tun. Shoppen. Am besten Schuhe oder Handtaschen. Da ist die Größe keine Bewertungskennzahl – im Gegensatz zu Klamotten. 38 oder 42? Spielt für schöne Pumps keine Rolle. 38 oder 42? Beim Minirock liegen dazwischen Welten.

Ich springe in meine etwas zu enge Jeans, werfe mir meinen Kapuzenpulli über und binde mir die Chucks zu. Ich schnappe mir meine Tasche, atme einmal tief durch und wage den Versuch, quasi unbemerkt an meiner Mutter vorbeizukommen.

Ich hüpfe die Treppe hinunter, komme am Flur der elterlichen Wohnung vorüber und rufe wie nebenbei: »Ich bin mal weg. Bis später!«

Sollte es so einfach …?

»Wo willst du denn hin?«

Nein, soll es nicht.

»Ich fahre mal nach Frankfurt. Ein bisschen shoppen«, rufe ich, während ich die nächsten Stufen nehme.

Meine Mutter steckt den Kopf aus der Tür und erwischt mich mit ihrem Blick noch auf dem Treppenabsatz.

»So willst du nach Frankfurt?«

Ich seufze, denn ich weiß ja, was jetzt kommt. Weil wir seit fast vierzig Jahren – in unterschiedlichen Varianten – immer wieder die gleiche Diskussion führen.

»Wieso soll ich denn so nicht nach Frankfurt fahren?«

»Na, wenn du meinst ...« Sie sagt das mit diesem Unterton, der mir ganz klar zu verstehen gibt, dass sie mein Outfit nicht akzeptabel findet.

»Ich kann ja schlecht die weiße Leinenhose anziehen, denn da hast du einen Pumuckl draufgenäht!«, gebe ich zurück und ergänze: »Deshalb will ich ja nach Frankfurt – vielleicht finde ich ein Kleidungsstück ohne Helden meiner Kindheit darauf.«

1:0

Denke ich.

»Mach, was du willst. In dem Fummel findest du jedenfalls nie einen Mann.«

1:1

Ich sage nichts mehr, will mich umdrehen und gehen. Ich habe zwar überhaupt nicht die Absicht, beim Shoppen den Mann fürs Leben kennenzulernen. Andererseits kann man ja nie wissen. Und das Leben hat mich bereits gelehrt:

Jeans und Kapuzenpulli törnen Männer ungefähr so an wie Stinkesocken. Ich beschließe, gleich nach einem schönen Sommerkleid Ausschau zu halten.

Da ruft meine Mutter: »Lissie, warte! Das hätte ich ja fast ganz vergessen. Helene hat vorhin hier angerufen.«

Ich bleibe stehen und drehe mich um.

»Doris' Mutter?«

»Ja, genau. Du brauchst dir keine Sorgen mehr zu machen. Doris hat eine SMS geschickt, dass sie nach Südfrankreich gefahren ist.«

Ich kann es nicht glauben.

»Mama, das kann ich nicht glauben!«, sage ich ungläubig.

Meine Mutter rümpft beleidigt die Nase.

»Das kannst du mir jetzt glauben oder nicht – so hat's mir Helene erzählt. Freu dich doch, dass es Doris gut geht.« Und schiebt leicht vorwurfsvoll hinterher:

»Das hätte ja auch ganz anders ausgehen können!«

Ich drehe mich wieder um und gehe jetzt wirklich.

Davon muss ich mich erst selbst überzeugen.

»Ding dong dong ding – dong ding ding dong«. Die Klingel von Doris' Elternhaus spielt langatmig die Melodie des Londoner Big Ben, und ich frage mich, ob sie jedes Mal abwarten, bis ihre Klingel ausgeläutet hat, bevor sie jemandem die Tür öffnen. Da erscheint aber schon Helene Gundlach und schaut mich überrascht, aber freundlich an.

»Lissie! Das ist ja eine Überraschung! Du hast uns ja einen ganz schönen Schreck eingejagt! Steht da plötzlich ein Kommissar vor unserer Tür und sagt, dass Doris entführt worden ist! Aber ich hab mir gleich gedacht, dass das wieder eine von Doris' neuerlichen Aktionen ist! Wer sollte denn auch unsere Doris entführen! Aber komm doch erst mal rein.«

Ich betrete das Haus der Gundlachs und muss feststellen, dass sich in all den Jahren nicht viel verändert hat. Auf dem dunklen Boden mit den Achtzigerjahre-Kacheln liegt ein dicker Läufer, der unsere Schritte dämpft. An der Wand hängt ein Setzkasten, der mit dem unterschiedlichsten Nippes im Miniaturformat gefüllt ist, auf dem Regal neben der Tür stehen drei Zinnbecher mit historischen Motiven, und daneben baumelt an einem geschnitzten Holzsouvenir ein Notizblöckchen.

Ich bin bei dem Anblick solcher Einrichtungen, die vor dreißig Jahren mal modern waren, immer etwas hin- und hergerissen. Ich möchte in dieser altbackenen Atmosphäre nicht wohnen. Und doch ruft es in mir Erinnerungen an eine glückliche Kindheit wach, die mir ein wohliges Gefühl von Unbeschwertheit geben: Von Wassereis für zehn Pfennig, von Bonanzarädern und Riechstiften, von A-ha-Postern und Schäfchenseife auf der Gästetoilette.

Helene geht voran durch das Wohnzimmer und auf die Terrasse, die von einer sonnengelben Markise beschirmt wird.

»Setz dich doch«, fordert sie mich mit einer einladenden Geste auf. »Willst du was trinken?«

»Nein, nein. Mach dir keine Umstände.«

Wir schweigen kurz. Dann sage ich zögerlich: »Sag mal, Helene, du hast meiner Mutter erzählt, dass Doris eine SMS geschickt hat, dass sie in Südfrankreich sei. Bist du da ganz sicher?«

Helene Gundlach schaut mich mitleidig an und sagt dann bestimmt: »Lissie, ich konnte diese ganze Entführungsnummer von Anfang an nicht glauben. Doris hat sich verändert, seit sie diese Seminare bei Dr. Tiefenbruch belegt. Ich bin mir zwar noch nicht so sicher, was ich von diesem ... diesem ...«

»Coach«, helfe ich ihr auf die Sprünge.

»Genau. Couch. Also was ich von diesem Couch halten soll ...«

Sagt sie jetzt tatsächlich Couch? So wie Sofa? Ich schaue etwas verdutzt, versuche mich aber schnell wieder auf Helenes Ausführungen zu konzentrieren.

»Seit sie da hingeht, ist sie wirklich selbstbewusster geworden. Aber dann macht sie auch so merkwürdige Sachen. Sie sagt, das seien Hausaufgaben, die sie von ihrem Couch gestellt bekommt. Vor zwei Wochen war sie in Frankfurt auf dem Rummel und ist jede Achterbahn gefahren, außerdem will sie demnächst den Motorradführerschein machen.«

»Na ja, das finde ich aber bisher noch nicht so ungewöhnlich«, wende ich zögernd ein, obwohl ich mir Doris schwerlich in einer Achterbahn, geschweige denn auf einem Motorrad vorstellen kann.

Helene verzieht ein wenig das Gesicht und zögert, bevor sie weiter mit der Sprache rausrückt: »Ja, gegen das hab ich ja auch nichts. Aber als sie sich an einem Sonntagmorgen auf den Marktplatz gestellt und eine Rede gehalten hat, fanden wir das schon etwas befremdlich.«

Mir bleibt der Mund – wieder einmal in den letzten Tagen – ein klein wenig offen stehen, und ich bereue es, dass ich Doris in letzter Zeit wirklich nicht öfter angerufen habe. Und warum hat mir das meine Mutter eigentlich nicht erzählt? Ich sag's ja: Die wichtigen Dinge, die in unserem Ort passieren, vergisst sie, an mich weiterzugeben.

Helene Gundlach starrt für einen Moment ins Leere, dann reißt sie sich zusammen, setzt ein Lächeln auf und sagt: »Bestimmt wird ihr die Zeit in Südfrankreich jetzt guttun. Hoffentlich muss sie danach keine Hausaufgaben mehr machen …«

»Helene, darf ich die SMS wohl mal sehen, die sie euch geschrieben hat?«

»Na sicher, Kind. Aber warum?«

Sie steht auf und holt ihr Handy aus der Handtasche, das ungefähr auf dem gleichen technischen Stand ist wie das meiner Mutter. Sie setzt ihre Lesebrille auf, tippt auf den Tasten herum, von lauten Pieptönen begleitet, und hält mir schließlich das Display unter die Nase.

Ich lese: »Hallo, bin auf dem Weg nach Südfrankreich zum Seminar. Alles in Ordnung. Schalte jetzt das Handy aus. Eure Doris.«

Ich stutze. Etwas stimmt nicht mit dem Text. Ich lese die SMS noch einmal. Dann weiß ich, was mich stört.

»Aber, Herr Loch! Bitte glauben Sie mir doch! Doris

schreibt niemals ›Eure Doris‹! Sie schreibt immer – und ich meine IMMER – ›GlG von Doris‹. Ich habe sie damit schon aufgezogen, dass ich doch sehe, von wem die SMS kommt und sie nicht immer ›ganz liebe Grüße von Doris‹ darunter schreiben muss! Aber sie besteht darauf, weil sie es für höflicher hält. Und das IMMER und bei JEDEM!«

Kommissar Loch seufzt.

»Ich fasse mal zusammen, Frau Sommer. Sie wollten sich mit jemandem an der Grillhütte treffen, der angeblich was über Frau Zimmermanns Tod erzählen will. Stattdessen ist Frau Gundlach zu dem Treffen gegangen, um ihr Selbstbewusstsein zu stärken, und dann – nach Ihrer Aussage – entführt worden. Sie glauben nicht an eine Reise, obwohl Frau Gundlach ihnen von ihren Plänen, am nächsten Morgen nach Südfrankreich zu fahren, sogar erzählt hat und sie gemeinsam die Reisetasche ins Schließfach gepackt haben. Das, wie wir inzwischen festgestellt haben, leer ist. Zudem hat sich Ihre Freundin per SMS bei ihren Eltern gemeldet, die ihrerseits bestätigen, dass ihre Tochter in letzter Zeit etwas wunderlich war. Und die Einzige, die immer noch an die Entführung glaubt, sind Sie, Frau Sommer. Und das nur, weil Ihre Freundin eine SMS statt mit ›GlG von Doris‹ mit ›Eure Doris‹ beendet hat? Habe ich den Sachverhalt richtig zusammengefasst?«

Es ist kurz still.

»Ja«, piepse ich kleinlaut, aber auch ein bisschen trotzig in den Telefonhörer. Ich weiß, dass ich recht habe, aber so, wie der Kommissar meine Schilderungen immer verkürzt, hört es sich wirklich nicht glaubwürdig an. Sollte ich mich so in meiner Freundin täuschen?

»Herr Loch ...« Ich muss kurz schlucken, da ich den Kommissar eigentlich nicht bitten will, aber es muss sein.

»Könnten Sie mir noch einen Gefallen tun?«

»Schießen Sie los.« Er klingt genervt.

»Wenn es Sie nicht zu sehr nervt: Könnten Sie das Handy von Doris orten? Also nur um sicherzugehen, dass sie wirklich in Südfrankreich ist?«

»Wenn ich einen Staatsanwalt finde, der mir das genehmigt.«

Kommissar Loch spürt, dass ich sowieso nicht lockerlassen werde, und seufzt.

»Ich gebe Ihnen Bescheid.«

»Danke«, sage ich und lege auf.

In der Zwischenzeit werde ich mir mal dieses Institut von Dr. Tiefenbruch ansehen.

Sollte ich am Morgen noch über einen Lebenspartner nachgedacht haben, relativiert sich in der U-Bahn meine Sehnsucht nach einer Familie wieder schlagartig. Ja, ich triumphiere innerlich sogar ein bisschen in meinem lässigen Look, denn neben mir sitzen drei Frauen, etwa in meinem Alter. Kategorie: Prosecco-Mamis. Eine ist schwanger, eine hat ihren Zwerg im Edelkinderwagen dabei, und die dritte ... Ich rätsle noch, als ihre Freundin sie anspricht: »Du, sag jetzt erst einmal: Geht es dir wieder besser mit dem Kreislauf?«

»Ja, ja«, antwortet die Angesprochene und ergänzt: »Mit dem Kreislauf ist alles wieder o. k. Dafür hab ich gleich danach 'ne fette

Brustentzündung bekommen.«

Ich habe gerade in mein belegtes Brötchen gebissen und nun schlagartig keinen Appetit mehr. Vielleicht sollte ich mir das als neue Diät patentieren lassen. Sobald man Gelüste bekommt: Zack. Themenwechsel. Brustentzündung. Ich weiß von den jungen Müttern in meinem Bekanntenkreis, dass das eine schmerzhafte, blutige, ja manchmal sogar eitrige Angelegenheit ist. Wirklich nicht appetitlich.

Ich kaue also etwas langsamer und schlucke schwer.

»Und du? Habt ihr jetzt den Kinderwagen schon gekauft? Es dauert ja nicht mehr lange …«

»Ja, wir haben ihn bestellt. Aber glaubst du, wir hätten den in unserem blöden Ort bekommen? Offenbar gibt's da keinen Markt für individualisierbare Kinderwagen mit Ledergriffen! Ich musste ihn in Frankfurt bestellen!«

»Was hat er denn jetzt gekostet?«

»Na ja, schon 1.200 Euro. Aber das ist er ja auch wert.«

»Lass bloß die Kreditkarte zu Hause, wenn du den Wagen abholst! Die haben da auch ganz tolle Kinderklamotten von Gucci!«

Alle drei nicken zustimmend mit dem Kopf.

Ich bin drauf und dran, im Gegenzug mit meinem Kopf eine horizontale »Nein«-Bewegung im gleichen Takt ausführen zu wollen. Beiße stattdessen nicht in die Tischkante, sondern noch einmal in mein Brötchen. Dann erzählt die Brustentzündungsfrau stolz, dass ihr drei Monate alter, neuer Erdenbürger ja seit der Geburt nur ruhig ist, wenn er ständig Hautkontakt hat. Na, dann viel

Spaß in den nächsten Jahren. Stelle ich mir relativ bald relativ unpraktisch vor. Spätestens, wenn der Pimpf mal so dreizehn ist und seine Mutter vielleicht schon um zwei Köpfe überragt, geht das sicher ordentlich auf die Wirbelsäule.

Ich bin von diesen Müttergeschichten gleichsam fasziniert und abgeschreckt – wie wenn man bei einem schlimmen Autounfall nicht hinsehen möchte, es aber trotzdem tut -, als wir auch schon in die nächste U-Bahn-Haltestelle einfahren. Ich muss mich beherrschen, das Trio nicht zu offensichtlich anzustarren.

Stattdessen blicke ich aus dem Fenster und sehe mir das Treiben auf dem Bahnsteig an. Da laufen gerade eine ältere Dame und ein Typ in einem rosa Leinenanzug über den Bahnsteig … Ich kann nicht glauben, was ich da sehe: Die amerikanische Trudy im intensiven Gespräch mit dem unbekannten Clooney-Poirot-Verschnitt!

Ich springe auf, und die drei Luxus-Muttis sehen mich erschrocken an, als wäre der Teufel in mich gefahren.

»Entschuldigung, ich muss ja hier raus«, stammle ich und eile zur Tür. Doch ich bin zu spät. Die U-Bahn setzt sich bereits wieder in Bewegung, und mir bleibt nur der Blick zurück auf ein ungleiches Paar, das ich so nicht zusammen vermutet hätte.

Die dreißig Sekunden bis zur nächsten Station kommen mir wie dreißig Minuten vor. Selbst in der U-Bahn gibt es also das Rote-Ampel-Phänomen: Wenn man Zeit hat, springen alle Ampeln auf Grün, wenn man in Eile ist, sieht man sprichwörtlich rot.

»Die Einfaaaahrd in de nächste Baaaahnhof verzögert sisch um en kleine Auchenblick«, krächzt es in breitem Hessisch aus den Lautsprechern, als wir auch noch mitten auf der Strecke außerplanmäßig halten. Ich könnte platzen.

Als sich die Türen endlich öffnen, habe ich bereits jede Hoffnung verloren, die beiden noch zu erwischen.

Ich überlege kurz, ob es sich wirklich lohnt, wieder eine Station zurückzufahren und nach Trudy und Hercule Clooney Ausschau zu halten, beschließe dann aber doch, mich jetzt erst einmal bei Dr. Tiefenbruch umzuschauen und mich dann in den Shopping-Wahnsinn zu stürzen, um einen Ersatz für die Pumuckl-Hose zu suchen.

Das Hohelied des Dr. Tiefenbruch

Ich stehe vor dem »Institut für ein neues Selbstbewusstsein Dr. Tiefenbruch«. Ich musste zweimal hinschauen, ob ich wirklich die richtige Adresse habe, denn in einer Seitenstraße in der Frankfurter City hätte ich nicht unbedingt ein altes Fachwerkhaus vermutet, das einen Therapeuten für »neues Selbstbewusstsein« beherbergt. Ich komme mir ein bisschen vor wie bei Hänsel und Gretel – nur dass das Hexenhaus im Wald von Wolkenkratzern umgeben ist. Dass dieses Kleinod den Banken-Bauboom überstanden hat, kann ich mir nur mit Denkmalschutz erklären. Oder der zuständige Baudezernent ist selbst einer von Tiefenbruchs Patienten.

Ich drücke auf die Klingel.

»Klingelingeling. Klingelingeling«, tönt es mit hellen Glöckchen, und ich denke unwillkürlich an den E-Plus-Beckenbauer-Spot »Ja, is denn heut scho Weihnachten?«.

Der Türsummer summt, und ich betrete mit einem mulmigen Gefühl und leicht gebückt ob der niedrigen Eingangstür das kleine Häuschen.

Mangels großer Fenster umschließt mich für einen Augenblick Dunkelheit, dann haben sich meine Augen an den düsteren Empfangsbereich gewöhnt. Wahrscheinlich ist das bereits der erste Schritt zu einem neuen Selbstbewusstsein: wenn man es wagt, diese Schwelle zu übertreten!

»Guten Tag, junge Dame! Sie haben soeben die Schwelle zu einem neuen Selbstbewusstsein übertreten – das ist schon mal der erste Schritt. Herzlichen Glückwunsch und Schubidu! Was können wir für Sie tun?«

Vor mir steht die fleischgewordene Hexe Schrumpeldei: Eine ältere, hutzelige Dame mit langen, grau melierten Haaren, die sie kunstvoll zu einem Dutt verknotet hat. Sie trägt ein wallendes Gewand in zartem Lila, eine Nickelbrille auf der Nase, aber auch ein warmes Lächeln im Gesicht.

Ich lächle sie ebenfalls an, offenbar aber weniger souverän.

»Kindchen, Sie brauchen keine Hemmungen zu haben. Alles, was hier geschieht, bleibt in diesen Räumen. Schubidu!«

»Und in einem märchenhaften Paralleluniversum, in das ich gerade hineingeraten bin«, denke ich. Das glaubt mir doch wieder kein Mensch.

»Ich, also, ich ...«, stammle ich etwas unsicher vor mich hin.

»Ich wollte mich mal informieren. Eine Freundin von mir hat Sie mir empfohlen. Sie hat ... sich unglaublich verändert.«

»Oh, das freut mich aber zu hören! Hoffentlich nur zum Positiven! Wer ist denn unsere Gönnerin?«, fragt Hexe Schrumpeldei, legt mir die Hand auf den Rücken und schiebt mich langsam weiter über einen engen Flur zu einer Tür, die halb offen steht.

»Doris Gundlach«, sage ich ganz automatisch, schon ein bisschen wie in Trance. Rieche ich hier auch noch Räucherkerzen?

»Ach ja, Frau Gundlach!« Die alte Dame nickt ein wissendes Nicken, das ich aber sonst nicht deuten kann, öffnet die Tür und bittet mich mit einer einladenden Geste hinein.

Ich trete in einen – für das kleine Häuschen relativ großen – Raum mit niedriger Decke, in dem mehrere Korbstühle mit bunten Kissen stehen. Die winzigen Fenster zieren ebenso winzige Gardinen in alter Spitze, und in der Ecke entdecke ich sogar einen kleinen Kamin, der aber – Gott sei Dank haben wir Mai – nicht entflammt wurde.

In der Mitte des Raumes macht sich ein niedriger Tisch breit, auf dem ein Häkeldeckchen liegt, auf dem wiederum eine Kerze steht. Diese wurde allerdings entflammt.

Ich bin mir nicht sicher, ob das hier das Wartezimmer oder ein Therapieraum ist. Das Mütterchen weht mit ihrem Walla-walla-Kleid an mir vorbei, lässt sich in einen der Korbsessel sinken und bittet mich erneut mit einer ausladenden Handbewegung darum, in einem der Sessel Platz zu nehmen. Ich tue, wie mir geheißen.

»Sie werden schon bemerkt haben, dass dieses Haus im wahrsten Sinne des Wortes ein Kleinod in der Frankfurter Innenstadt ist. Der Platz ist beschränkt, deshalb ist dies sowohl der Warte- als auch der Therapieraum.«

Sie sieht mich durchdringend an, und das mulmige Gefühl breitet sich in mir weiter aus. Mein Verstand sagt mir, dass niemand Gedankenlesen kann. Mein Bauch nährt gerade Zweifel an diesem Wissen.

»Nun, Frau ...«

Die Hexe Schrumpedei sieht mich fragend an.

»Winter. Lissie Winter.«

Ich habe auch schon besser gelogen.

»Nun denn, Frau … Winter.«

Sie betont es, als wüsste sie genau, dass dies nicht mein richtiger Name ist. Ich fasse mir unwillkürlich an die Nase, um zu prüfen, ob diese pinocchiomäßig gewachsen ist.

»Also, Frau Winter, wie kann ich Ihnen helfen?«

»Ich möchte ein bisschen was für mein Selbstbewusstsein tun und mich erst einmal erkundigen, ob dies hier was für mich ist. Wie das so läuft. Was man tun muss. Und auch, was Ihre … Therapie … kostet.«

»Hat Ihnen Frau Gundlach nicht schon ein bisschen was von uns und unserem Programm erzählt?«, bohrt das Hutzelweibchen mit seinem immer noch durchdringenden Blick nach.

»Außer dem ›Schubkraft-Schubidu‹? Noch nicht wirklich viel …«

Herrje, hab ich das jetzt so gesagt? Memo an mich: Nicht immer die Gedanken sofort aussprechen!

»Nun gut«, sagt das Mütterchen und verschränkt ruhig die Hände in ihrem Schoß.

»Die Methode von Dr. Tiefenbruch ist ein Programm zur Verbesserung Ihres Verhaltens. Er leitet Sie an, Dinge auszuprobieren, von denen Sie nie gedacht hätten, dass Sie sie tun können. Das wiederum stärkt ihr Selbstbewusstsein – auch in normalen Lebenslagen.«

»Aha!«, sage ich und überlege dabei schon mit gemischten Gefühlen, welche Aufgaben mir gestellt werden würden.

»Wahrscheinlich können Sie sich das praktisch nicht so richtig vorstellen. Was halten Sie davon: In zehn Minuten beginnt eine Sitzung der Einführungsveranstaltung. Bleiben Sie doch hier, und probieren Sie es selbst aus! Dr. Tiefenbruch wird auch gleich hier sein.«

»Gibt er nicht gerade ein Seminar in Südfrankreich?«, poltere ich heraus und schiebe erklärend hinterher: »Doris erwähnte das. Ich glaube, sie wollte selbst daran teilnehmen.«

Die alte Dame nickt: »Ja, das stimmt. Aber der Meister stößt erst am Wochenende dazu.«

Der Meister, so, so.

»Und wer leitet bis dahin vor Ort das Seminar?«

»Die Gruppe führt sich – selbst und bewusst – selbst. Das ist ebenfalls ein Teil der Therapie.«

Ich nicke.

Wie bekomme ich denn nun raus, ob Doris wirklich in Südfrankreich ist?

»Könnte man denn vielleicht noch spontan an diesem Seminar teilnehmen? Ich hätte noch ein paar Tage Urlaub, und nach Südfrankreich wollte ich schon immer mal. Sind denn alle Teilnehmer angereist? Vielleicht ist ja jemand kurzfristig abgesprungen, dessen Platz ich übernehmen könnte?«

Wieder mustert mich das Mütterchen mit seinem Röntgenblick, um mir zu antworten: »Zum einen ist das ein Seminar für Fortgeschrittene. Da wären Sie als Anfängerin völlig fehl am Platz. Zum anderen kann ich Ihnen nicht sagen, ob alle Seminarteilnehmer angereist sind. Unsere Klienten sind frei in ihrem Tun. Wer sind wir, sie zu überwachen?«

»Ich schätze, deshalb ist auch die Kursgebühr

vorab zu entrichten? Falls es sich doch jemand anders überlegt und nicht teilnimmt?«

Sie lächelt ihr souveränes Lächeln und steht auf.

»Natürlich.«

Ich will mich ebenfalls erheben, aber die alte Dame bedeutet mir, sitzen zu bleiben.

»Möchten Sie vielleicht noch einen Tee, bevor es losgeht?«, fragt sie freundlich.

»Das ist sehr nett von Ihnen, aber ich bin kein Freund von Tee. Mit Tee fühle ich mich immer krank.«

»Sie wissen nicht, was Sie verpassen«, sagt sie und hebt scherzhaft tadelnd den Zeigefinger.

»Wasser?«, fragt sie im Hinausgehen.

»Ja, gerne«, sage ich mit einem Blick zur Tür, durch die sie aber schon verschwunden ist. Ich schaue ihr einen Moment gedankenverloren nach. Dann taucht jemand statt ihrer auf: der Weihnachtsmann. Es gibt ihn wirklich!

Ein kleiner Mann mit einem weiß-grauen Rauschebart, der ihm fast bis zum Bauchnabel reicht, und dem gleichen Nickelbrillen-Modell auf der Nase, durch das auch seine Hexe Schrumpeldei auf ihre Hexenhaus-Welt sieht, füllt den Türrahmen aus – einen gemütlichen Bierbauch vor sich hertragend. Da wir Mai haben, ist die rote Weihnachtsmanntracht offenbar in der Reinigung. Er trägt stattdessen eine weiße, weite Leinenhose und ein langes – ebenfalls blütenweißes – Leinenhemd darüber.

Ich überlege kurz, ob es wirklich der

Weihnachtsmann ist. Oder vielleicht doch Vader Abraham mit seinen Schlümpfen, die gleich fröhlich um die Ecke gesprungen kommen? Oder der ehemalige Sektenführer Bhagwan? Aber dafür guckt er zu freundlich. Und mir gerade und direkt in die Augen. Ich bekomme eine Gänsehaut. Keine Frage: Der Mann hat Karma.

»Seien Sie gegrüßt. Madame Gisela hat mir schon gesagt, dass wir heute ein neues Gesicht begrüßen dürfen. Schubidu!«

Spricht's, kommt dynamischer auf mich zu, als ich es von ihm erwartet hätte, und streckt mir seine Hand entgegen.

»Schubidu!«, antworte ich verdattert und schüttle seine Hand.

»Na, dann wollen wir mal!«

Er geht auf den Sessel zu, in dem gerade schon »Madame Gisela« gesessen hat und lässt sich mit einem wohligen Seufzen darauf nieder.

Gleichzeitig schlumpfen vier Personen, zwei Männer und zwei Frauen, in den Raum. Wenn sie blaue Zipfelmützen aufgehabt hätten, würde es mich in diesem Augenblick auch nicht wundern. Als Letzte kommt »Madame Gisela« mit einem Tablett, auf dem geschliffene Kristallgläser und eine Karaffe mit Wasser stehen. In der Karaffe funkeln rosa schimmernde Edelsteine. Schrumpeldei Gisela fängt meinen fragenden Blick auf und erklärt: »Energetisches Wasser!«

Meine Rede.

Dr. Tiefenbruch ergreift das Wort.

»Willkommen zu unserer heutigen, zweiten Sitzung der Einführungsveranstaltung. Bitte begrüßen Sie ganz herzlich Frau … Winter …, die sich gerne einen ersten Eindruck verschaffen möchte. Schubidu!«

»Schubidu!«, tönt es mir von meinen Mitstreitern wohlwollend entgegen.

»Schubidu!«, antworte ich ganz selbstverständlich.

Dr. Tiefenbruch nickt in die Runde: »Steigen wir am besten gleich ein, und Sie berichten uns von den Erfahrungen Ihrer ersten Woche. Ich bin schon sehr gespannt, und Frau Winter erfährt so ganz praktisch von unserem therapeutischen Ansatz. Dilara. Wenn Sie anfangen möchten.«

Eine sehr schlanke, sehr hübsche Mittzwanzigerin mit großen, dunklen Augen zuckt kurz zusammen und streift schüchtern ihre langen kohlrabenschwarzen Haare zurück. Sie trägt ein lässiges, weites Shirt auf einer Size-Zero-Jeans, das den Blick auf eine ihrer makellosen Schultern freigibt. Die Frau könnte modeln, muss ich ihr neidisch zugestehen.

Sie schluckt noch einmal, dann setzt sie schüchtern an: »Also ich bin Dilara, bin 24, und meine Familie kommt aus der Türkei. Ich würde gerne modeln, aber meine große Schwester erlaubt es mir nicht. Sie sagt immer, das Modeln stünde erst einmal ihr als Älterer zu. Und solange sie keinen Auftrag hat, darf ich auch nicht.« Und setzt trotzig nach: »In der Beziehung ist sie ein richtiger Drachen!«

Sie zieht ein Foto aus ihrer Tasche und hält es in meine Richtung. Ich starre das Bild an und weiß nicht so recht, was ich sagen soll. Das IST ein Drachen! Bestimmt bin ich ein toleranter Mensch und denke, dass jeder auf seine Weise schön ist, aber als ich das Foto von Dilaras Schwester anschaue, erschrecke ich mich.

»Äh ... wie alt ist deine Schwester?«, frage ich Dilara etwas irritiert.

»43. Aber sie meint, das spiele keine Rolle, denn sie habe ja noch keine Falten.«

Das stimmt. Liegt aber daran, dass die Frau auf dem Foto schätzungsweise fünfzig Kilo zu viel auf den nicht mehr wahrnehmbaren Rippen hat. Die Falten, die trotzdem zu sehen sind, wölben sich gleichmäßig als Speckröllchen unter dem deutlich zu engen T-Shirt. Wenn ich richtig hingeschaut habe, hat sie zudem eine Warze auf der Nase und eine Zahnlücke, die den Niedlichkeitsfaktor leider auch nicht erhöht, da diese wirklich von einem verlorenen Zahn stammt, den man bisher nicht ersetzt hat.

»Aber ... also ich meine ...«, stottere ich und sehe Dilara immer noch verwirrt an.

»Ja, ich weiß, was du jetzt denkst! So schön wie sie werde ich nie werden! Und wenn sie es schon nicht schafft ...«

Sie schaut ins Leere und seufzt traurig auf. Ich auch. Das wird für Dr. Tiefenbruch aber 'ne Jahrhundertaufgabe. Vielleicht sollte er sie vorher noch einmal zum Augenarzt schicken – nur um sicherzugehen, dass der verzerrte Blick auf das Aussehen ihrer Schwester nicht doch körperliche Ursachen hat.

»Wie haben Sie denn Ihre Wochenaufgabe gemeistert?«, holt Dr. Tiefenbruch Dilara wieder ins Hier und Jetzt. Ein Lächeln huscht über ihre Lippen, und sie wird rot.

»Ein paarmal hab ich es geschafft. Soll ich mal

...?«

Dr. Tiefenbruch nickt ihr aufmunternd zu.

Dilara schnappt ein paarmal mit dem Mund wie ein erstickender Fisch an Land, schluckt dabei die Luft offensichtlich runter, hält dann kurz inne. Ihr Gesicht schimmert, sie hat glänzend rote Wangen. Ich sehe sie ebenso besorgt wie fasziniert an.

Dann öffnet sie ihren Mund und lässt ihm einen kapitalen, lauten, langen Rülpser entweichen. Dann lächelt sie schüchtern.

»Ganz hervorragend! Schubiduuuuu!«, ruft Dr. Tiefenbruch begeistert aus, und die ganze Runde beginnt zu klatschen. Ich klatsche vorsichtig mit, schaue dabei verstohlen in alle Ecken des Zimmers und suche die versteckte Kamera.

»Danke«, piepst Dilara verlegen. »Ihr macht mir echt Mut!«

Wenn das jetzt meine Mutter miterlebt hätte, würde sie den unmittelbar bevorstehenden Weltuntergang prophezeien. Und ich würde ihr zustimmen.

»Jeder Teilnehmer hatte die Aufgabe, in der ersten Woche etwas für ihn sehr Untypisches zu tun. Dabei war nur das Thema vorgegeben: Sich Luft machen.«

Ein Mann Typ Altachtundsechziger, der mit seinen Rastalocken, Birkenstocks an den sonnengegerbten nackten Füßen, zahlreichen Leder- und Glasketten um seinen Hals und der bunten Schlabberhose sehr alternativ aussieht, hebt lässig die Hand.

Dr. Tiefenbruch nickt ihm zu.

»Ich habe mich so auf die Straße gestellt und die

Leute so angeschrien. So richtig laut und so. ›Scheiß Kohle‹ und ›Konzerne sind kacke!‹ und so. Das war wahnsinnig befreiend. Jetzt echt so.«

»Schubidu!«, quittiert ihm die Runde begeistert seine Erzählung über das befreiende Geschrei.

So, so, denke ich.

»Peter wurde gefragt, ob er in einer TV-Sendung zum Thema ›Kapitalismuskritik‹ mitdiskutieren würde. Fürchtet aber, nicht genug Gehör zu erhalten. Und Hendrik ...«

Dr. Tiefenbruch deutet auf einen dicklichen Mann in einem schlecht sitzenden grauen Anzug. Er hat graues, glattes Haar, das streng gescheitelt an seinem Kopf klebt. Er sieht aus, wie man sich klischeehaft einen Buchhalter vorstellt.

»Hendrik arbeitete früher als Finanzbuchhalter und will sich nach einem Burn-out jetzt als Tanztherapeut selbstständig machen.«

Hendrik hebt schüchtern grüßend die Hand.

»Nun?«, fragt ihn der Sommer-Weihnachtsmann.

»Har...har...huuuuuu«, antwortet Hendrik.

»Du hast also tatsächlich die Fortbildung zur Atemtherapie begonnen!« Madame Gisela klatscht begeistert in die Hände.

Hendrik grinst wie ein Honigkuchenpferd.

»Erzähl doch mal«, fordert sie ihn auf und klatscht noch einmal vor Aufregung in die Hände.

Hendrik beginnt zu berichten: »Die Therapeutin, 's Fräulein Eberle, mei, die isch doll, des kann i euch fei sage!«

Hendrik ist offenbar Schwabe.

»Jedär bewägt sisch zu därer Musik, wie er mog,

und wenn sie ind Händ klatsche tut, dann begrüßt ma den, der neber eim steht, und reiwbt seine Elleboge aneinand.«

Ich überlege, ob ich das wollen würde, und komme zu einem klaren »Nein«!

»Dann hem ma bewusst in die Flanke auf em Hocker sitzend geatmet. Awwer es Highlight wor, dass sie so e riesiges Zirkustuch rausgezoge hat, an dem wir unsch dann all festhalten muschte. Beim Einotme ham mir des Tuch gesenkt, beim Ausatme ham mir es gemeinsam o gehebbt, un die Hälft is drunter neigelaafe.«

Klingt ein bisschen nach Kindergarten, denke ich mir.

Hendrik erzählt noch ausführlich, dass alle zum Schluss stampfen und aufspringen sollten – um mehr Energie aus der Erde in sich aufzunehmen.

»Schubidu!«, sage ich, weil mir nichts Besseres dazu einfällt. »Schubidu!«, ruft Madame Gisela und springt begeistert auf. Offenbar hat Hendrik mit seinen Atemübungen genau ihren Geschmack getroffen.

»Christine«, richtet Dr. Tiefenbruch das Wort an die letzte der anwesenden Teilnehmerinnen.

»Wie lief es denn bei dir?«

Christine kichert wie ein Schulmädchen. Und so sieht sie auch aus: Sie trägt einen halblangen Buntfaltenrock mit weißen Kniestrümpfen und Riemchenschuhen, darüber eine weiße Bluse. Die blonden Haare sind rechts und links zu einem Zopf geflochten. Ich habe keine Ahnung, wo es dieser Frau an Selbstbewusstsein fehlt, denn mit schätzungsweise Anfang fünfzig in solch einem Outfit rumzulaufen, ringt mir Respekt und sportliche

Anerkennung ab!

»Christine möchte sich aus einer Lehrer-Schulmädchen-Beziehung lösen«, erklärt mir der Doc.

»Nun, Christine, wie hast du die Aufgabe umgesetzt?«

Christine kichert noch immer. Und immer weiter. Unter weiterem Gekichere bringt sie schließlich hervor: »Ich habe Hans-Werner ... hihihi ... ich habe ... hihihi ... also ... ich habe ihm ein Pupskissen untergeschoben.«

Dr. Tiefenbruch runzelt die Stirn.

»Christine«, sagt er ernst, »ich verstehe deinen Ansatz, das Thema umsetzen zu wollen, aber so etwas Infantiles wie ein Pupskissen bestärkt doch nur euer schwieriges Schülerinnen-Lehrer-Rollenverhältnis! Und eine richtige Herausforderung an dein Tun war es ja nun auch nicht.«

Christine schaut betreten drein und steckt sich den Daumen in den Mund.

Ich muss hier raus.

Demonstrativ gucke ich auf meine Armbanduhr, tippe mit dem Zeigefinger mehrmals auf das Ziffernblatt und zitiere aus meinem Lieblingsweihnachtsfilm mit Chevy Chase: »Was? Schon so spät? Böses Ührchen. Ich muss ...« Ich will »auswandern« sagen, verkneife es mir aber schnell und sage: »Ich muss jetzt wirklich gehen. Vielen Dank für die interessante Stunde. Das war sehr ... eindrucksvoll.«

Ich stehe auf und winke in die Runde.

»Es war uns ein Vergnügen, Frau Sommer. Ach nein, entschuldigen Sie. Frau Winter, meine ich, natürlich.«

Ich sehe ihm in die Augen, schaue zu Madame Gisela und murmle im Hinausgehen ein letztes »Schubidu!«.

Erlebnis-Shopping

Zwei Taschen, ein lässiges Shirt, ein paar Schuhe und kein Sommerkleid später bin ich wieder im Hier und Jetzt angekommen und betrete ein Café am Mainufer. Nach »Schubidu« und Shoppen ist mir jetzt nach einem guten Milchkaffee und einem traditionellen Stück Torte. Irgendwie fühle ich mich inzwischen dem Latte-macchiato-to-go-small-ohne-Sahne-low-fat-Milch-Trend entwachsen. Eine selbst gemachte Käse-Sahne-Torte mit süßen Aprikosen und lockerem Biskuit, dazu ein frisch gerösteter Kaffee mit dickem Milchschaum – dafür pfeife ich auf jede hippe Hippster-Free-WLan-Atmosphäre.

    Ich lasse meinen Blick durch das Café mit seinen herrlich plüschigen Sesseln im Sechzigerjahrelook – kein Retro, noch Original – schweifen und will schon auf einen kleinen Tisch am Fenster zusteuern, da habe ich das Gefühl, im Augenwinkel etwas Bekanntes gesehen zu haben.

    Ich schaue mich noch einmal um. Nein, nicht etwas Bekanntes, sondern jemanden. Ganz hinten in der Ecke sitzen Trudy und Hercule! Sie sind in ihr Gespräch vertieft und sehen mich nicht. Ich muss wissen, was die beiden zusammengebracht hat. Jetzt oder nie.

    Ich ändere meine Laufrichtung und gehe direkt auf sie zu, dabei rumple ich mit meinen Einkaufstüten gegen die Stühle – weitläufige Bestuhlung ist definitiv anders. Ich höre ein Murren von einer Oma, der meine Taschen-Rempelei missfällt, und ein »Die Jugend von heute!« dringt an mein Ohr. Das ist offenbar auch Trudy und ihrem Begleiter nicht verborgen geblieben, die beiden schauen auf und Trudy mir direkt ins Gesicht. Hercule Clooney sieht erschrocken aus, wird direkt ein bisschen blass, und seine Augen suchen nach einem Fluchtweg. Keine Chance. Ich nehme zwei weitere rumplige Schritte und stehe direkt vor ihnen.

»Das ist ja eine Überraschung! Hallo, Trudy, hallo … Herr … Ich glaube, wir wurden uns noch nicht offiziell vorgestellt«, sage ich mit einem spitzen Unterton, entwirre meine rechte Hand aus den Einkaufstütenhenkeln und strecke sie ihm provokativ entgegen.

Er nimmt meine Hand und drückt sie, zögert einen Moment und sagt dann: »Ach, jetzt ist es ja auch egal. Georg Schneider, guten Tag!«

Georg Schneider? Ich muss mich anstrengen, meinen Mund schnell wieder zu schließen. Georg Schneider? Nicht George Poirot oder Hercule Clooney? Er heißt Georg Schneider? Das kann doch gar nicht sein. Der will mich verarschen.

»Georg Schneider!? Ja, klar«, sage ich mit einem süffisanten Unterton und ergänze: »Und ich bin die Kaiserin von China.«

Er seufzt und zückt seine Brieftasche, holt seinen Personalausweis heraus und hält ihn mir unter die Nase. Ich lese »Georg Schneider« und sehe sein Konterfei auf dem Pass.

Jetzt bin ich wirklich baff.

Trudy löst die Spannung auf und sagt: »Lissy. Come on. Sit down. Ich glaub, mir sollte schwätze.«

Ich bestelle eine Marzipantorte – mit Sahne. Auf den Schreck brauche ich mehr Zucker als geplant – und als gegebenenfalls ein neues Sommerkleid in der zweiten Shoppingrunde eigentlich erlauben würde.

Trudy erklärt mir, dass Herr Schneider als Privatdetektiv arbeitet und sie ihn bereits engagiert hatte, als sie noch in den USA war. Sie wollte mehr über ihre Schwester und die Hintergründe wissen, was es mit ihren angeblichen finanziellen Nöten auf sich hatte. Denn warum sonst sollte sie sie plötzlich um Geld bitten.

»Ich hab gegoogelt und dann sei Advertising in the internet gesehen. He looked like a man, he knows how to do this job.«

Ich überlege, ob man einen guten Privatdetektiv wirklich am Äußeren erkennen sollte. Oder ob es nicht eher ein Nachteil ist, wenn man gerade dieser Gattung ihren Beruf an der Nasenspitze ansieht. Definitiv hat Trudy zu viele amerikanische Krimis gesehen, wenn Georg Schneider ihr Prototyp eines kompetenten Privatdetektivs ist. Selbst hier, in diesem angestaubten Café, fällt Georg Schneider in seinem rosa Anzug auf. Ich muss noch einmal daran denken, wie wir uns vor Carlas Boutique (»Buticke«) begegnet sind – Mr Unauffällig war schon damals nicht gerade sein zweiter Vorname.

Ich schiebe mir das letzte Stück Marzipantorte in den Mund, starre Georg Schneider ungeniert an und frage mich, ob er für Beschattungen womöglich mit einem Kompagnon zusammenarbeitet. Denn er kann diesen Part seines Jobs unmöglich unauffällig und damit erfolgreich ausüben.

Als müsste er seine Kompetenz verteidigen, setzt Herr Schneider an:

»Leider hat mich Misses Trudy zu spät engagiert. Viel konnte ich nicht mehr herausfinden. Aber wie hätte man ahnen sollen, dass es mit Fräulein Clara ...«

»Carla«, verbessern Trudy und ich unisono.

»Ja, richtig. Entschuldigen Sie, das kann ich mir einfach nicht merken. Wer hätte ahnen können, dass es mit Fräulein Carla so rasch zu Ende geht.«

»Bzw. dass jemand dafür sorgt, dass es mit ihr zu Ende geht«, murmle ich über meinen Milchkaffee hinweg und überlege, ob ich noch ein zweites Stück Kuchen vertrage. Warum hat man im Café eigentlich immer Hemmungen, noch ein zweites Stück Kuchen zu essen? An der heimischen Kaffeetafel denke ich gar nicht darüber nach, denn da ist ein zweites Stück obligatorisch. Vielleicht doch noch das geplante Stück Käse-Sahne-Torte?

»Darf es noch etwas sein?«, fragt die Bedienung und zieht ihren digitalen Bestellblock aus dem weißen Servierschürzchen. Nicht in allem ist die Zeit in diesem Café stehen geblieben.

»Oh, darling, des is nett. Könnte Sie mir noch en Cappuccino serve? Ihr cake war delicious, aber davon kann ja kein Mensch noch ein zweites piece esse.«

Ich schlucke meine Käse-Kuchen-Bestellung runter und schließe mich dem Cappuccino an.

Wehmütig sehe ich der Servierin nach, wie sie hinter der ausladenden Kuchentheke verschwindet, um unsere »Kaffeespezialität«, wie es in der Speisekarte heißt, zuzubereiten.

Ich versuche, mich wieder auf das Wesentliche zu konzentrieren.

»Sag mal, Trudy, wie war das jetzt mit Carlas Geldnöten?«

»Des war so. Listen!«

Und so erzählt Trudy, dass sich Carla vor ein paar Wochen bei ihr gemeldet hat – das erste Mal nach zehn Jahren. Nach der anfänglichen Freude hatte Trudy ziemlich schnell begriffen, worauf Carla hinauswollte: Carla wollte Geld. Angeblich forderte das Finanzamt noch Nachzahlungen aus einer alten Erbschaftssache.

»Die Story klang wirklich silly. Ich war direkt e bissi eingeschnappt, dass sie mich für so a stupid American gehalte hat, der man alles telle kann. Sie hat wohl gedacht, dass ich vor lauter luck über die reunion gleich e paar bucks springe lass. Aber net mit mir!«

»Hast du ihr das gleich so gesagt?«, frage ich nach.

»Net so bös. Aber die Carla war ja auch keine Funzel. Ich glaub, sie hat des schon gecheckt.«

»Und warum hast du Herrn Schneider auf sie angesetzt?«, will ich weiter wissen.

»Nach dem phonecall hat sie mir doch e bissi leidgetan. Was ist wohl happened, wenn sie mich nach so vielen Jahren wegen money anruft? Des ging mir net mehr aus em Kopp.«

»Eine sehr kluge Entscheidung Ihrer Tante«, schleimt sich Herr Schneider mit einem breiten Grinsen an seine Auftraggeberin ran.

»Ach ja? Was haben Sie denn nun eigentlich inzwischen rausgefunden? Nicht viel, das sagten Sie ja schon, aber was genau? Überhaupt etwas?«, funkle ich ihn an.

Er räuspert sich, und ich sehe eine leichte Rötung in seinem Gesicht.

»Nun ja«, hebt er an, »viel konnte ich natürlich in der kurzen Zeit nicht mehr herausfinden. Ihr Etablissement war nicht besonders gut besucht – jedenfalls nicht in der Zeit, als ich es beobachtet habe. Ich habe mich dann ein bisschen im Ort umgehört. Es tut mir sehr leid, das sagen zu müssen, Trudy, aber den Beliebtheitspreis hätte Ihre Frau Schwester nicht gewonnen. Offenbar ist sie wirklich vielen Leuten auf die Füße getreten. Aber so richtig wollte auch niemand mit der Sprache herausrücken – Ihre Informationen scheinen also nicht bloß Gerüchte gewesen zu sein.«

Es ist kurz still am Tisch.

Mein Smartphone piepst und kündigt eine ankommende SMS an. Wahrscheinlich meine Mutter, denn meine Freunde haben sich inzwischen aufs »Whatsappen« verlegt. Ich hole das Handy aus meiner Tasche und schaue darauf.

Eine unbekannte Nummer schreibt mir: »Hallo, Lissie, Dein Profil klingt nett, und ich würde Dich gerne kennenlernen. Rufst Du mich zurück? LG Siggie«.

Wer ist Siggie? Und warum will er mich kennenlernen? Ist das ein Stalker? Ich überlege kurz, ob ich einen Siggie kenne, bin mir sicher, dass mir ein Siggie unbekannt ist, und stecke das Handy wieder ein.

Apropos Unbekannter. Und apropos Verfolger.

»Wieso haben Sie mich eigentlich an dem Abend verfolgt, als ich aus Rudis Kneipe gekommen bin? Oder haben Sie noch einen Mitarbeiter?«, frage ich ihn freiheraus. Zwar stand er an dem Abend plötzlich vor mir. Trotzdem bin ich mir nicht sicher, ob nicht doch dieser komische Kauz dahintersteckt.

Georg Schneider schaut mich mit echtem Erstaunen an.

»Ich habe Sie nicht verfolgt! Und ich habe auch keinen Mitarbeiter! Georg Schneider arbeitet allein!«

Er sagt es, als wäre es etwas Verwerfliches, wenn man sich einen Angestellten leisten kann.

»In der Tat war ich auf dem Weg zur Weinstube, um mich dort umzuhören.«

»Wieso hatten Sie eigentlich zu dem Zeitpunkt noch nichts von Carlas Tod erfahren?«, bohre ich weiter nach. Herr Loch wäre stolz auf mich!

»Meine liebe junge Dame! Ich habe auch noch andere Klienten, um die ich mich kümmern muss.«

Wer's glaubt, wird selig, denke ich.

»Und es konnte auch niemand erahnen, dass wir es mit einem Todesfall ...«

»Mordfall!«, fahre ich dazwischen.

»... ja, ähm ... also einem Mordfall zu tun bekommen werden.«

Trudy legt mir beschwichtigend die Hand auf meinen Arm.

»Listen, Kind. Mister Schneider hat sich wirklich angestrengt. Do you know ebbes mehr über Carla?«

Ich erzähle Trudy von Carlas Andeutungen und von dem, was ich von Rudi und Egon erfahren habe.

»Und dann wurde auch noch Doris entführt. Nur weil sie mir etwas beweisen wollte«, schließe ich meinen Bericht.

»Entführt?«, fragt Georg Schneider.

»Gekidnappt?«, fragt Trudy.

Ich nicke betrübt und wundere mich noch einmal – für einen Privatdetektiv weiß das tapfere Schneiderlein ziemlich wenig.

»Jemand wollte sich wegen Carlas Tod mit mir treffen. Ich bat Doris mitzukommen, aber dann ist alles schiefgegangen. Doris erkannte denjenigen, und seither ist sie verschwunden. Ich bin sicher, sie wurde entführt – auch wenn ich die Einzige bin, die davon überzeugt ist.«

»Denjenigen?«, hakt jetzt Herr Schneider nach. »Haben Sie den Entführer erkannt? Es war also ein Mann?«

Ich sehe den Privatdetektiv verdutzt an.

»Nein. Irgendwie war ich immer sicher, dass es ein Mann gewesen sein muss, da mich auch eine männliche Stimme angerufen hat. Aber gesehen habe ich leider niemanden.«

Wir schweigen.

Könnte der Entführer auch eine Frau gewesen sein?

Männer, Männer, Männer!

Mein Smartphone meldet sich. Ich stehe in der U-Bahn-Station und warte auf die Bahn. Zuvor hatte Trudy verkündet, sie werde Herrn Schneider auch weiterhin beauftragen, bei der Aufklärung des Mordes an ihrer Schwester zu helfen. Nach wie vor habe ich Zweifel, ob dieser Pseudoermittler wirklich eine Hilfe und sein Geld wert ist. Aber es ist Trudys Geld und Unterstützung kann nicht schaden – schon wegen Doris.

Ich sehe auf das Display. Die Nummer kenne ich nicht. Aber sie ist nicht unterdrückt, deshalb nehme ich das Gespräch an.

»Sommer«, melde ich mich.

»Ah, da geht die Sonne auf! Du hast aber eine nette Stimme! Ich darf doch ›Du‹ sagen, oder? Hier ist Klaus.«

In meinem Kopf arbeitet es. Ich kann mich nicht erinnern, in letzter Zeit einem Mann namens Klaus meine Nummer gegeben zu haben. Auch als ich das letzte Mal vor ein paar Wochen in Köln ausgiebig feiern war, habe ich meine Nummer nicht rausgerückt. Nun gut. Es wollte auch keiner, dass ich sie rausrücke. Ich überlege angestrengt. Wer ist Klaus?

»Hallo, Klaus.« Ich warte erst einmal ab und überlege weiter. Klaus, Klaus, Klaus ... Ein Bekannter meiner Eltern heißt Klaus, aber der klingt anders, und warum sollte der mich anrufen.

»Du klingst viel jünger, als ›in den besten Jahren‹ vermuten lässt. Sehr sympathisch muss ich sagen!

Wirklich sehr sympathisch. Ich bin ja auch in den besten Jahren, also schon 58, aber …«

Er macht eine erwartungsvolle Pause und sagt dann mit einem leicht anzüglichen Unterton: »… ich fühle ich mich viel jünger an.«

Er lacht. Ein lautes, dröhnendes Lachen.

Ich verstehe überhaupt nichts.

»Entschuldige, Klaus, aber ich glaube, hier liegt ein Missverständnis vor. Bist du sicher, dass du dich nicht verwählt hast?«

»Oh! Also, du bist nicht Lissie?«, fragt er ein bisschen erschrocken.

Ich stutze.

»Doch, ich heiße Lissie. Kennen wir uns?«

Ich bin so irritiert, dass ich nicht in die Bahn, die gerade eingefahren ist, einsteige, sondern auf dem Bahnsteig stehen bleibe.

Klaus' Lachen dröhnt jetzt wieder laut durch den Hörer, und in einem säuselnden Ton, der auch gut in eine Erotikhotline passen würde, fährt er fort: »Noch nicht, meine Liebe, aber ich hoffe, das können wir schnell ändern.«

»Von wem hast du denn überhaupt meine Nummer?«, frage ich ihn, immer noch irritiert.

»Machst du Witze? Na, aus der Kontaktanzeige.«

Es ist kurz still in der Leitung, dann spricht Klaus weiter: »Jetzt sag bloß, jemand anders hat die Kontaktanzeige für dich aufgegeben?«

»KON-TAKT-AN-ZEI-GE???«, sage ich laut und im Silbenrätsel-Modus. Einige Passanten starren mich an.

Ich muss mich setzen. Neben dem nächstgelegenen fest installierten Dreier-Metall-Sitz hat sich jemand sein Essen noch einmal durch den Kopf gehen lassen. Ist mir egal. Ich muss mich setzen, sonst fall ich um. Angewidert – ob von der angetrockneten Kotze oder von der Vorstellung, dass jetzt wildfremde Menschen meine Handynummer haben – fasse ich bei Klaus nach.

»Wo um alles in der Welt gibt es eine Kontaktanzeige mit meinem Namen und meiner Handynummer drin?«, frage ich immer noch völlig verdattert.

Klaus klingt sichtlich irritiert. »Na, im aktuellen ZEITmagazin.«

Immerhin. Wenigstens in dieser Hinsicht hätte es wirklich schlimmer kommen können.

»Entschuldige, Klaus, aber hast du die Anzeige vor dir liegen? Könntest du sie mir bitte mal vorlesen?«

»Ich verstehe zwar nicht ganz. Aber klar doch. Moment ...«

Zeitungsseiten rascheln.

»Also. Ähm.«

Er räuspert sich, als wollte er ein Gedicht vortragen.

»Nette, humorvolle, selbstständige Frau mit Kurven in den besten Jahren sucht einen liebevollen Mann mit starken Schultern für eine gemeinsame Zukunft, ggf. auch mit Kindern. Du solltest NR sein, verantwortungsbewusst. Größe und Figur sind zweitrangig. Ruft einfach an. Lissie Tel. ...«

Eine ältere Dame mit ihrem Dackel geht an mir

vorbei und schaut mich merkwürdig und etwas besorgt an. Ich bemerke, dass mein Mund offen steht, schließe ihn schnell und ringe mir ein gequältes Lächeln ihr gegenüber ab, das sagen soll: »Alles in Ordnung. Ich bin nicht verrückt – auch wenn ich gerade so aussehe.«

»Lissie? Bist du noch dran?«, höre ich Klaus' Stimme aus dem Smartphone. »Was ist jetzt? Wann kann ich dich treffen?«

Der hat sie ja wohl nicht alle! Der hat vielleicht Nerven! Als ob ich mich mit irgendjemand treffen würde, der auf eine Kontaktanzeige antwortet, die ich nicht aufgegeben habe!

Ich poltere los: »Du hast sie ja wohl nicht alle! Ich treffe mich mit niemandem!«

Ich hole kurz Luft, um mich etwas zu beruhigen. Etwas gefasster und mit ein bisschen mehr Sanftmut in meiner Stimme versuche ich, dem liebestollen Romeo die Situation zu erklären: »Hör zu, Klaus, vielen Dank, dass du dich gemeldet hast, aber hier hat sich wohl jemand einen Scherz mit mir erlaubt. Ich habe diese Kontaktanzeige nicht aufgegeben und möchte auch niemanden daten. Bitte lösche meine Nummer und ruf mich nicht mehr an.«

Ich warte seine Antwort nicht ab und lege schnell auf.

»Wer zum Kuckuck hat eine Anzeige …?«, denke ich noch, als das Telefon erneut läutet. Es ist nicht die Nummer von Klaus, aber wiederum eine, die ich nicht kenne. Das kann ja heiter werden!

Warum ich das Gespräch annehme, weiß ich nicht. Meine Neugier siegt mal wieder.

»Naaa, wie geht es meinem kleinen

Käsekuchen?«, säuselt es mir mit französischem Dialekt entgegen.

Ich nehme das Smartphone vom Ohr, starre auf das Display. Die Bahn fährt ein. Ich drücke auf den roten Button und beende das Gespräch, noch bevor es begonnen hat. Jetzt muss ich mir wohl eine neue Handynummer zulegen. Und herausfinden, wer sich um mein Liebesleben dermaßen sorgt, dass er für mich eine Kontaktanzeige aufgibt. Ich hab da so eine Ahnung …

»Jetzt stell dich net so an! Du machst doch auch den ganze Facebook-Kram und was weiß ich net alles.«

In meinem Inneren weiß ich, dass es sinnlos ist, meiner Mutter zu erklären, dass es durchaus einen Unterschied macht, ob ich auf Facebook mit meinen Freunden und den entsprechenden Sicherheitseinstellungen kommuniziere oder ob mein Name und meine Handynummer in der Zeitung veröffentlicht werden. Trotzdem starte ich einen Versuch.

»Mama«, setze ich mit einem subtilen Flehen in der Stimme an.

Sie unterbricht mich gleich:

»Ich weiß, was du jetzt sagen willst, aber wenn du selbst schon nichts unternimmst, hab ich jetzt einfach mal das Zepter in die Hand genommen. Du musst auch mal an uns denken! Weißt du, wie blöd ich mir vorkomme, wenn die Betty, die Trude und die Anne-Marie bei den Landfrauen immer die Bilder ihrer Enkel vorzeigen. Dann kann ich mir immer anhören, wie viele Pupse die lieben Kleinen in den letzten 48 Stunden gelassen haben. Stell dir vor: Der Sohn von der Tochter von der Anne-Marie geht jetzt in einen internationalen Kindergarten, wo die Kinder schon Englisch und Französisch lernen! Und dann immer diese mitleidige Nachfrage, ob du nicht auch bald mal Kinder kriegen willst. Ich will mir das nicht länger anhören müssen! Deshalb: Ich finde, wir sind jetzt auch mal dran mit Enkelkindern! Und wenn das noch was werden soll, musst du bald einen patenten Mann kennenlernen. Deine biologische Uhr tickt, Lissie! Glaub bloß nicht, dass das mit Ende dreißig noch so leicht sein wird!«

Wut steigt in mir auf. Ich weiß, dass es meine Mutter nur gut meint, aber sich dermaßen in mein Leben einzumischen, geht wirklich zu weit.

»Lissie, deine Mutter hat's doch nur gut gemeint«, mischt sich jetzt mein Vater ein und ergänzt: »Und du weißt ja: Ohne Fleiß kein Preis! Man muss auch was für sein Glück tun.«

»Wenn jemand hier was für sein Glück tun muss, dann bin ich das selbst! Und überhaupt: Gut gemeint ist noch lange nicht gut gemacht!«

Ohne dass ich es wollte, überschlägt sich meine Stimme, und ich bin objektiv zu laut. Ich hasse dieses Gefühl der Ohnmacht, wenn jemand über meinen Kopf hinweg etwas für mich entscheidet und es nicht mehr rückgängig zu machen ist – doppelt schlimm ist es, wenn die Motive auch noch ehrenwert sind.

Ich kann meinem Vater ansehen, dass er meine Redewendung in seinem geistigen Sprichwörter-Karteikasten abspeichert. Um den nun spitzen Mund meiner Mutter kräuseln sich dagegen Falten. Jetzt tut sie mir fast ein wenig leid, aber dieses Mal hat sie es wirklich übertrieben.

Mein Telefon klingelt – zum x-ten Mal heute.

»Ich weiß gar nicht, was du hast«, schmollt meine Mutter. »So viele Anrufe von Männern, die an dir Interesse haben, hattest du doch die letzten zehn Jahre nicht.«

Das stimmt leider. Und ich hasse sie in diesem Moment dafür, dass sie recht hat.

Auf dem Display erscheint eine Berliner Nummer.

»Mama! Bisher haben mich nur Vollidioten, Notgeile und Nerds angerufen!«

»Was sind Nöörds?«, fragt meine Mutter.

»Nerds eben! Fachidioten! Spinner! Typen, die im richtigen Leben keine Frau abbekommen.«

»Aber du bekommst im richtigen Leben ja auch keinen Mann ab«, nuschelt meine Mutter in ihren nicht vorhandenen Damenbart, gerade so laut, dass ich es hören kann.

»Das habe ich gehört!«, fauche ich sie an.

Ich hole tief Luft. Das Telefon läutet immer noch. Hartnäckig.

»Ich werde es dir beweisen, dass nur wieder so ein komischer Kauz am Telefon ist!«

Selbstsicher drücke ich auf das Display und nehme das Gespräch an.

»Hallo? Hier ist Lissie«, stelle ich mich dem unbekannten Anrufer vor.

»Hi, hier ist Micha.« Eine warme, sympathische Stimme begrüßt mich.

»Eigentlich steh ich nicht so auf Kontaktanzeigen, aber ich war echt neugierig, welche mutige Frau ihren Namen und ihre Telefonnummer in eine Kontaktanzeige schreibt.«

Man kann das Schmunzeln durch das Telefon hören. Er klingt direkt sympathisch.

»Die mutige Frau war meine Mutter«, sage ich spontan, obwohl ich diesen Satz nur denken wollte.

»Echt jetzt?« Micha lacht auf. »Bist du ein Nerd?«

Jetzt muss ich auch lachen.

»Nein, ich bin überhaupt kein Nerd, ich bin ganz in Ordnung, denke ich.«

Mit großen Augen und noch größeren Ohren verfolgen meine Eltern das Gespräch. Der spitze Mund meiner Mutter weicht einem vielsagenden Grinsen.

Na warte!

»Aber du kannst meine Mutter gerne selbst fragen. Sie sitzt mir gegenüber. Warte, ich reiche dich weiter.«

Erschrocken blickt meine Mutter mich an und fuchtelt abwehrend mit den Händen. Ich halte ihr das Telefon hin.

»Na los! Nicht so schüchtern. Vielleicht ist es dein zukünftiger Schwiegersohn.«

Zögernd nimmt sie den Hörer entgegen. »Hallo? Hier spricht Gudrun Sommer?«

Pause.

»Ja, hm … So was hat sie auch schon gesagt … Verstehe … Gefährlich? Meinen Sie wirklich? … Hm … Nein, dann werde ich das nicht wieder tun …. Ja, da haben Sie recht … Ach so? Das ist ja interessant! Was verdient man denn in Ihrem Beruf so?«

Schnell nehme ich meiner Mutter das Handy wieder aus der Hand.

»Er ist Grafikdesigner«, wispert sie mir dabei vielversprechend zu, wobei sie das »Grafikdesigner« betont, als bekäme man für den Job den Nobelpreis.

Ich beschließe, das Gespräch jetzt besser ohne meine Eltern fortzusetzen, und verschwinde in meinem Zimmer, nicht ohne meiner Mutter einen letzten strafenden Blick zuzuwerfen.

»So, Micha. Jetzt hast du schon einen ersten Eindruck von meiner manchmal leicht durchgeknallten Mutter bekommen. Willst du mich immer noch kennenlernen?«

Er lacht. Ein wirklich aufrichtiges, natürliches Lachen, das mir ebenfalls ein süffisantes Lächeln auf die Lippen zaubert.

»Na ja …« Er zögert, und mein Herz rutscht mir in die Hose. Hoffentlich habe ich den scheinbar ersten normalen Typen, der sich auf die Schnapsidee meiner Mutter gemeldet hat, nicht gleich überfordert.

»Das kommt darauf an, ob du auch die beschriebene nette, selbstständige Frau in den besten Jahren bist.«

Ich kann förmlich hören, wie er mir zuzwinkert.

Ich werde rot. Schade, dass er das mit den Kurven nicht erwähnt hat. Hoffentlich steht er nicht auf Supermodels und/oder Hungerhaken.

»Nun ja … Doch, ich denke, meine Mutter hat mich ganz gut beschrieben. Und du bist also Grafikdesigner in Berlin?«

»Woher weißt du, dass ich in Berlin lebe?«, fragt

er erstaunt zurück.

Ich lache.

»Na ja, du kennst meine Nummer, und ich habe deine gesehen. Keine Rufnummernunterdrückung. Und wenn ich mich nicht schwer täusche, hat deine Nummer eine Berliner Vorwahl.«

Jetzt zwinkere ich.

»Ach so.« Er lacht erneut und sagt:

»Du hast auch noch detektivische Fähigkeiten.«

»Wenn du wüsstest ...«, denke ich.

»Kommst du aus Hessen? Deine Mutter hat den gleichen Akzent wie meine Eltern.«

»Ja, ich komme aus einem kleinen Kaff namens Traunbach. Kennt kein Mensch. Aber jetzt lebe ich in Köln. Im Moment bin ich aber hier zu Besuch und ...«

»Du kommst aus Traunbach? Das ist jetzt nicht dein Ernst!«, unterbricht mich Micha.

Wie vom Donner gerührt sitze ich stocksteif da.

»Du kennst Traunbach?«, frage ich ungläubig.

»Kennen? Du bist gut! Ich bin dort aufgewachsen!«

Micha klingt ebenfalls fassungslos.

Es ist kurz still. Dann sagt er: »Warte mal. Du heißt Lissie und deine Mutter Gudrun Sommer. Nein, ich fasse es nicht! Du bist die Tochter von den Sommers! Die kleine Lissie! Die Welt ist ein Dorf.«

»Micha, könntest du mich bitte aufklären! Im Gegensatz zu dir habe ich keine Ahnung, mit wem ich gerade telefoniere!«

Micha lacht und lacht, und ich fühle mich, als würde ich nackt in einem Schaufenster stehen.

Nachdem er sich wieder einigermaßen beruhigt hat, sagt er: »Lissie. Das ist echt strange. Ich bin der Sohn von Egon Kraft! Dem Metzger!«

Jetzt muss ich ebenfalls lachen. Ein bisschen auch, weil ich erleichtert bin, denn die Söhne von Egon habe ich seit Jahren nicht gesehen. Und sie mich nicht.

»Dann bist du also der jüngste der vier Kraft-Söhne, der in Berlin lebt. Und was mit Medien macht.«

Ich kann mir die Spitze nicht verkneifen.

»Genau, der bin ich«, sagt er freundlich. Und nach einer kurzen Pause: »Hi, Lissie, ich finde, obwohl – oder gerade weil – das Schicksal uns nun mal auf diesem Weg bekannt gemacht hat, sollten wir uns treffen. Ich wollte sowieso mal wieder meine Eltern besuchen. Jetzt habe ich einen doppelten Grund, in Traunbach vorbeizuschauen. Hast du am Wochenende schon was vor?«

Ich weiß, dass alle Frauenzeitungen in diesem Moment raten, den Typen zappeln zu lassen. Ich aber sage: »Nee, eigentlich nichts! Wir können uns gerne treffen – wann immer du willst!«

»Prima. Ich kündige mich bei meinen Eltern an und buche einen Zug.«

»Du, Micha ...« Ich zögere kurz. »Kündigst du mich auch an? Also ich meine ... äh ... du kennst ja unser Dorf ... Und wenn erst mal meine Mutter... und deine Mutter ... und die Leute ...«

Micha lacht.

»Keine Angst, Lissie. Ich sage kein Wort. Ich würde dich gerne allein kennenlernen – ohne Dorfgemeinschaft. Vielleicht treffen wir uns auf einen Cocktail in Frankfurt? Ich ruf dich noch einmal an, wenn ich weiß, wann ich komme. Mach's gut, Lissie Sommer!«

»Mach's gut, Micha Kraft.«

Ich lege auf und lächle. Die Wut auf meine Mum ist verraucht, ich könnte sie stattdessen knutschen. Aber das sage ich ihr mal besser nicht. Wer weiß, was sie sonst als Nächstes tut, und ich möchte definitiv nicht bei einer Fernsehshow mitmachen.

Zwei Stunden und 16 Anrufe von unbekannten Männern später meldet sich Micha erneut.

»Micha, das ging aber schnell!«, begrüße ich ihn freudig erregt. Doris würde jetzt sagen:

»Ich glaube, du bist in Liebe entflammt!« Doris, du alte Poetin, hoffentlich geht es dir gut.

»Hi, Lissie, du hör mal, ich habe gerade mit meinem Vater telefoniert, dass ich am Wochenende komme. Ich dachte, er freut sich, da wir uns wirklich schon lange nicht mehr gesehen haben. Stattdessen hat er erst rumgestottert, dass Straßenfest ist, und hat dann irgendwas von einem Au-pair-Mädchen aus Frankreich gefaselt, das in meinem alten Kinderzimmer wohnt.«

Ich lache laut auf.

»Ein Au-pair-Mädchen?«

Ich bin mir nicht sicher, ob ich mich nicht verhört habe!

»So viel Weltoffenheit hätte ich deinen Eltern gar nicht zugetraut«, schiebe ich nach.

Ich halte kurz inne. Lissie, das war jetzt alles andere als höflich.

Aber Micha nimmt es mit Humor und antwortet mir lachend: »Ich auch nicht, Lissie, ich auch nicht.«

Enttäuschung macht sich in mir breit. Das ist doch wieder typisch. Da interessiert sich endlich mal wieder ein Mann für mich – und zwar einer, der entspannt und normal zu sein scheint –, aber das Schicksal tut alles dafür, dass wir nicht zueinanderfinden werden. Es ist doch verhext.

Michas Stimme reißt mich aus meinen Gedanken: »Aber weißt du was? Ich komme trotzdem! Ein Au-pair-Mädchen bei meinen Eltern! Das muss ich sehen! Dann schlafe ich eben auf der Couch oder bei einem Kumpel! Jetzt habe ich sogar drei gute Gründe, in die hessische Heimat zurückzukehren: meine Eltern besuchen, das Au-Pair-Mädchen sehen und dich kennenlernen.«

Ein kleiner Seufzer der Erleichterung entfährt mir.

»Hey, Micha ... Das freut mich. Echt ...«, sage ich.

Ich kann wieder sein Grinsen durch die Leitung hindurch hören.

»Ich freu mich auch ... «

Und dann schiebt er noch schnell hinterher: »Außerdem treffe ich auf dem Straßenfest sicher viele alte Kumpels wieder.«

Ist klar, Micha, ist klar.

Dann sagt er noch: »Aber hey, sag du bitte auch nichts zu meinen Eltern, dass ich jetzt doch vorbeischaue. Die kommen auf die Idee und quartieren das arme Mädel aus, damit ich doch in ihrem Haus pennen kann. Das will ich nun auch nicht. Zur Not ...«, grinst er süffisant, »...kann ich ja auch auf deinem Sofa schlafen!?«

»Das kannst du dir gleich abschminken, mein Lieber!«, gebe ich bestimmt zurück und denke dabei: »Ich kann es kaum erwarten, dass du bei mir übernachtest. Und dann hoffentlich nicht auf der Couch ...«

Frische Infos von der Wursttheke

»Ein Viertel Blut- und Leberwurst, fünf Scheiben Salami und 100 g gekochten Schinken. Und wenn Sie den Eiersalat frisch haben, dann ein bisschen Eiersalat. Aber 'ne kleine Schale reicht. Der ist ja doch immer recht fett. Kannst du dir das merken, oder soll ich es dir aufschreiben?«

»Und ein bisschen Gelbwurst«, ruft mein Vater aus dem Wohnzimmer. Meine Mutter verzieht das Gesicht und winkt ab.

»Die Katzen brauchen keine Gelbwurst. Die sind eh schon dick genug«, schreit sie ins Wohnzimmer zurück und verdreht dabei die Augen.

»Wie der Herr, so sein G'scherr«, brummelt mein Vater gerade so laut, dass wir es hören können.

»Na, also ich glaub, es geht los!«, schnaubt meine Mutter entrüstet und wettert los: »Wenn's dir net passt, kannst du dir ja eine Schlankere suchen! Dann wirst du dich umgucken! Die trägt dir nicht immer deinen Kram hinterher und kocht, wäscht und tut! Und deinen Ranzen kannst du auch mal anschauen! Im fünften Liter schwanger, sag ich dazu nur! Im fünften Liter!«

»Hab ich ein Wort gesagt, dass ich dich gemeint hab?«, gibt mein Vater kleinlaut zurück. »Aber wenn du dich angesprochen fühlst ...«

Meine Mutter zischt noch ein »Pfff« durch ihre dritten Zähne und wendet sich dann wieder mir zu.

»Und auf dem Rückweg gehst du bitte noch beim Bäcker vorbei und holst ein Pfundbrot. Wenn sie das nicht haben, nimmst du ein Ausgehobenes. Soll ich es dir nicht doch aufschreiben?«

Meine Mutter zückt schon einen Stift, aber ich nehme den Einkaufskorb und bin schon halb aus der Tür.

Ich mache mich schnurstracks auf in Richtung Metzgerei Kraft. Dabei überlege ich, aus was eigentlich ein »Pfundbrot« oder das »Ausgehobene« besteht. So rein körnertechnisch.

Ich gebe zu, dass ich sonst eher widerwillig Einkäufe in unserem Dorf erledige. Zu viele Fragen nach meinem Leben von – mir inzwischen fremden – Menschen mit der Erwartung auf ausführliche persönliche Antworten, die ich nicht bereit bin zu geben.

Aber als meine Mutter mich heute Morgen bat, unter anderem beim Metzger Kraft ein bisschen Aufschnitt zu besorgen, musste sie mich nicht lange bitten. So habe ich einen echten Grund, in der Metzgerei nach dem Au-pair-Mädchen Ausschau zu halten. Ja, ich bin neugierig. Und ja, ich kann mir nicht vorstellen, wer freiwillig als Au-pair nach Traunbach geht.

Als ich fünfzehn Minuten später den alten Metzgerladen betrete, fühle ich mich wieder als Kind. Ich glaube, das ist dem Aufwachsen in der Provinz immanent: Solange die Generation der eigenen Eltern lebt, fühlt man sich als Kind, als die »kleine Sommer«, egal wie alt man ist. Für diesen Einkauf hätte ich sogar die Pumuckl-Hose noch einmal anziehen können.

Vor mir an der Theke steht eine ältere Dame und ist mit der Metzgersfrau in ein lautes Gespräch vertieft.

»Das ist nicht dein Ernst!«, schreit Frau Kraft und hält sich etwas zu theatralisch erschrocken die Hand vor den Mund. »Lässt sich der Sohn vom Müller Heini schon wieder scheiden? Des gibt's ja net! Da haben wir doch noch das kalte Buffet für 200 Mann geliefert! Die waren doch noch gar nicht lange verheiratet!«

»Keine zwei Jahre«, entfährt es mir.

Frau Kraft und die Kundin verstummen. Wie in Zeitlupe drehen sich die Köpfe in meine Richtung und sehen mich verdutzt an.

Ich merke, dass ich rot werde.

»Was haben Sie gesagt?«, schreit Frau Kraft. Meine Mutter hatte mich schon vorgewarnt – die Metzgersfrau ist inzwischen schon ganz schön schwerhörig, will sich aber partout kein Hörgerät zulegen, denn sie sei ja schließlich noch keine Oma. Halb blind durch die Landschaft zu laufen, weil man keine Brille tragen will – auf diesen Gedanken käme niemand. Aber ein Hörgerät ist für die meisten noch immer ein Tabu. Also schreit Frau Kraft durch die Metzgerei ihre Kunden an.

Ich fürchte, ich muss meine Bemerkung noch einmal mit 120 Dezibel wiederholen.

»Die waren keine zwei Jahre verheiratet«, schreie ich über die Theke und schiebe erklärend hinterher: »Hat meine Mutter erzählt.«

Frau Kraft schaut mich durchdringend an. Ich kann ihr ansehen, wie es in ihrem Kopf arbeitet und sie versucht, mich einer ihrer Kundinnen zuzuordnen. Dann breitet sich ein warmes, herzliches Lächeln über ihr Gesicht aus, und in diesem Moment weiß ich, dass sie das ihrem Sohn vererbt hat.

»Du bist doch die Lissie, oder? Lissie Sommer?«
Ich nicke.

»Ganz die Gudrun! Die kann dich wirklich net verleugnen!«

»Waaaas? Ja, Kind! Ich hätte dich nicht mehr erkannt! Wie schnell die doch alle groß werden! Hach, an den Kindern sieht man, dass man alt wird«, plärrt die Kundin, die ich weiterhin nicht kenne, durch den Laden und haut sich dabei theatralisch auf die Oberschenkel. Auch wenn ich nicht weiß, wer das ist – sie kennt ganz offensichtlich mich. Darüber wundere ich mich nicht mehr – im Gegenteil: Ich fände es inzwischen eher merkwürdig, wenn mich jemand nicht kennen würde.

»Und die Gudrun weiß das schon wieder mit der Scheidung vom Müller Heini seinem Sohn? Ich bekomme gar nichts mehr mit.« Frau Kraft seufzt laut und etwas zu theatralisch.

»Tröste dich«, ruft die Kundin jetzt wieder Richtung Wursttheke. »Ich hab es ja auch erst heute Morgen gehört.«

Und schließt bestimmt: »So. Ich halte dich nicht länger auf. Wir haben ja alles abgemacht.«

Und wie zur Bestätigung zählt Frau Kraft laut auf:

»Dreißig Schnitzel, dreißig Frikadellen, dreißig Rindswürstchen werden am Samstag pünktlich um sechs geliefert. Straßenfest hin oder her. Mir liefern – weil du's bist!«

Sie stöhnt wieder laut auf und seufzt: »Egon und ich könnten wirklich manchmal Hilfe brauchen. Da bringt man vier Söhne auf die Welt, und keiner übernimmt die Metzgerei!«

Sie seufzt noch einmal, noch etwas lauter, und sagt dann schulterzuckend: »Aber was will man machen? Man muss sie ihre Wege gehen lassen. Die haben ja heute auch ganz andere Möglichkeiten, als wir sie hatten.«

»Gut, dass Sie wenigstens für den Haushalt jetzt das Au-pair-Mädchen haben«, sage ich aufs Geratewohl.

Frau Kraft sieht mich fragend an.

»Ein was?«

Ich bin mir gerade nicht sicher, ob sie mich akustisch nicht verstanden hat oder ob sie nicht weiß, was ein Au-pair-Mädchen ist.

»Also … Ihr Au-pair-Mädchen? Die gerade bei Ihnen zu Besuch ist? Die aus Frankreich?«

Frau Kraft guckt wie ein Auto und schüttelt dann etwas mitleidig den Kopf.

»Des wüsste ich aber, wenn wir Besuch hätten. Und dann noch aus Frankreich. Des würde mir gerade noch fehlen! Dann hätte ich noch ein Bett zu machen! Und die könnte ich dann noch aufpeppeln. Außer so 'nem süßen französischen Hörnchen essen die ja nix. Einmal hatte der Michael durch die Schule so ein Mädchen hier, ich glaube, aus Toulouse war die. Die hat nix gegessen und die ganze Zeit Heimweh gehabt! Nee, da bin ich doch froh, dass die Zeiten mit dem Schüleraustausch-Kram rum sind. Und heutzutage? Welches junge Ding will bei uns in der Metzgerei schaffen? Nee, Lissie, ich glaub, da hast du was falsch verstanden. Und wenn mein Egon 'ne andere kleine Französin mit nach Hause gebracht hätte, hättest du das Donnerwetter bis Frankfurt gehört!«

Sie lacht laut, und die Schnitzel-Frikadellen-

Rindswurst-Bestellerin stimmt mit ein. Ich bin mir nicht sicher, ob die Wursttheke von dem Gelächter nicht sogar ein bisschen wackelt.

Jetzt bin ich es, die wie ein Auto guckt. Kein Aupair? Hat sich Micha eine Ausrede ausgedacht, um mich nicht treffen zu müssen? Nein, das macht keinen Sinn, denn er kommt ja trotzdem. Habe ich ihn am Telefon falsch verstanden? Nein, im Gegensatz zu seiner Mutter bin ich noch nicht schwerhörig. Und wir haben ja noch über die alternativen Schlafmöglichkeiten geflachst. Ich bin total verwirrt, beschließe aber trotzdem, die ganze Geschichte erst einmal auf sich beruhen zu lassen und bei nächster Gelegenheit noch einmal bei Micha nachzuhaken.

»Ja, wahrscheinlich habe ich da was verwechselt«, sage ich mehr zu mir selbst.

»Das ist ja auch kein Wunder! Du bist nicht mehr so oft in Traunbach. Wahrscheinlich hast du da was durcheinandergebracht.«

»Beim Neuenröther in der Apotheke ist doch immer so ein exotisches Mädchen hinter der Theke. Vielleicht ist die das?«, steuert die Schnitzelfrau ihren Beitrag bei. Offenbar hat sie das mit dem »nicht weiter aufhalten« nicht so ganz ernst gemeint und es jetzt doch nicht mehr so eilig, nach Hause zu kommen.

»Ach Quatsch«, sagt Frau Kraft bestimmt und macht eine abfällige Geste.

»Das ist die Mei Li, die der Bauer Bungert geheiratet hat. Die hat in Thailand Medizin studiert, hilft jetzt stundenweise in der Apotheke aus und ist froh, wenn sie mal was anderes sieht als Kühe und Kartoffeln. Die kommt net aus Frankreich.«

»Wahrscheinlich hab ich das wirklich verwechselt«, sage ich noch einmal. Ich habe ein bisschen Angst, dass weitere interkulturell fragwürdige Mutmaßungen angestellt werden, für die ich mich fremdschämen muss. Ich versuche endlich das zu tun, weshalb ich eigentlich hier bin: einkaufen.

Ich schaue interessiert in die Auslage und frage dann die Metzgersfrau: »Ist der Eiersalat frisch?«

In dem Moment, als ich es ausgesprochen habe, weiß ich, dass ich die Frage irgendwie anders hätte formulieren müssen.

Um den Mund von Frau Kraft kräuseln sich kleine Fältchen, die mir eindeutig sagen, dass der Eiersalat von Frau Kraft natürlich(!) immer(!) frisch ist.

»Ach, Entschuldigung, Frau Kraft. Das hab ich nicht so gemeint«, schreie ich besonders laut, damit sie meine Entschuldigung auch ja gut hört. »Das hab ich schon so drin. Wissen Sie, in der Stadt fragt man lieber mal nach. Sie wissen ja: Die wollen einem schon mal was andrehen. Und ob es wirklich selbst gemacht ist, sieht man meistens auf den ersten Blick auch nicht so genau. Ich weiß ja von meiner Mutter, dass bei Ihnen immer alles frisch ist!«

So hätte es meine Mutter vielleicht nicht formuliert, aber sollte es mit Micha was werden, wäre es sicher besser, wenn mich Frau Kraft mag. Und wenn ich dafür auf meiner eigenen Schleimspur ausrutsche, ist das ein angemessener Preis für ihre Gunst.

Frau Krafts Mund entkräuselt sich wieder.

»Ja, Lissie. Da siehst du mal wieder, dass in der

Großstadt eben nicht alles besser ist. Bei uns brauchst du so was nicht zu fragen! Wie viel Eiersalat darf es denn sein?«

»250 Gramm. Und fünf Scheiben gekochter Schinken, 100 Gramm Salami und ein Viertel Blut- und Leberwurst.«

Das war's. Oder so ungefähr. Ich hätte mir doch einen Einkaufszettel schreiben sollen.

»Die Leber- und Blutwurst grob oder fein?«

»Ähm … fein!«, entscheide ich.

»So, bitte schön. Und?«

Sie grinst mich auffordernd an.

»Willst du noch eine Scheibe Fleischwurst?«

Ja, im Dorf bleibt man wirklich immer Kind.

Alle Männer sind scheiße

»Wenn ich es Ihnen doch sage, Fräulein Sommer! Ich bin mir ganz sicher! Da geht etwas Unrechtes vor.«

Etwas »Unrechtes«. Ich habe mich noch immer nicht an die ausgewählte Ausdrucksweise des Privatdetektivs gewöhnt.

»Hercu..«, setze ich an und verbessere mich schnell.

»Herr … Schneider. Sind Sie sich sicher? Radu gehört bestimmt nicht zu den größten Sympathieträgern, von denen ich in meinem Leben bisher gehört habe. Andererseits kenne ich ihn quasi gar nicht. Und bevor wir jemanden eines Verbrechens bezichtigen …«

Jetzt klinge ich auch schon wie der antiquierte Privatdetektiv.

»Mit Verlaub, Fräulein Sommer, aber wenn das legal wäre, was da vor sich geht, müsste man sich nicht konspirativ nachts an einer Grillhütte treffen.«

Wo er recht hat, hat er recht.

»Und ausgerechnet an dieser Grillhütte …«, murmle ich mehr zu mir selbst als zu Herrn Schneider.

»Ja, in der Tat. Ich finde das auch äußerst merkwürdig.«

Wir schweigen beide einen Moment ins Telefon.

»Haben Sie schon Kommissar Loch informiert?«, frage ich in die Stille hinein.

Der Detektiv zögert erneut.

»Nein … ich … na ja … Also, ich bin mir nicht sicher, was ich ihm sagen soll.«

»Also, Herr Schneider! Das, was Sie mir gerade erzählt haben. Dass Sie Radu beschattet haben und er gestern Abend zwei ebenfalls zwielichtige Männer an der Grillhütte getroffen hat. Und wie Sie schon richtig sagten: Da Sie ja auch gesehen haben, dass ein dicker Umschlag, in dem wahrscheinlich ein Bündel Geldscheine steckte, den Besitzer gewechselt hat, deutet alles darauf hin, dass Radu und diese Männer krumme Dinger drehen. Vielleicht hat Doris sie überrascht und einen der Männer oder Radu erkannt? So wie Sie mir die Typen beschrieben haben, scheuen die sicher auch vor einer Entführung nicht zurück. Oder mehr …«

»Sie haben recht, Fräulein Sommer! Ich bin mir ja auch sicher: Das waren gar rechte Halunken!«

Ich beschließe, den Kommissar selbst anzurufen. Denn mich beschleicht das ungute Gefühl, dass der Herr Kommissar bei einer Beschreibung von »gar rechten Halunken« nur mäßig gewillt sein wird, dieser potenziellen Spur seine volle Aufmerksamkeit zu schenken – um es mal in den Worten von Georg Schneider auszudrücken.

Ich kann den Stein förmlich plumpsen hören, der dem Clooney-Detektiv vom Herz fällt, als ich ihm anbiete, selbst mit dem Kommissar zu sprechen. Ich vermute, dass auch hier das Klischee stimmt und Privatdetektive bei Kommissaren nicht gut gelitten sind.

Ich lege auf und wähle gleich die Dienstnummer des Kommissars.

»Sebastian Loch«, meldet er sich prompt und mit fester Stimme.

Es hat kaum einmal geklingelt.

Obwohl ja ich ihn angerufen habe, hat er mich schon wieder überrumpelt. Sitzt der eigentlich immer dienstbereit neben seinem Telefon?

»Äh … Hallo, Herr Loch. Lissie Sommer hier.«

Selbstbewusst klingt irgendwie anders, schelte ich mich innerlich, räuspere mich und fahre fort: »Also … ich rufe an wegen Doris. Also … vielleicht gibt es da eine neue Spur … Also … da ist bestimmt was dran.«

»Aha!«

Das kam kurz und knapp. Könnte an den deutlich zu vielen »Also«s in meinem ersten Satz gelegen haben.

Vor einer Minute erschien mir der Verdacht von Detektiv Schneider und mir noch zu hundert Prozent einleuchtend. Jetzt bin ich mir doch nicht mehr so sicher.

»Also«, setze ich erneut an, »Herr Schneider

beschattet ja seit ein paar Tagen den Radu. Und dabei hat er ihn bis zur Grillhütte ...«

»Wer beschattet wen? Bitte, Frau Sommer, sagen Sie mir nicht, dass Sie auf eigene Faust einen Privatschnüffler oder so was engagiert haben, der jetzt a-n-g-e-b-l-i-c-h irgendetwas herausgefunden hat.«

Ich schlucke.

»Nein. Ich nicht. Aber Tante Trudy hat ...«

»Sie wollen mich auf den Arm nehmen!«

Der Kommissar klingt ernsthaft entsetzt.

Ich schlucke noch einmal.

»Ach, wo ich Sie schon mal am Telefon habe«, sagt der Kommissar und unterbricht mein Schlucken. »Wir konnten tatsächlich das Handy Ihrer Freundin orten – in der Nähe von Nizza. Ich denke, damit ist die Sache klar.«

»Haben Sie sie angerufen?«, frage ich nach. Ich kann die Urlaubsgeschichte noch immer nicht glauben.

»Haben wir versucht, aber das Telefon ist ausgeschaltet.«

Mein Smartphone vibriert dagegen in meiner Hosentasche. Ich ziehe es heraus. Wahrscheinlich wieder eine neue SMS von einem der zahlreichen Verehrer meiner Kontaktanzeige. Stattdessen lese ich »Micha« im Display und lächle. Ich tippe meinen Code ein, und die SMS öffnet sich.

Ich lese: »Liebe Lissie, völlig unerwartet muss ich am Wochenende arbeiten und kann nicht kommen. Echt schade. Hätte dich gerne kennengelernt. Wir holen das bald nach! Gruß, Micha«.

Scheiße!, denke ich.

»Scheiße!«, sage ich laut.

»Ja, scheiße! Das bringt es auf den Punkt! Sie machen uns hier noch mehr Arbeit mit Ihren Spinnereien von einer Entführung, als wir sowieso schon haben. Und jetzt pfuscht uns noch ein Schnüffler rein. Wieso hat diese Tante Trudy einen Privatdetektiv engagiert?«

Erst jetzt registriere ich, dass ich ja noch den Kommissar am Telefon habe.

»Was wollen Sie denn jetzt?«, donnere ich ziemlich unfreundlich los. Ich habe dem Kommissar gar nicht richtig zugehört, aber was er sagte, klang sowieso nicht sehr freundlich. Meine Gedanken sind immer noch bei Micha. Arbeiten am Wochenende? Als Grafikdesigner? So eine billige Ausrede! Ich schäume vor Wut und schnaube laut in den Telefonhörer.

»Fragen Sie Tante Trudy doch einfach selbst, Herr Loch! Wie Sie sie erreichen: Das können Sie doch ganz einfach ermitteln! Sie wissen doch sowieso alles besser! Ich weiß schon gar nicht mehr, warum ich Sie angerufen habe! ICH möchte, dass Doris bald gefunden wird und der Mörder von Carla schnellstens gefasst wird, aber Sie …Sie …«

Durchatmen, Lissie! Ich hole Luft.

»Statt dass Sie vielleicht wertvolle Informationen einfach mal annehmen und schauen, ob sie uns weiterbringen, schnauzen Sie mich schon wieder an. Wissen Sie was, Herr Loch, machen Sie Ihren Scheiß doch allein.«

Mit ganzer Kraft drücke ich auf den roten Knopf und verfluche in diesem Moment den Tag, als die schnurlosen Telefone eingeführt wurden – wie gerne hätte ich jetzt mit Schmackes den Hörer auf die Gabel geworfen.

Mein Arm mit dem Telefon hat sich dabei automatisch schon erhoben, um es in die Ecke zu feuern, da erinnern mich meine restlichen, nicht vor Wut blinden Gehirnzellen daran, dass es ja gar nicht mein Telefon wäre, das ich damit zerschmettern würde. Und meinen Eltern zu erklären, warum sie sich ein neues schnurloses Telefon zulegen müssen: Nein, danke!

Ich lasse langsam den Arm sinken und merke, wie mirvor Enttäuschung und Wut die Tränen in die Augen schießen. Warum, lieber Gott, schreie ich eigentlich immer als Erste »Hier«, wenn irgendein Mist passiert?! Sich direkt in einen Typen am Telefon zu verknallen, einem halbseidenen Privatdetektiv die Arbeit abzunehmen und jetzt auch noch den Kommissar zu verärgern – super gemacht, Lissie! Und morgen beginnt das Straßenfest. Das brauche ich jetzt so sehr wie einen eitrigen Zehennagel.

Ich stehe noch ein Weilchen vor mich hinstarrend da, dann wische ich mit beiden Händen die Tränen vom Gesicht, atme einmal tief durch und sage laut vor mich hin: »Aufstehen, Krönchen zurechtrücken, weitermachen.«

Mein Vater lugt um die Ecke und fragt: »Von wem ist denn das?«

Ich nippe an meinem dritten Sauergespritzten und merke, wie ich langsam lockerer werde. Am Stand vom Geflügelzüchterverein habe ich Toni, Carsten und Simone getroffen, mit denen ich mich früher gemeinsam in der Leichtathletikabteilung unseres

Turnvereins gequält habe. Kurz nach dem ersten kurzen »Hallo, was machst du denn hier?«, hatte ich bereits einen Schoppen in der Hand, und jetzt quatschen wir über die letzten zehn Jahre, in denen wir uns nicht gesehen haben.

Nach einer kurzen Überlegung nach dem misslungenen Telefonat mit dem Kommissar, vor lauter Männerfrust doch schon früher nach Köln zurückzufahren, hat meine Neugier gesiegt. Das jährliche Straßenfest bietet einfach die beste Gelegenheit, aus erster Hand zu hören, wer mit wem wie und warum.

In meinem Inneren hoffe ich zudem, doch noch Neues über Carlas Tod, Doris' Verschwinden und Radus Machenschaften zu erfahren.

Also habe ich mich in das neue Shirt geworfen, das ich in Frankfurt geshoppt habe, bin in meine Lieblingsjeans gesprungen, die einen wirklich knackigen Hintern macht, und habe mir die Sonnenbrille lässig in die Haare gesteckt. Der letzte Blick in den Spiegel, bevor ich losgezogen bin, hat mir bestätigt, dass ich heute 'ne ziemlich coole Nummer bin. Sollen mir doch alle Kerle an die Füße packen! Es ist Freitagabend, und ich werde mich heute amüsieren. Basta!

Toni macht einen dummen Spruch, und ich muss so lachen, dass ich etwas Apfelwein aus meinem Mund pruste, als Karl-Heinz um die Ecke biegt. Ich pruste noch einmal und drehe mich schnell weg, um mir den Mund abzuwischen. Wenn es einen denkbar schlechten Moment gibt, um Karl-Heinz – »Charly« – Seifert zu begegnen, dann ist es dieser.

Für eine Sekunde hoffe ich noch, dass er mich nicht gesehen hat, aber da höre ich schon seine Stimme hinter mir.

»Wenn des mal net die Lissie ist! Kannst du wieder den Mund net voll genug bekommen, gell?«

Ich rolle mit den Augen und drehe mich zu ihm um.

»Charly«, sage ich mit gespielter Höflichkeit.

»Den Mund nicht voll genug nehmen oder den Hals nicht voll bekommen. Aber scheiß auf korrekte Redewendungen – du bist charmant wie eh und je, Charly.«

Wenn ich auf einen Menschen auf diesem Straßenfest hätte verzichten können, dann wäre es Karl-Heinz Seifert gewesen. Im zarten Alter von 16 (ich) und 18 (er) haben wir auf diesem besagten Straßenfest morgens um halb zwei wild in einer Ecke rumgeknutscht. Damals hatte ich mich Hals über Kopf in ihn verknallt, aber er wollte am nächsten Tag nichts mehr von mir wissen. Zudem wusste es am nächsten Morgen das halbe Dorf – Diskretion war noch nie Charlys zweiter Vorname. Nach diesem Erlebnis bin ich ihm konsequent aus dem Weg gegangen.

Von meiner Mutter weiß ich, dass er acht Jahre gebraucht hat, um sein Maschinenbaustudium mehr schlecht als recht abzuschließen, aber nie als Ingenieur gearbeitet hat. Stattdessen ist er immer noch als Fitnesstrainer im hiesigen Sportstudio unterwegs, in dem er schon zu Schul- und Studiumszeiten gejobbt hat. Außerdem: Fußball, Kneipe, Feuerwehr – die übliche Dorfkarriere.

Toni drückt Charly ein Glas Apfelwein in die Hand, und wir prosten uns alle zu. Verstohlen linse ich über den Rand meines Glases und mustere meine Jugendliebe. Schlecht sieht er noch immer nicht aus. 1,90 m groß, durchtrainiert, er trägt eine moderne Jeans und ein lässiges graues T-Shirt mit einem weiten V-Ausschnitt, aus dem seine gut trainierten Brustmuskeln hervorblitzen. Auf die langen Rastalocken könnte ich verzichten, und auch das keltische Tribal auf seinem Oberarm stammt noch aus seinen wilden Tagen in den Neunzigerjahren. Nichtsdestotrotz: Charly macht optisch immer noch was her.

Ich trinke mein Glas leer und nehme das Körbchen mit den leeren Gläsern, um eine neue Runde zu holen. Simone ruft mir hinterher: »Lissie, sei doch so gut und bring mir 'nen Eierwipp mit.«

Eierwipp … Oje! Das habe ich ja lange nicht getrunken. Ich verdränge, warum … Für einen Eierwipp wird der Apfelwein mit Eigelb und Zucker verrührt, und als Krönung kommt das geschlagene Eiweiß obendrauf – ein echtes Nachkriegsgetränk. Darauf würde heute wohl niemand mehr kommen. Zudem pappsüß, und wenn ich mich richtig an meinen Biologie-Unterricht erinnere, verstärkt der Zucker noch die Wirkung des Alkohols.

Zwei Eierwipp später können Simone und ich gerade noch verhindern, dass wir bei einem Lachanfall über einen ziemlich albernen Witz, den Charly gemacht hat, von der Festzeltbank fallen. Wir haben im hinteren Teil des alten Gehöfts einen Tisch gefunden, an dem man auch – am jetzt schon fortgeschrittenen – Abend gemütlich sitzen kann und nicht friert. Und wahrscheinlich trägt auch der Alkohol seinen Anti-Gänsehaut-Teil dazu bei. Nein, bestimmt sogar. Ich bin noch so weit bei Verstand, dass ich ganz genau weiß, dass es mir nicht guttun wird, nach dem Apfelwein und dem Eierwipp auch noch ein »Pfläumchen« zu trinken, das mir Charly gerade unter die Nase hält. Ich schüttle demonstrativ abwehrend den Kopf.

»Nee, lass mal, Charly. Ich habe keine guten Erinnerungen an das Zeug! Und du weißt, wie das enden kann!«

Ich grinse ihn schelmisch an. Ich habe ihn bisher links liegen gelassen. Die Mischung aus Männer-Lustlosigkeit und Im-Inneren-bin-ich-eigentlich-Topmodel-Arroganz lässt mich schon den ganzen Abend vor Selbstbewusstsein strotzen. Jedes Mal stelle ich mit Erstaunen fest, dass dieses Verhaltensmuster bei Männern immer die gleiche Reaktion auslöst: Anbaggern!

Als Toni aufgestanden war, um eine weitere Getränkerunde zu holen, hatte sich Charly neben mich auf die Bank gedrückt. Nachdem sich noch die drei Hofmann-Brüder sowie Rudis Sohn Mark zu uns gesellt haben, ist es kuschelig eng geworden an unserem Tisch. Ich spüre Charlys festen Hintern neben meinem und rieche sein Aftershave – sehr männlich, mit etwas zu viel Moschus und Ambra. War ja klar.

Charly hält mir noch immer das Pfläumchen hin.

»Ach komm schon, Lissie. Eins. Auf die alten Zeiten. Oder verträgst du nichts mehr?«

Ich sehe ihn etwas von oben herab an, nehme den süßen Schnaps, drehe den Deckel ab und drücke ihn auf meine Nasenspitze. Pah! Das wollen wir doch mal sehen, wer hier wen unter den Tisch trinkt.

»Na dann, prost!«, sage ich in die Runde. Die Verschlüsse klackern, Deckel werden ebenfalls auf die Nasen gesetzt. Wir stoßen an, klemmen die Fläschchen zwischen die Zähne und lassen den Pflaumenschnaps herunterrinnen und unsere Kehlen wärmen.

Ich sehe Charly wieder in die Augen, und er grinst süffisant.

»Lissie! Vorsicht!«, mahne ich mich innerlich selbst.

Ein junger Mann tritt an unseren Tisch und nickt in die Runde. Bevor er etwas sagen kann, schmettert ihm Simone – ebenfalls schon reichlich angeschickert – entgegen: »Ey, Dieter. Ich hab gehört, du bist wieder auf dem Markt! Komm, trink einen mit! Auf das Single-Leben!«

Carsten drückt Dieter einen Schoppen in die Hand, und er prostet sich mit Simone zu.

Nachdem er einen großen Schluck genommen hat, sagt er etwas betrübt: »Na ja, ich hätte mir schon gewünscht, dass es etwas länger hält.«

Mir geht ein Licht auf, und noch bevor ich richtig nachdenken kann, sagt meine Mund wie von selbst: »Ach! Bist du der Sohn vom Müller Heini, der sich schon wieder scheiden lässt?«

Er nickt betroffen, und Simone sieht mich anerkennend an: »Also, Lissie, eins muss man dir lassen: Dafür, dass du nicht hier wohnst, bist du echt gut informiert.«

»Ja, das hat Carla vorletzten Samstag meinen Eltern beim Frühstück erzählt. Kurz bevor …«

Ich spare mir den Rest – Totenstille am Tisch. Wortwörtlich.

Dieter unterbricht das Schweigen:

»Vor zwei Wochen? Wir waren doch erst am

Montag beim Anwalt? Aber war ja klar. Carla hat's wieder mal als Erste gewusst – von wem auch immer.«

Er trinkt sein Glas auf einen Zug leer und geht zur Theke.

Toni wendet sich mir zu:

»Gibt's da eigentlich was Neues? Hat man den Kerl, der sie kaltgemacht hat? Und ist Doris wieder aufgetaucht?«

Bevor ich etwas sagen kann, wirft Simone ein: »Wegen Doris brauchst du dir jedenfalls keine schlaflosen Nächte mehr zu machen – die war die ganze letzte Zeit schon schräg drauf. Bungeejumping, Loopings, Ballonfahren. Und das immer von einem Tag auf den anderen. Ohne Ankündigung. Echt schräg.«

»Das passt zu den Methoden von diesem Dr. Tiefenbruch«, sage ich über mein Apfelweinglas hinweg.

Schweigen. Fragende Blicke.

Ich merke, wie mir die Röte in den Kopf schießt.

»Ach so ... ich hab mich da mal umgeschaut«, erkläre ich und nippe schnell wieder an meinem Glas.

Jetzt ist es Carsten, der sich einschaltet: »Was ich von diesen Seminaren gehört habe, fand ich schon ziemlich abgefahren. Aber offenbar hat der Typ aus unserem schüchternen Mäuschen einen echten Tiger gemacht: Ich hab die Doris in letzter Zeit wirklich nicht mehr wiedererkannt. Sie sitzt wahrscheinlich jetzt gechillt in Südfrankreich am Lagerfeuer, und sie müssen dann über Kohlen laufen.«

Alle lachen. Ich nicht.

»Nein, sie ist entführt worden. Das spüre ich«, murmle ich – mehr zu mir selbst – vor mich hin.

Aber mein Einwand wird von allen ignoriert. Sollte sich Doris wirklich dermaßen verändert haben, dass alle es normal finden, dass sie mir nichts, dir nichts nachts verschwindet?

Dann greift Carsten den Faden noch einmal auf: »Aber bei dem … Mord. Weißt du da auch schon was Neues?«

Alle Augen richten sich auf mich.

Abwehrend halte ich die Hände hoch.

»Ich glaube ja, dass dieser Radu, der Mann von Carlas Putzfrau Sorana, was damit zu tun hat. Der Schneider hat ihn beschattet, als er sich an der Grillhütte mit irgendwelchen zwielichtigen Gestalten getroffen hat. Aber wenn ich das diesem Kommissar Loch sage … pfff!«

Ich pfeife verächtlich durch die Zähne und schüttle den Kopf.

Charly funkelt mich an. Es ist eine Mischung aus Neugier, Belustigung und Skepsis. Dann sagt er gedehnt: »Sieh an, sieh an! Unsere Großstadt-Lady macht einen auf Miss Marple. Was du so alles ermittelst. Und sogar ›undercover‹ …«

Ich ramme Charly meinen Ellenbogen in die Rippen, und er zuckt theatralisch zusammen.

»Charly, das ist nicht lustig!«, herrsche ich ihn an und stehe auf. Dabei halte ich mich spontan an seiner Schulter fest. Denn ich merke, dass ich ein wenig schwanke. Ich gehe, so cool es mir noch möglich ist, zum Klo.

Als ich wiederkomme, steht Charly bei Dieter an

der Theke. Ich bin doch ein bisschen enttäuscht, dass er nicht mehr an unserem Tisch sitzt – aber mehr aus gekränkter Eitelkeit.

Ich nehme mir noch einen Apfelwein aus dem Körbchen und wende mich wieder dem Gespräch in der Runde zu. Es geht um Marks neues Auto, und Simone skandiert immer wieder: »Es quietscht noch! Das müssen wir ölen! Das quietscht noch, Mark! Hörst du?«

Fünf Minuten und mehrere Aufforderungen von Simone später steht Mark auf und holt noch eine Runde Apfelwein und eine Runde Pfläumchen – sozusagen als Schmiermittel. Ich ahne Schreckliches.

Charly steht noch immer bei Dieter und einem weiteren Mann an der Theke. Der Dritte sieht ein bisschen verwegen und nicht sonderlich sympathisch aus. Sonnengegerbte Haut, klein und drahtig. Vielleicht einer von Charlys Fitnessstudio-Kollegen. Sie unterhalten sich leise, aber angeregt. Sie scheinen über irgendetwas zu diskutieren. Denn sowohl Dieter als auch der Drahtzwerg machen eine finstere Miene. Auch Charly hat Denkerfalten auf der Stirn, nimmt einen großen Schluck Apfelwein und fängt meinen Blick auf. Mist! Ich drehe mich wieder weg. Ich glaube, ich gehe mal besser bald nach Hause.

Die Runde Pfläumchen – damit das neue Auto nicht mehr quietscht – nehme ich noch mit. Dann stehe ich auf. Der Hof hat sich inzwischen schon ziemlich geleert. Ich schaue auf meine Uhr. Kein Wunder: Es ist schon halb eins.

Simone, Carsten und Toni starten noch einen Versuch, mich zu überreden, auf einen Absacker mit zu Rudi zu kommen. Aber ich bleibe standhaft, denn ich weiß zu gut aus eigener Erfahrung, wie es dann enden wird und wie schlecht es mir morgen gehen wird. Aber ich bin keine zwanzig mehr und kenne inzwischen meine Grenzen – etwas Gutes muss das Älterwerden ja haben.

   Ich verabschiede mich bei allen mit einer apfelweinseligen Umarmung und gehe. Charly ist nirgends zu sehen, und ich weiß nicht, ob ich dafür dankbar sein soll oder nicht. Wenn er mich jetzt umarmt hätte – vielleicht wäre ich doch schwach geworden. Allein, um diesem Arsch von Micha unbekannterweise eins auszuwischen!

Ich verlasse den Hof und laufe beschwingt die Straße hinunter. Ich könnte die Abkürzung durch zwei kleinere Gässchen nehmen, aber sie liegen im Dunkeln, und auf eine erneute Verfolgungsjagd wie an dem Tag, als ich von Rudi nach Hause gelaufen bin, habe ich so gar keine Lust.

   Unser Dörfchen liegt ruhig und friedlich da, ich höre aus der Ferne noch Stimmengemurmel und ein einzelnes Lachen, das immer leiser wird, je weiter ich mich von dem Straßenfest entferne. Der Mond scheint mit unseren Straßenlaternen um die Wette, und ich weigere mich, zu glauben, dass hier die Welt nicht doch noch in Ordnung ist. In einigen Blumenkästen verströmen frisch gepflanzte Geranien schon den ersten Duft des bevorstehenden Sommers, ein Käuzchen fiept vom Kirchturm her, und ich fühle mich warm und geborgen wie seit Langem nicht mehr.

   In Nächten wie dieser sehne ich mich wieder

danach, in der hessischen Idylle ewig Kind sein zu dürfen. Keinen Gedanken an Job und Geld zu verschwenden, sondern nur darüber nachzudenken, wie man die Sommerferien verbringen wird. Wer wohl Klassensprecher wird. Wie in diesem Jahr die Äpfel schmecken. Ob jemand mitgeht, um Heuhüpfer zu fangen.

Ich grinse beseelt vor mich hin, als ich eine Hand auf meiner Schulter spüre, die mich festhält.

Ich erstarre und spüre, wie mein Herz augenblicklich bis zum Hals klopft.

»Du hast dich nicht von mir verabschiedet«, höre ich Charlys Stimme ganz dicht an meinem Ohr.

Ich drehe mich um. Mein Puls rast immer noch. Aber nicht mehr aus Angst.

»Charly, du Mistkerl! Hast du mich …«

… erschreckt, will ich noch sagen, aber Charlys Lippen auf meinem Mund versperren weiteren Worten den Ausgang.

Verdammt! Er küsst immer noch so gut wie vor zwanzig Jahren.

Wir stehen auf der Straße und knutschen. Küssen fühlt sich gut an, aber ich weiß, dass es falsch ist. Simone würde mich jetzt wahrscheinlich ermahnen: »Lissie, denk dran: vierzig Tage, nicht vierzig Jahre! Genieß es doch einfach!« Aber ich bin nicht Simone, Charly ist nicht mein Traumprinz, und außerdem bin ich nicht nüchtern. Und viel lieber hätte ich heute ausprobiert, wie Micha küsst.

Charlys Hände wandern über meinen Hintern und suchen den Weg unter mein Shirt.

Nein, mein Lieber, vor zwanzig Jahren war ich dir nicht gut genug – jetzt will ICH DICH nicht!

Ich versuche, mich langsam aus Charlys Umarmung zu lösen.

»Wollen wir nicht zu mir gehen?«, nuschelt er, während sein Kopf in meiner Halsbeuge liegt. Sein warmer Atem kitzelt an meinem Hals, und seine Zungenspitze schlängelt sich langsam an meinem Hals hoch. Er wird doch nicht … Doch. Ich spüre seine Zunge in meinem Ohr. Warm. Nass. Fies. Ein Schauer läuft mir über den Rücken – allerdings kein wohliger. Wenn ich eins wirklich ekelhaft finde, dann ist es eine Zunge in meinem Ohr. Hat er das vor zwanzig Jahren auch gemacht? Ich kann mich nicht mehr erinnern. Bah! Ich bekomme eine Abwehr-Gänsehaut.

»Lass mal«, sage ich und schiebe Charly von mir weg. »Wir gehen jetzt beide artig nach Hause.«

»Ich will aber nicht artig sein.« Er versucht, mich wieder an sich zu ziehen.

»Mach's gut, Charly. Und danke für den schönen Abend!« Ich drücke ihm noch einen Schmatzer auf die Wange, zwinkere ihm zu, drehe mich um und lasse ihn stehen. Mit strammen Schritten gehe ich selbstbewusst die Straße hinunter. Wenn Charly nun doch der Mann ist, auf den ich mein Leben lang gewartet habe? Wenn es so wäre: Im Kino läuft der Held seiner Angebeteten jetzt hinterher. Ich zwinge mich dazu, mich nicht noch einmal umzudrehen. Aber ich weiß auch so: Charly läuft mir nicht nach. Wahrscheinlich geht er noch einen Absacker in Rudis Kneipe trinken.

»Lissie, alles richtig gemacht«, murmle ich vor mich hin und seufze ein wenig theatralisch, aber doch zufrieden. Ich wische mir mit dem Zeigefinger und dem Ärmel meiner Jacke durch mein Ohr. Bah! Ekelhaft.

Verraten und verkauft

Mein Handy klingelt. Nummer unterdrückt. Ich weiß gar nicht, warum ich eigentlich noch rangehe. Selbst meiner Mutter ist inzwischen klar geworden, dass das mit meiner Handynummer in der Kontaktanzeige keine gute Idee war.

Wir sitzen noch am Frühstückstisch, und bereits drei von sich selbst überzeugte Superhelden-Traummänner haben meine veröffentlichte Nummer gewählt. Meine Mutter sieht auf mein Smartphone und verzieht das Gesicht.

»Du brauchst gar nicht das Gesicht zu verziehen!«, sage ich etwas übertrieben vorwurfsvoll. Ich muss zugeben, dass es mir auch ein wenig gefällt, mich so offensichtlich in meiner Kritik an ihr bestätigt zu sehen. Und dass ich von jetzt auf gleich so viele neue Verehrer habe – ich fühle mich doch geschmeichelt.

»Das wird auch wieder aufhören«, versucht mein Vater uns zu beschwichtigen: »Andere Mütter haben auch schöne Töchter.«

Meine Mutter nickt gedankenverloren. Ich ziehe die rechte Augenbraue hoch.

»Und andere Mütter haben auch schöne Söhne, Papa!«, gebe ich mit leicht beleidigtem Unterton zurück und nehme endlich das Gespräch an.

»Lissie Sommer, guten Morgen!«, flöte ich ins Telefon.

»Ich nicht glauben, das wird guter Morgen für dich!«, herrscht mich eine gepresst klingende

Männerstimme mit osteuropäischem Akzent an.

»Wie bitte?«, frage ich ins Telefon, weil ich nicht ganz glauben kann, was ich eben gehört habe.

»Du mich hast gut verstanden! Lass Gesicht aus Sachen, die nix dein Business!«

Ich glaube, er meint, ich soll meine Nase nicht in Dinge stecken, die mich nichts angehen.

»Wer spricht denn da eigentlich?«

»Nix interessant. Geh weg! Sonst wird dir gehen wie Freundin. Oder schlimmer.«

Es klickt. Aufgelegt.

Ich blicke etwas ratlos auf mein Display, und dann dämmert mir erst, dass ich gerade damit bedroht wurde, entführt zu werden. Oder Schlimmeres …

»Doch, Herr Loch! Wenn ich es Ihnen doch sage. Ich denke, das war dieser Radu.«

»Frau Sommer, bitte verstehen Sie mich jetzt nicht wieder falsch. Ich will das keinesfalls auf die leichte Schulter nehmen, aber dass Sie sich raushalten sollten – damit hat der Anrufer recht. Wer auch immer es war.«

Ich atme hörbar ein und aus.

»Sie sagen mir jetzt nicht, dass Sie den Anruf von diesem … diesem … Verbrecher auch noch gutheißen.«

»Nein, Frau Sommer. Ich sagte ja, Sie sollen mich nicht missverstehen! Natürlich ist das eine ernste Sache und niemand hat das Recht, Sie zu bedrohen. Ich werde dem natürlich nachgehen. Aber ich habe Ihnen auch schon einmal gesagt:

Halten Sie sich da raus! Sie sehen ja selbst, dass solche Menschen keinen Spaß verstehen.«

Ein erleichterter, tiefer Seufzer entfährt meiner Brust. Das erste Mal seit Tagen habe ich das Gefühl, dass der Kommissar mich und meinen Verdacht ernst nimmt.

»Hören Sie, Frau Sommer, ich bin gerade etwas in Eile. Sie sind doch noch in Traunbach, oder? Können wir uns treffen? Ich glaube, es wäre besser, wenn wir uns noch einmal persönlich und in Ruhe unterhalten.«

»Ja, ich bin noch hier. Ich fahre erst morgen zurück. Allerdings wollte ich heute Mittag noch einmal auf unser Straßenfest …«

Der Kommissar fällt mir ins Wort: »Das trifft sich gut. Dann kann ich mir von der Stimmung im Dorf noch einmal selbst ein Bild machen. Und was sollte ich an einem Samstag auch anderes vorhaben …«, schiebt er mit einem Unterton hinterher, der erahnen lässt, dass er sich in seiner Polizistenlaufbahn von geregelten Arbeitszeiten schon längst verabschiedet hat.

Ich kann mir zwar nur schwer vorstellen, wie wir auf dem Straßenfest »in Ruhe« reden können. Trotzdem verabreden wir uns um 12.30 Uhr auf dem historischen Marktplatz.

»Und Sie sind wirklich der Meinung, es sei eine gute Idee, mich zu dem Treffen mit dem Herrn Kommissar dazu zu bitten? In der Regel reagieren Polizisten nicht sehr wohlwollend auf meine Zunft.« Herr Schneider klingt skeptisch am anderen Ende der Leitung.

»Aber, Herr Schneider«, sage ich beschwichtigend in den Hörer, »Sie können doch schon hervorragende Ermittlungsergebnisse vorweisen! Und Informationen aus erster Hand sind doch bei Weitem glaubwürdiger. Zumal ich auf Detailfragen gar nicht antworten könnte. Sie müssen einfach mitkommen. Ich brauche Sie!«

Ich hoffe, dass mein Appell an seine Privatdetektivehre nicht zu dick aufgetragen war.

»Na gut«, lenkt Georg Schneider ein. »Schließlich muss der Tod von Frau Clara schnellstmöglich aufgeklärt werden!«

»Carla!!!«, verbessere ich ihn erneut und hoffe inständig, dass er sich die Details seiner Ermittlung besser merken kann als den Namen des Mordopfers.

Ich stehe zusammen mit Georg Schneider am Rande des alten Marktplatzes und möchte seit unserer Ankunft im Kopfsteinpflaster versinken. Offenbar geht Herr Schneider davon aus, dass er in einem baby-hellblauen Sommeranzug samt Bogarthut und passendem Einstecktuch auf den Kommissar einen besonders guten Eindruck macht. Als ob dieses Outfit nicht schon aufsehenerregend genug gewesen wäre, baumelt am Handgelenk unseres Möchtegern-Hercule ein dunkelblaues Herrenhandtäschchen. Wenn ich jetzt noch die Pumuckl-Hose angezogen hätte ... Aber auch so werden wir heute das Stadtgespräch sein. Mir ist es nach wie vor ein Rätsel, wie Herr Schneider in diesem Aufzug unauffällig und damit erfolgreich Menschen beschatten kann – außer er hat einen

Auftrag bei einem Tod auf dem Nil-Remake. Dann vielleicht. Aber auch nur dann.

Zahlreiche Dorfbewohner – die meisten kenne ich nur vom Sehen – schlendern über den Platz an uns vorbei, nicken mir kurz zu und mustern meinen Begleiter unverhohlen von Kopf bis Fuß. Ich warte eigentlich nur noch darauf, dass jemand sein Handy zückt und ein Foto von uns macht.

Klick!

Wie aus dem Nichts steht Kommissar Sebastian Loch vor uns, hat sein Smartphone gezückt und macht ein Foto von uns.

»Das glaubt mir auf der Dienststelle sonst kein Mensch«, kommentiert er trocken und steckt sein Handy wieder in die Hosentasche.

Ich fürchte, dass mein Kopf gleich explodiert. Jede vollreife Tomate würde gegen meine leuchtende Birne vor Neid erblassen.

»Tag, Herr Loch. Darf ich vorstellen: Das ist Herr Schneider. Privatdetektiv«, presse ich hervor und traue mich nicht, dem Kommissar dabei direkt ins Gesicht zu blicken. Aber auch aus dem Augenwinkel kann ich sehen, dass er grinst wie ein Honigkuchenpferd.

»Wollen wir vielleicht zum Geflügelzuchtverein in den Hof gehen? Ich glaube, da finden wir ein Plätzchen, wo wir unauffällig sitzen können«, schlage ich vor.

»Unauffällig?«, fragt der hellblaue Detektiv erstaunt. »Meinten Sie vielleicht ungestört, Fräulein Sommer?«

Das Honigkuchenpferdgrinsen strahlt wie festgetackert noch immer im Kommissarsgesicht.

»Genau«, beeile ich mich zu sagen und laufe los. Im Gänsemarsch folgen mir die beiden Herren.

Wenigstens ist mir das Glück bei der Platzwahl hold: In einer Nische im hinteren Teil des Hofes finden wir einen Vierertisch, an den wir uns setzen.

Ganz Gentleman bietet sich Georg Schneider an, Getränke zu holen, was ich schnell abbiege. Der blaue Baron an der Theke? Es würde Stunden dauern, bis ihn die Vereinsherren wieder aus ihren Klauen lassen würden.

»Lassen Sie mal. Ich gehe. Ich hab noch Getränkemärkchen von gestern«, sage ich und hole eine Cola für den Kommissar, eine »Zitronenlimonade« für sexy Georg und ein Wasser für mich.

Als ich zurückkomme, entdecke ich Rudi und Sabine am Nebentisch und beuge mich zu ihnen rüber.

»Na? Lasst Ihr euch heute auch mal bedienen?«, frage ich sie gut gelaunt und bemerke erst in diesem Moment ihre finsteren Gesichter. Offenbar sind sie mitten in einer Diskussion, aber Rudi fängt sich gleich, setzt ein Lächeln auf und antwortet mir ganz in Gastroprofimanier:

»Genau. Einmal durchschnaufen, bevor heute Abend wieder der ganze normale Wahnsinn beginnt. Als ich gestern Nacht gerade die Hoffnung hatte, die Bude zuschließen zu können, sind Simone, Carsten und Toni bei mir eingefallen.«

»Wir hatten schon die Theke geputzt«, ergänzt Sabine leicht säuerlich und gähnt.

»Irgendwann kam auch noch Charly zur Tür rein«, berichtet Rudi weiter und gähnt ebenfalls. »Um drei hab ich sie dann endgültig vor die Tür gesetzt.«

Ich lache auf.

»Haben die vier ihren Plan also wirklich wahr gemacht. Ich habe es befürchtet, deshalb habe ich mich ausgeklinkt – offenbar gerade noch rechtzeitig.«

»Sei froh«, sagt Rudi in seinen Apfelwein hinein. »Zumal Charly gar nicht gut drauf war. Er faselte ständig was davon, dass alle Frauen einen an der Klatsche haben. Bis dahin dachte ich, dass er derzeit gar keine Frau am Start hat. Na ja, offenbar hat ihm gestern eine mal einen Korb gegeben. Das hat unserem Womanizer wohl ganz schön zu schaffen gemacht.«

Rudi grinst ein bisschen schadenfroh, und ich werde rot.

»Äh, ja, also dann wünsche ich euch noch ein paar entspannte Stunden und dass es heute Abend nicht wieder so spät wird«, beende ich das Gespräch, nicke Rudi und Sabine zu und wende mich wieder an mein Ermittlungsduo.

Mein Traum ist es seit Kindertagen, selbst einmal eine Kneipe zu führen. Aber wenn ich mir Sabine und Rudi heute so ansehe, bin ich mir wieder einmal nicht so sicher, ob das wirklich eine gute Idee wäre. Sabines Augenringe lassen sich auch mit dem besten Concealer nicht mehr wegschminken, und Rudis Gesicht ist fahl und eingefallen. Sie wirken beide ausgelaugt und so, als würden sie tiefe Sorgen quälen. Ja, Gastronomie ist ein Knochenjob – er zehrt an Körper und Geist.

»Die ganze Aktion hat nicht länger als fünf Minuten gedauert«, schließt gerade Herr Schneider die Schilderung von Radus Machenschaften ab, die er an der Grillhütte beobachtet hat.

»Können Sie die anderen beiden Männer beschreiben?«

Der Detektiv zieht nachdenklich die Zitronenlimonade durch den Trinkhalm seiner Flasche hoch, macht eine Denkerstirn und schaut angestrengt auf einen imaginären Punkt an der Hauswand.

»Auf alle Fälle könnten es auch Landsleute von diesem Herrn Radu gewesen sein. Mittelgroß, normale Figur, dunkelhaarig, Jeans und schwarze oder dunkelblaue T-Shirts. Und ich hatte den Eindruck, als hätte sich auch noch jemand im Unterholz herumgedrückt. Aber die Nacht war schon hereingebrochen. Und mein Augenlicht ist in der Dämmerung nicht mehr das eines Zwanzigjährigen.«

Ich kann dem Kommissar ansehen, dass er nicht so recht weiß, was er von alldem halten soll.

»Ich weiß nicht so recht, was ich von alldem halten soll«, murmelt er und nimmt einen Schluck Cola. »Aber ich werde diesen Radu mal durchleuchten. Sollte er Dreck am Stecken haben, steht vielleicht schon etwas über ihn in unseren Akten.«

»Soweit ich das beobachten konnte, trifft sich Radu fast täglich mit seinen Kompagnons. Ich denke, es bestünde eine sehr gute Chance, die Täter dingfest zu machen, wenn Sie heute Abend eine Observation anberaumen würden«, schlägt Blueberry-Georg dem Kommissar dozierend vor.

Herr Loch schaut ihn ernst an und sagt dann gequält: »Auch wenn ich es nicht gerne zugebe, Herr Schneider: Damit könnten Sie recht haben.«

Zugriff!

»Ich möchte noch einmal ausdrücklich betonen, dass ich es nicht gutheiße, dass wir hier vor Ort sind!«

Georg Schneider sitzt neben mir auf dem Beifahrersitz und mosert flüsternd in die Dunkelheit.

»Ja, ja, und auch nur unter Protest haben Sie das Extrahonorar von Tante Trudy angenommen, um mit mir diese Nachtschicht zu absolvieren«, zische ich sarkastisch zu ihm zurück.

Er sagt nichts, und ich muss ihn in der Dunkelheit nicht sehen können, um zu wissen, dass er – halb ertappt, halb bei seiner Detektivehre gekränkt – das Gesicht verzieht.

»Aber der Kommissar hat doch ausdrücklich gesagt, wir sollen es unterlassen, auch nur in die Nähe des Observationsgebiets zu kommen«, startet der Detektiv einen letzten Versuch, sich hasenfüßig aus dem Staub zu machen.

»Nein, ich glaube, sein Wortlaut war, dass wir ihm nicht in die Quere kommen sollen, und das habe ich auch nicht vor. Außerdem: Wenn ich immer auf die Männer in meinem Umfeld gehört hätte, wäre ich jetzt nicht da, wo ich bin.«

Herr Schneider sagt nichts, aber ich fürchte, wir denken gerade beide das Gleiche: Hätte ich vor ein paar Tagen mal auf Kommissar Loch gehört, würde ich heute nicht in meinem Auto sitzen, mitten in der Nacht auf einem Feldweg, um vermeintliche Verbrecher und Entführer zu jagen.

»Außerdem bin ich das Doris schuldig. Nachdem die Polizei sie befreit hat, wird sie glücklich sein, ein vertrautes Gesicht zu sehen!«, rechtfertige ich mich gegenüber dem Privatschnüffler, aber mehr gegenüber mir selbst. Wenn ich Doris wäre, hätte ich wahrscheinlich eher eine Stinkwut auf mich. Ein Stich bohrt sich mir erneut in die Magengrube. Hoffentlich geht es Doris gut, und ich kann feststellen, dass ich mich getäuscht habe, wenn in den nächsten Tagen eine Postkarte aus Südfrankreich kommt. Aber ich glaube nicht daran. Nicht nach der SMS. Und seither hat noch immer niemand mit ihr gesprochen. Auch wenn alle sagen, sie habe sich verändert: Mein Bauchgefühl sagt mir, dass sie nicht freiwillig abgetaucht ist.

»Wenn Sie so ein Feigling sind: Sie können auch jederzeit aussteigen«, herrsche ich meinen Beifahrer an.

Ich sehe, wie der Schatten seiner Hand zögernd Richtung Türgriff wandert.

»Unterstehen Sie sich, jetzt auszusteigen!«, befehle ich ihm, soweit das mein Flüsterton zulässt.

Herr Schneider zuckt zurück.

»Aber Sie haben doch eben gesagt, dass ich …«

»Hab ich aber nicht so gemeint!«, zische ich.

Herr Schneider ist verwirrt.

»Aber … aber … das verstehe ich jetzt nicht.«

»Das müssen Sie auch nicht! Ich bin eine Frau! Und jetzt Ruhe!«

Ich bin genervt und finde, das muss als Erklärung reichen.

Wir schweigen die nächsten fünf Minuten in der Dunkelheit.

»Sehen Sie was?«, traut sich dann Feigling-Georg wieder zaghaft aus seiner Deckung.

Ich schaue angestrengt durch das Nacht-Fernglas meines Vaters, das ich in einer Schublade in unserem Wohnzimmerschrank gefunden und mitgebracht habe.

»Nein. Also ich kann die Umgebung schon gut erkennen, aber es tut sich nichts«, murmle ich vor mich hin und setze das Fernglas ab. Meine Pupillen haben sich zwar an die Dunkelheit gewöhnt, aber durch das angestrengte Beobachten habe ich das Bedürfnis nach einem Neustart für meine Augen. Ich schließe sie kurz und reibe mir mit Daumen und Zeigefinger über die Lider und den Nasenrücken.

»Sind Sie sicher?«, fragt der Detektiv zögerlich.

»Natürlich«, entgegne ich genervt und setze mir wie zum Beweis das Fernglas wieder an die Augen.

Zwei Männer huschen durch mein Blickfeld.

Ich spüre, wie sich mein Puls beschleunigt.

»Da sind sie!«, zische ich aufgeregt.

»Und was machen wir jetzt?«, zischt der Detektiv nicht minder aufgeregt in meine Richtung?

»Erst einmal abwarten.« Ich versuche, möglichst souverän zu klingen.

In diesem Moment wird die hintere linke Tür aufgerissen, jemand springt in mein Auto, die Tür fliegt wieder zu, und ich spüre etwas Metallisches in meinem Genick.

»Augen schön geradeaus«, höre ich eine bestimmende Stimme von hinten.

Ich habe mich sowieso dermaßen erschrocken, dass ich gar nicht auf die Idee kommen würde, mich umzudrehen. Mein Herz klopft bis zum Hals, und ich habe Angst, dass das Pochen schon zu viel des Guten ist.

Ich schiele zu Georg Schneider hinüber. Kalkweiß und mit starrem Blick nach vorne sitzt er neben mir, die Hände umklammern seine Knie. Dann: Sein Körper erschlafft und sinkt zur Seite gegen die Beifahrertür. Herrje, jetzt ist der Detektiv auch noch in Ohnmacht gefallen.

Ich kann das breite Grinsen förmlich hören, als mein Angreifer von der Rückbank zischt:»Ah, der Herr Detektiv hat schon die Segel gestrichen. Du würdest gut daran tun, dich mindestens genauso ruhig zu verhalten, bis wir unser kleines Geschäft hier erledigt haben. Ts, ts, ts, muss unsere Miss Marple ihre süße Nase aber auch in Dinge stecken, die sie nichts angehen.«

Ich schlucke hart und schaue weiter vor mich in die Dunkelheit. Ich würde zu gerne wissen, wer da auf der Rückbank sitzt. Ich habe das Gefühl, dass es kein Unbekannter ist. Denn er flüstert, um seine Stimme zu verstellen. Das würde er doch nur tun, wenn wir uns kennen. Und hatte mich nicht erst letztens jemand Miss Marple genannt? Wer war das noch gleich? Vorsichtig wandern meine Augen Richtung Rückspiegel.

»Denk nicht mal dran«, höre ich und spüre, wie sich der Druck des kalten Metalls an meinem Hals wieder verstärkt. Ich sehe erneut angestrengt nach vorne und hoffe, er hat nicht gemerkt, dass ich gesehen habe, was ich sehen wollte – und wenn es nur für einen Sekundenbruchteil war. Rastalocken und ein Tribal am Arm. Es ist Charly.

Ohne es beeinflussen zu können, treten mir die

Tränen in die Augen – halb vor Wut, halb vor Enttäuschung. Charly. Ich wusste ja schon immer, dass er ein Taugenichts ist, aber das hätte ich ihm nicht zugetraut. Ich versuche, die Tränen hinunterzuschlucken. Diese Blöße will ich mir vor ihm nicht geben. In meinem Hirn rotiert es. Soll ich ihn wissen lassen, dass ich ihn erkannt habe? Aber würde er dann wirklich …? Mit unvermindertem Druck bohrt sich die Waffe noch immer in meinen Nacken. Ich sollte es besser nicht darauf ankommen lassen. Andererseits könnte ich ihn vielleicht umstimmen? Ich denke kurz über mein Geschick für Diplomatie nach und entscheide mich dagegen.

Trotzdem kann ich meine Klappe nicht halten und sage: »Könnt ihr bitte wenigstens Doris freilassen? Sie hat doch mit dem allem nichts zu tun.«

Schweigen von der Rückbank.

Dann: »Wenn du weiterhin brav bist, wird ihr nichts geschehen.«

»Wieso habt ihr sie eigentlich entführt?«

»Das geht dich gar nichts an! Und jetzt: Klappe!«

Nach wenigen Minuten, die mir wie wenige Minuten vorkommen, zerschneidet das Licht einer Taschenlampe für einen Moment die Dunkelheit. Dann kurz darauf noch einmal. Es sieht aus, als gäbe jemand ein Zeichen.

»Zeit zum Aufbruch«, raunt Charly, öffnet die Tür und ist auch schon in der Dunkelheit verschwunden.

Kaum habe ich zwei-, dreimal tief durchgeatmet, höre ich von etwas weiter entfernt Stimmengewirr, Befehle werden geschrien, Flüche entgegnet. Sieht so aus, als ob Kommissar Loch seinen Dienst getan hätte.

Ich seufze laut auf und höre es dann neben mir stöhnen. Vor lauter Aufregung hätte ich den ohnmächtigen Privatermittler fast vergessen. Georg Schneider rappelt sich langsam hoch und schaut mich schlaftrunken und verwirrt an.

»Wo bin ich? Ich ... also ... ist alles in Ordnung?«

Seine Wange muss die ganze Zeit auf der Fensterkurbel meines alten Punto gelegen haben, denn der Abdruck des runden Knaufs der Kurbel hat sich deutlich in die Haut gedrückt.

Er sieht in seinem Zustand so mitleiderregend aus, dass sich sofort alle Muttergefühle dieser Welt in meiner Brust vereinen.

Ich lächle ihn mitfühlend an und sage: »Alles bestens! Ich glaube, Sie ...«

»... haben wohl den Verstand verloren, hier aufzukreuzen!«, schreit es mir von außen entgegen. Ich zucke zusammen, im gleichen Moment wird meine Fahrertür weit aufgerissen, und

Sebastian Loch steht mit hochrotem Kopf und seiner Dienstwaffe in der Hand neben mir.

Automatisch nehme ich die Hände hoch und halte sie schützend vor mein Gesicht.

»Hilfe! Nicht schießen!«

Auch der Detektiv scheint noch nicht ganz alle seine Sinne bei sich zu haben, reißt seine Hände ebenfalls hoch, nur um einen Augenblick später wieder in Ohnmacht zu fallen und erneut gegen die Wagentür zu kippen.

Der Kommissar entspannt sich, steckt seine Dienstwaffe ein und sagt ganz ruhig: »Keine Sorge.

Im Gegensatz zu Ihnen verstehe ich was von diesen Aktionen.«

Er schaut auf den bewusstlosen Georg Müller.

»Ist ihm nicht gut?«

»Er ... also ... er hat mit der ganzen Sache nichts zu tun.« Und das ist noch nicht einmal gelogen, denke ich, während ich den Satz noch ausspreche. Er hat ja wirklich nichts getan – außer besinnungslos in meinem Wagen rumzuliegen.

»Das war alles meine Idee«, ergänze ich kleinlaut.

Sebastian Loch grinst breit.

»Sie können die Arme jetzt wirklich wieder runternehmen, Frau Sommer«, sagt er dann und kann sich einen amüsierten Unterton nicht verkneifen.

Langsam lasse ich die Arme sinken und finde im gleichen Tempo meine Fassung wieder. Ich streiche mir betont locker eine Strähne aus dem Gesicht und frage ihn: »Und? Haben Sie die Bande?«

»Ja, alle festgesetzt.«

»Auch ... Charly?« Ich weiß gar nicht, ob ich die Antwort hören will.

»Wer?«

»Charly ... also ... Karl-Heinz Seifert. Groß, Rastalocken, Tattoo.«

»Ach, der.«

Kommissar Loch nickt und schaut mich durchdringend an.

»Kennen Sie den Kerl etwa? Seien Sie bloß vorsichtig. Er war bewaffnet.«

»Ich weiß«, entfährt es mir, und noch während

ich es ausspreche, bereue ich es. Charly hat schon genug Ärger am Hals, er braucht eigentlich nicht auch noch meine Anklage. Aber der Kommissar versteht sein Handwerk: »Das wissen Sie? Hat er Sie etwa bedroht?«

Ach, was soll's! Ich kann sowieso nicht flunkern. In jedem Pokerspiel bin ich aufgeschmissen – man sieht mir an der Nasenspitze an, ob ich bluffe oder ein gutes Blatt habe. Zudem gibt es gar keinen Grund, Charly zu schützen. Zumal er ja auch noch Doris entführt hat. Doris …

»Ist Doris inzwischen in Sicherheit?«, antworte ich dem Kommissar mit einer Gegenfrage.

Er schaut mich ein bisschen genervt an.

»Natürlich nicht. Aber bevor Sie wieder rumzicken: Ich habe sie gefragt, und sie sagen, sie hätten sie nicht entführt.«

»Was?« Ich blicke den Kommissar entsetzt an.

»Aber Charly hat doch gesagt, dass sie sie freilassen würden, wenn wir uns still verhalten.«

»Frau Sommer«, Sebastian Loch sieht mich ernst an, »was genau hat dieser Charly gesagt?«

Ich runzle die Stirn und versuche mich genau zu erinnern.

»Ich habe ihn gefragt, warum sie Doris entführt haben. Aber er wollte es mir nicht sagen. Dann hat er kurz geschwiegen und gesagt, dass ihr nichts geschehen würde, wenn wir uns ruhig verhalten. Und dann ist er abgehauen.«

Kommissar Loch legt nun ebenfalls die Stirn in Falten.

»Es gibt vier Möglichkeiten. Die Wahrscheinlichste: Ihre Freundin Doris liegt in Nizza in der Sonne. Davon bin ich persönlich nach wie vor überzeugt. Aber gut. Denken wir die Entführungstheorie weiter: Entweder haben die beiden Ihre Freundin entführt und geben es nicht zu, weil sie bereits …«

»Nein, sagen Sie das nicht!«, falle ich dem Kommissar ins Wort.

Er macht eine beschwichtigende Geste und fährt fort.

»Das halte ich auch für unwahrscheinlich. Die haben zwar einiges auf dem Kerbholz, aber Mord ist in der Regel doch noch eine andere Sache.«

Loch überlegt wieder ein paar Sekunden, dann fährt er fort:

»Oder sie haben sie und versuchen, damit noch einen Deal auszuhandeln. Was sehr dumm wäre, denn mit Entführern machen wir keine Geschäfte! Oder …«

»… jemand anders hat Doris entführt«, vollende ich den Gedanken des Polizisten.

Für einen Moment sind wir beide still.

Ich schaue dem Kommissar in die Augen.

»Dann fangen wir wieder von vorne an.«

Kirche und Tatort – es ist Sonntag

Ding dong, ding dong, ding dong. Ich blinzle und verfluche, dass meine Eltern so nah an der Kirche wohnen. Früher haben mich die Glocken am Sonntagmorgen nicht gestört, aber seit ich in der Stadt wohne, weckt mich das Geläut am Sonntag pünktlich um halb zehn. Alle Geräusche in der Stadt zusammengenommen können mit dem Gewummer der alten Kirchturmuhrglocken nicht mithalten. Ich blinzle noch einmal, gähne und hoffe, dass der ganze letzte Abend vielleicht nur ein einziger Albtraum war.

Ich starre an die Decke, und die Bilder der letzten Stunden malen sich peu à peu wieder vor meinen Augen zu einem großen Ganzen zusammen.

Neben Radu und Charly wurde noch ein dritter Mann festgenommen. Dieser wollte Radu gerade einen Koffer übergeben, in dem sich haufenweise Arzneimittel befanden.

»Pillen? Ich verstehe nicht ganz ...« Verständnislos hatte ich den Kommissar angeschaut, als er mir auf der Wache von dem Fund erzählte.

Nachdem Georg Schneider wieder zu sich gekommen war – mit einem formschönen zweiten Fensterkurbelabdruck auf der Wange –, hatte uns der Kommissar gebeten, noch in der Nacht mit ins Kommissariat zu kommen, um unsere Aussagen zu Protokoll zu geben. Der Privatdetektiv, der mich –

außer mit seiner äußeren Erscheinung – im Laufe der Ermittlungen immer weniger an Hercule Poirot und noch viel weniger an George Clooney erinnerte, hatte, immer noch etwas benommen, das bisschen, was er zwischen seinen Ohnmachten mitbekommen hatte, berichtet. In dem kalten Neonlicht des kargen Büros hatte er einen wirklich jämmerlichen Anblick abgegeben: blass, zerknautscht, zerknirscht. Ich hatte ihm den Vortritt gelassen, sodass er danach direkt den Heimweg antreten konnte – nicht ohne mir noch einen Blick zuzuwerfen: halb dankbar, halb entschuldigend.

Als ich das Büro betreten hatte, das nur aus zwei schlichten Tischen, zwei Computern, Telefon und vier Stühlen bestand und mich stark an das Mobiliar meiner Schulzeit erinnerte, hatte Kommissar Loch den Koffer geöffnet und mich einen Blick hineinwerfen lassen. Dieser war mit – grob geschätzt – hundert Packungen Arzneimitteln gefüllt: Tabletten, zahlreiche kleine Ampullen und Einwegspritzen.

»Das sieht nicht aus, als wäre es Rauschgift ...«

Meine Stimme muss ziemlich enttäuscht geklungen haben, deshalb hatte mich der Kommissar schnell aufgeklärt.

»Nein, das ist kein Rauschgift. Obwohl ... Wahrscheinlich verschafft es dem einen oder anderen dünnen Hemd auch so etwas wie einen Rausch. Das sind Anabolika. Ob es illegale Importe oder gepanschte Originale sind, muss unser Labor noch testen.«

»Anabolika? Lohnt sich so was denn?«

Skeptisch hatte ich in die »Apotheke to go« geblickt, die vor mir stand. Einige Packungen waren mit fremdländischen Schriftzeichen bedruckt, in den braunen Ampullen gluckerten Flüssigkeiten.

»Und ob! Oft kommt das Zeug aus Fernost, Thailand oder Pakistan, wo man es zu einem Spottpreis kaufen kann. Manchmal wird es dann hier noch gestreckt. Die Käufer können es sich also aussuchen – entweder sie schlucken oder spritzen sich Mittel aus unbekannten Beständen, oder sie bezahlen viel Geld für die gestreckten Anabolika, die dann nicht so schnell wirken wie erhofft. Dann animieren die Verkäufer ihre Kunden, einfach, noch mehr zu nehmen. Die Käufer sind oft junge Männer, die noch in der Pubertät stecken und besonders männlich sein wollen. Stattdessen ruinieren sie sich mit diesen Mitteln ihre Männlichkeit – Potenzprobleme, Akne und Aggressivität sind nur ein paar der üblen Nebenwirkungen. Für die Dealer lohnt sich der Handel allemal. In Thailand kostet so eine Packung vielleicht dreißig Euro. Hier geht sie dann für dreihundert unter der Ladentheke weg.«

»Aber Charly … also wie hängt der denn da mit drin?«

Ich hatte mir auf all das noch immer keinen rechten Reim machen können.

»Ihr Freund Charly …« Kommissar Loch hatte sich nicht verkneifen können, das Wort »Freund« besonders vorwurfsvoll mir gegenüber zu betonen, woraufhin ich ihm ein »Er ist nicht mein Freund!« zurückgezischt hatte.

»Na, wie auch immer. Radu Siminovic hat das Zeug besorgt, Karl-Heinz Seifert nutzte seinen Job im Fitnessstudio dazu, den Stoff an den Mann zu bringen. Der dritte Beschuldigte, den wir heute Nacht hopsgenommen haben, ist wohl so was wie ein Zwischenhändler. Wenn wir Glück haben, packt er aus und verrät uns noch ein paar Namen.«

»Und Doris?«

Kommissar Loch hatte bedauernd den Kopf geschüttelt.

»Radu und Charly haben umfangreich gestanden. Beide wissen, wie der Hase läuft. Wenn sie mit uns zusammenarbeiten, können sie auf ein milderes Urteil hoffen.«

»Aber ich bin mir sicher, dass es Radu war, der mich angerufen und bedroht hat.«

Ich hatte mir noch immer nicht vorstellen können, dass die beiden nichts mit Doris' Entführung zu tun haben sollten.

Der Kommissar hatte genickt.

»Doch, doch. Radu hat zugegeben, dass er Sie angerufen hat. Ihr Privatdetektiv …«

Wieder dieser Unterton.

»Er ist nicht mein Privatdetektiv!«, verteidige ich mich erneut. Wollte mich der Kommissar die ganze Nacht lang ärgern? Es ist doch nicht meine Schuld, dass alle Männer in meiner Umgebung völlig daneben sind – Sebastian Loch eingeschlossen. Hoffe ich wenigstens …

»Wie auch immer. Radu bemerkte, dass ihn Herr Schneider beschattete – was mich, ehrlich gesagt, auch wirklich nicht wundert.«

»Mich auch nicht …«, hatte ich seufzend zugeben müssen.

»Und dann haben Sie selbst scheinbar Charly alles, was sie wussten, brühwarm am Freitag während des Straßenfests serviert.«

Ich spüre, wie ich noch einmal genauso rot werde wie gestern Abend – obwohl ich ja hier gerade nur im Bett liege. Ich ziehe mir die Bettdecke über den Kopf und stöhne laut in die Daunen. So was Peinliches aber auch.

Im meinem Kopf spielt sich auch noch der Rest der Szene ab.

Kommissar Loch hatte mit einem – genussvoll süffisanten -Unterton erklärt:

»Tja, und da dachten die beiden, warum nicht die entführte Doris dazu benutzen, Ihnen ein bisschen Angst zu machen, um Sie so von weiteren Aktionen abzuhalten. Letzteres allerdings mit mäßigem Erfolg, wie sich herausgestellt hat ...«

»Aber der Treffpunkt! Die Grillhütte! Soll das alles Zufall gewesen sein?«

»Ja, das ist wohl wirklich ein Zufall. An dem Abend der angeblichen Entführung Ihrer Freundin hatten die beiden kein Treffen geplant, und jeder hat zudem ein hieb- und stichfestes Alibi. Nein, wer auch immer Sie zur Hütte gelockt hat: Diese beiden waren es nicht.«

»Bleibt noch die Frage, ob die beiden Carla auf dem Gewissen haben ...«

Der Kommissar schüttelte noch einmal den Kopf.

»Nein. Auch für diesen Zeitpunkt haben die beiden ein Alibi. Ich möchte fast sagen: leider. Denn langsam gehen uns die Verdächtigen aus. Und beide hätten sogar ein Motiv gehabt. Frau

Zimmermann verstand es in der Tat, aus ihren Informationen skrupellos Kapital zu schlagen. Auch Charly und Radu standen auf der Liste derer, die von ihr erpresst wurden.«

Schweigen. Mein Kopf war leer wie lange nicht mehr, und auch der Kommissar hatte seinen Gedanken nachgehangen. So saßen wir ein paar Minuten in der kahlen Amtsstube, bis der Kommissar gesagt hatte: »Schluss für heute. Es ist ja fast schon Morgen. Kann ich sie nach Hause fahren?«

»Gern.« Ja, das Angebot war überraschend gekommen, aber ich war zu müde und fertig, um mir irgendwelche Frauengedanken zu machen, warum er mich gerade jetzt nach Hause fahren wollte. (»Frauengedanken« deshalb, weil sich Männer solche Gedanken nicht machen würden. Männer denken: »Jemand will mich mitten in der Nacht nach Hause fahren? Prima. Warum? Mir doch egal. Spare ich mir das Taxi.« Ende.)

Wir hatten während der zwanzigminütigen Heimfahrt geschwiegen. Nicht, weil uns kein Gesprächsthema eingefallen wäre, sondern weil mir nach 200 Metern die Augen zugefallen waren. Als ich eine Hand an meiner Schulter spürte, die mich sanft aufzuwecken versuchte, war das Erste, was ich bemerkte, dass mein Mund leicht offen gestanden hatte und etwas Sabber auf meine Schulter getropft war. Mein Körper hatte sich noch einmal aufgebäumt und mein Gesicht gerötet. Ich hatte mich hastig bedankt und war aus Lochs Auto gesprungen.

Ich schreie in meine Bettdecke.

Mein Vater steckt den Kopf in mein Zimmer und singt dabei:

»Hört Ihr Leut' und lasst euch sagen,
die Uhr hat grad halb zehn geschlagen.
Die Brötchen stehen auf dem Tisch,
vom Bäcker warm und ofenfrisch.«

Ich stöhne mein schlimmstes »Es ist noch soooo früh«-Stöhnen, und mein Vater fragt: »Bleibst du liegen, oder frühstückst du mit?«

Ich seufze, strecke mich, schwinge den müden Körper aus dem Kinderzimmerbett und trotte meinem Vater hinterher Richtung Frühstückstisch. Manches ändert sich wirklich nie.

»Kloing.« Mein Smartphone meldet eine neue Whatsapp. Meine Eltern ziehen unisono eine Augenbraue hoch.

»Technik, die begeistert ...«, nuschelt mein Vater ironisch zwischen seinem Honigbrötchen hervor.

»Muss das Ding denn schon beim Frühstück dabei sein«, startet meine Mutter einen erneuten Versuch, das Smartphone vom Küchentisch zu verbannen, aber ich ignoriere sie. Die Diskussion ist immer die gleiche und führt zu nichts.

Ich ziehe das Smartphone aus meiner knallgrünen Filzhülle und schaue auf die Nachricht.

»Ich stehe vor eurer Haustür. Micha.«

Mein Mund hört auf zu kauen. Ich öffne die App vollständig, um mich zu vergewissern, dass die Nachricht wirklich von DEM Micha kommt.

»Oh Gott, es ist wieder etwas passiert!« Meine Mutter schaut mich erschrocken an und schlägt entsetzt eine Hand vor ihren Mund.

»Was ist?« Ich schaue von meinem Handy auf.

»Ich sehe es dir doch an! Du bist ganz blass geworden! Kind, sag es uns. Haben sie Doris gefunden? Ist sie ... tot?«

Meiner Mutter stehen bereits die Tränen in den Augen.

»Was ist?«, frage ich noch mal, dann begreife ich erst, dass mein Gesichtsausdruck, nachdem ich Michas Nachricht gelesen habe, meine Mutter das Schlimmste hat befürchten lassen.

Ich schüttle schnell den Kopf.

»Nein, nein, Mama. Reg dich nicht auf. Die Nachricht hat nichts mit Doris zu tun.«

Micha ist jetzt doch da? Und steht vor unserer Haustür? Ich verstehe gar nichts mehr. In meinem Kopf rotiert es. Ich überschlage, wie lange es dauern wird, mich vorzeigbar herzurichten. Nein, nicht nur vorzeigbar! Hervorragend muss ich aussehen. Das ist schließlich unser erstes Date! Was ist das eigentlich für ein erstes Date? Spinnt der? Hier einfach aufzutauchen. Und das am Sonntagmorgen! Ich beschließe, ihn ein bisschen warten zu lassen! Er hat mich schließlich auch auf die Folter gespannt mit seinem »Ich komme – ich komme doch nicht«-Hin-und-Her.

»Das ist ja eine Überraschung. Wir sitzen noch beim Frühstück. Wenn du warten willst: In 15 Minuten kann ich runterkommen.«

Ich werde niemals in einer Viertelstunde fertig werden, aber das muss er ja nicht wissen.

Ich trinke hastig meinen Kaffee aus, stehe auf und rufe schon auf dem Weg ins Bad meinen Eltern zu: »Sorry, mir ist was dazwischengekommen. Frühstückt ihr nur in Ruhe fertig!«

»Da kannst du dich drauf verlassen«, brummt mein Vater und sagt: »Keine Hektik am Sonntag! In der Ruhe liegt die Kraft.«

Ich verschwinde ins Bad und lege das Turbo-Schönheitsprogramm hin. Duschen, Haare waschen, Schminken, Föhnen. Ob das Top vom Freitag noch mal geht? Ich schnüffle kritisch daran und befinde es noch für gut – ein Vorteil von Freiluftfesten. Nach 35 Minuten stehe ich top gestylt vor dem Spiegel. Mein Herz schlägt mir bis zum Hals, und eigentlich bin ich Micha dankbar, dass er mich so überfallen hat. Ja, vielleicht hätte mit ein bisschen mehr Vorlauf der Lidstrich noch besser gesessen, aber so konnte ich mir auch nicht zu viele Gedanken machen, habe nicht meinen Kleiderschrank komplett einmal angehabt, um danach – latent unzufrieden –noch einmal unter die Dusche steigen zu müssen, weil ich durch die Anprobiererei total verschwitzt bin. Musste mir nicht den Kopf über möglichst witzige, kokette erste Sätze zerbrechen und bin nicht vor der Vorstellung in Panik geraten, wie es wohl sein wird, wenn ich ihn auf Anhieb doof finde.

Noch einmal fahre ich mit dem Lippenstift über meinen Mund. Und finde mich gut. Los geht's, Lissie! Wer hätte gedacht, dass dieser Sonntag noch solch eine Überraschung bringt.

Ich versuche, mich an meinen Eltern lautlos vorbei und aus dem Haus zu schleichen. Was misslingt, weil Pünktchen vor mir auftaucht und mich laut anmaunzt. Danke für deine Solidarität,

Kater!

Meine ehemals Erziehungsberechtigten stecken gleichzeitig ihre Köpfe aus der Tür in den Flur und sehen mich fragend an.

»Äh ... ich muss kurz weg«, stottere ich, in der Gewissheit, dass ihnen diese Erklärung nicht reichen wird.

»Wohin denn?«, fragt meine Mutter.

»Ähm ... also ... weg.« Wir testen gegenseitig unsere Hartnäckigkeit. Elternfront gegen Kinderfront. Es herrscht kurz Stille, und ich warte darauf, dass ein Steppenläufer wie im Western durch unseren Flur weht.

Mein Vater bricht das Schweigen: »Hm. Könnte es mit dem jungen Mann zusammenhängen, der seit einer halben Stunde vor unserer Tür in seinem Auto wartet.«

»Äh ... kann sein.« Ich werde rot, drehe mich um und rufe: »Und wie du sagst: Er wartet. Und überhaupt: Ich muss los.«

Und bin aus der Tür.

Von hinten nähere ich mich Michas Wagen, mein Herz klopft weiterhin bis zum Hals. Er sitzt lässig in seinem schwarzen 1er-BMW und tippt auf seinem Smartphone herum. Nette Karre. Scheint ja gut zu laufen, wenn man »was mit Medien« macht. Und was ich von ihm schon sehen kann, ist auch nicht schlecht. Dunkle, kurze Haare, coole Jeans, schickes Shirt.

Ich atme einmal tief durch und klopfe an die Scheibe.

Micha sieht auf, und stahlgraue Augen strahlen mich zusammen mit einem Perlweiß-Lächeln an, wie es die Werbung nicht besser hätte inszenieren können. Wow! Er sieht unverschämt gut aus, fast wie ein Model. Vielleicht sogar ein bisschen zu gut für mich. Ein bisschen zu glatt.

Ich lächle mein bestes Lächeln zurück und winke ihm fröhlich zu. Ich bin ja froh, dass er noch lachen kann, scheinbar hat er mir die halbe Stunde Verspätung nicht übel genommen.

Ich gehe schnell um den BMW herum, öffne die Tür und steige ein. Ich weiß, dass meine Eltern – inklusive der treulosen Katze – hinter der Gardine hängen, denn sie wackelt verräterisch, aber sie müssen ja nicht gleich alles mitbekommen.

»Da bin ich!«, sage ich fröhlich, drehe mich zu Micha um und strahle ihn an.

»Spät, aber da!« Micha schmunzelt, zwinkert mir zu, und ich hoffe, dass er nicht auch so ein Sprichwort-Repertoire auf Lager hat wie mein Vater. Oder gar weitere Parallelen.

Micha beugt sich zu mir herüber, und wir begrüßen uns mit Küsschen, als würden wir uns schon lange kennen. Dabei schnüffle ich ein bisschen an seinem Hals und stutze. Er riecht nicht gut. Nicht nach Schweiß, nicht nach Knoblauch, nicht nach anderen Körperflüssigkeiten. Nicht widerlich, aber irgendwie … unangenehm. Eine Mischung aus Altherren-Aftershave, billigem Waschmittel und Klostein. Wie kann jemand, der so gut aussieht, denn so schlimm riechen? Oder kann ich ihn einfach nicht riechen?

Komm schon, Lissie. Wenn du potenzielle Beziehungskandidaten jetzt schon aufgrund eines ersten Dufterlebnisses aussortierst, dann erreichen wir hier aber eine neue Stufe der Schrulligkeit.

Micha beugt sich zurück und sieht mich ebenfalls mit einer gewissen Zurückhaltung an. Er startet den Motor und sagt:

»Ich stelle den Wagen bei meinen Eltern ab. Denen muss ich sowieso noch Hallo sagen, und dann … können wir ja mal schauen.«

»Ja, dann schauen wir mal«, sage ich und weiß in dem Moment, dass das mit diesem Mann nichts werden wird. Wie schade! Zwar höre ich wieder die Stimme von Simone im Kopf, die mich zu »vierzig Tage, Lissie, nicht vierzig Jahre« mahnt, aber leider täuscht mich mein Bauch selten. Ich habe mir im Laufe der Zeit angewöhnt, mehr auf meine Intuition zu hören. Denn meine Erfahrung hat mich gelehrt: Wenn ich die warnenden Signale meines Bauches wissentlich ignoriere, ist bisher noch nichts Gutes dabei rausgekommen.

Aber: Da der gute Micha nichts für meinen Bauch kann, sollte ich die Zeit mit ihm so nett wie möglich gestalten. Und vielleicht geschieht ja doch noch ein Wunder.

»Schön, dass du es doch noch geschafft hast«, sage ich und füge dem Dialog innerlich hinzu: »Dann brauchen wir das hier nicht künstlich über Wochen in die Länge zu ziehen, SMS zu schreiben, zu telefonieren. Sehnsüchtig aufs Telefon zu starren in stetiger Hoffnung und endend in herzzerreißender Gewissheit, dass es nicht passt.«

»Ja, mein Chef hat mir spontan einen Geschäftstermin in Frankfurt für morgen reingedrückt. Eigentlich hätte ich heute zu einem anderen Kunden gemusst, aber der hat gestern abgesagt. Business eben. Du weißt ja, wie das ist.«

Er macht eine lässige Handbewegung.

Micha biegt in die Hofeinfahrt der elterlichen Metzgerei ein, parkt den Wagen und stellt den Motor ab.

»Komm! Ich zeig dir mein Kinderzimmer«, grinst er schelmisch, und ich grinse zurück. Nein, er ist trotzdem nicht mein Typ, aber ich spüre, dass er das Zeug hat, vielleicht ein guter Freund zu werden.

Ich komme mir ein wenig merkwürdig vor, als ich Micha in sein Elternhaus folge, nicht durch den Eingang der Metzgerei, sondern ganz normal durch die Haustür. Ich bete, dass Herr und Frau Kraft immer noch so mit dem Straßenfest und ihren Würsten beschäftigt sind, dass sie keine Zeit haben, viele Fragen zu stellen, warum ihr Sohn ausgerechnet mich im Schlepptau hat. Aber ich wäre mir noch komischer vorgekommen, wenn ich feige im Auto sitzen geblieben wäre und gewartet hätte. Außerdem wäre sicher ausgerechnet dann irgendein Tratschweib aus dem Dorf vorbeigekommen und hätte falsche Schlüsse gezogen.

»Was machst 'n du hier?« Frau Kraft steht vor uns im Flur, in jeder Hand zwei Kringel Rindswurst, und starrt erst ihren Sohn und dann mich fragend an.

»Hallo, Mama«, grinst er und gibt seiner immer noch verwirrt aussehenden Mutter einen Kuss auf die Wange.

»Ich hab morgen hier was Geschäftliches zu erledigen. Da hat das gepasst.«

»Was?«, krächzt Frau Kraft mit Unverständnis im Blick.

Micha seufzt und flüstert leise in meine Richtung: »Oh Mann, ich wünschte wirklich, sie würde sich endlich ein Hörgerät zulegen.«

Dann hebt er seine Stimme an und schreit in Richtung Metzgersmama: »Ich hab einen beruflichen Termin morgen hier. Deshalb bin ich heute doch gekommen.«

Und ergänzt, als er den fragenden Blick seiner Mutter sieht, der weiterhin in meine Richtung geht: »Und Lissie habe ich zufällig getroffen.«

»Ach«, sagt Frau Kraft verwundert. »Ich wusste gar nicht, dass Ihr euch kennt.«

Micha und ich nicken unisono.

»Aber, Junge, warum hast du denn nicht angerufen? Ich hätte doch was gekocht! Jetzt hab ich gar nichts da! Und ich muss gleich los, weil wir dem Turnverein noch die Steaks fürs Straßenfest liefern müssen!«, schreit Frau Kraft.

Und Micha schreit zurück: »Ich hab angerufen, aber niemand ist drangegangen.«

»Wirklich? Ich hab gar nichts gehört.«

Warum wundert mich das nicht?

»Mama, du musst dich unbedingt um ein Hörgerät kümmern! So geht das doch nicht weiter!«, brüllt Micha wieder.

Frau Kraft macht eine abwinkende Handbewegung und schleudert dabei die Wurstkringel durch die Luft.

»Was ich hören will, das höre ich schon noch«, brüllt Frau Kraft zurück. Und fährt bestimmt fort: »Letztens hab ich sogar was gehört, was dein Vater nicht gehört hat! Ich hätte schwören können, dass ich Geräusche aus deinem Kinderzimmer gehört hab, aber dein Vater sagte, er habe nichts gehört und ich hätte mir das nur eingebildet.«

Und etwas leiser murmelt sie hinterher: »Dabei hätte ich schwören können, ich hab was gehört!«

Micha sieht mich ratlos an und zuckt mit den Schultern. Dann grinst er wieder sein schelmisches Grinsen, und seine Augen funkeln. Ich kann mir vorstellen, dass er als Kind ein ziemlicher Lausbub war.

»Lissie, was meinst du? Gehst du mit mir auf Geisterjagd in meinem Kinderzimmer?«

Er sagt es immer noch mit 120 Dezibel – der üblichen Lautstärke im Hause Kraft angepasst.

»Da kommst du aber gerade nicht rein.«

Micha stutzt und hebt fragend die Hände. Seine Stimmbänder brauchen scheinbar 'ne Pause.

Frau Kraft versteht ihn aber auch ohne die Worte und schiebt erklärend nach: »Dein Vater wollte die Tür verschließen, weil in der letzten Woche so viele Leute wegen des Straßenfests hier waren. Ja, frag mich nicht! Der hat in letzter Zeit sowieso einen Sicherheitstick. Dauernd fragt er mich, wer hier war und warum, und letzte Woche ist er sogar nachts aufgestanden und durchs Haus gewandert. Und er denkt immer, ich merk das nicht. Aber deine alte Mutter ist noch ganz gut auf Zack, das sage ich dir!«

Micha hebt entschuldigend die Hände, als ob es nicht um seinen Vater, sondern um ihn ginge.

»Jedenfalls hat er jetzt auch noch den Schlüssel verschlampt.«

In diesem Moment hören wir Geräusche, die eindeutig aus dem oberen Stockwerk kommen. Es klingt wie ein Klopfen und Kratzen.

Micha schaut mich kurz an, bevor er loshechtet und die Treppe hochsprintet – immer zwei Stufen auf einmal nehmend. Ich eile hinterher.

Zurück lassen wir eine komplett verwirrte Frau Kraft, die uns ein »Was ist denn jetzt schon wieder los?« hinterherruft. So »auf Zack«, wie sie selbst meint, ist sie offensichtlich doch nicht, denn es sieht nicht danach aus, dass sie gehört hätte, warum wir die Treppe raufrennen.

Micha steht vor seiner verschlossenen Kinderzimmertür und rüttelt daran, als gäbe es kein Morgen. Von innen hören wir wieder dieses Klopfen und Scharren und dazu ein
»Mhhh…hmmmm…mhhhm…«

Micha geht einen Schritt zurück, hält kurz inne, und bevor ich noch das »Was hast du vor? Wollen wir nicht erst deinen Vater fragen?« beenden kann, holt er aus und tritt die Tür ein. Mir bleibt der Mund offen stehen.

»Zehn Jahre Kickboxtraining«, erklärt er mir, bevor er in sein Kinderzimmer verschwindet. Ich bin schwer beeindruckt, schließe meinen Mund und folge ihm.

Als ich um die Ecke ins Zimmer trete, klappt sich meine Kinnlade direkt wieder runter. Zusammengekauert und mit einem Knebel im Mund, hockt eine Gestalt im schwarzen Rollkragenpulli an die Heizung gefesselt vor mir. Es ist Doris.

The Final Countdown

»Doris!«, schreie ich und stürze zu meiner Freundin und auf sie drauf. Ich drücke und umarme sie, schmatze ihr Küsschen auf die Stirn und will sie nie wieder loslassen.

»Mhhhhh…hmmm…mhhhh«, presst Doris unter dem Knebel hervor, woraufhin ich sie noch einmal herze und umarme, bevor ich sie doch wieder loslasse.

»Hmm…mhmhhmm….mhhhhhhhhhhhhhhhhh«, insistiert Doris.

Micha kommt zu uns, kniet sich vor Doris und nimmt ihr den Knebel aus dem Mund.

Doris prustet und hustet. Dann steht das Universum für Micha und Doris kurz still – jedenfalls sieht es für mich so aus:

Micha kniet noch immer vor Doris, sein Gesicht vor ihrem, und schaut ihr direkt in die Augen. Doris sagt nichts und schaut Micha an. Mit diesen großen, schönen Augen. Selbst die Staubteilchen, die sonst im Sonnenstrahl tanzen, haben innegehalten.

Die Szene erinnert mich an Susi und Strolch – nur ohne Spaghetti.

»Ich bin Micha«, flüstert Micha.

»Ich heiße Doris«, säuselt meine noch immer gefesselte Freundin zurück, und ich bin mir sicher, dass es nicht nur die Handschellen sind, von denen sie aktuell gefesselt ist.

Ach ja, die Handschellen.

Ich räuspere mich leise und sage: »Ähm, Micha,

dein Vater hat doch sicher einen Bolzenschneider oder so was in der Garage, mit dem wir Doris von der Heizung befreien können.

»Ich glaub schon«, murmelt Micha, ohne den Blick von Doris abzuwenden.

»Dein ... Vater?«, sagt Doris – ebenfalls ohne den Blick von Michas Augen zu nehmen.

»Egon Kraft ist dein Vater?«, fragt Doris allerdings in einem Tonfall, der eher zu einer Frage nach einem Date passen würde.

»Kennst du meinen Vater?« Michas Stimme könnte zärtlicher nicht sein.

Und Doris säuselt zurück: »Ja! Er hat mich entführt und hält mich hier gefangen.«

»Echt?« Das ist alles, was Micha herausbringt, wobei er Doris immer noch tief in die Augen sieht.

»Echt?«, rufe ich laut und entsetzt und hole die zwei Turteltäubchen unsanft auf den Boden der Tatsachen zurück.

Beide schauen mich an.

»Doris, jetzt lass dir nicht alles aus der Nase ziehen! Wieso hat dich Egon entführt? Also, ich meine, wir reden hier von Egon! Unserem Metzger!«

»Lissie, das weiß ich eigentlich gar nicht so richtig. Als ich in die Grillhütte kam, und du plötzlich mit der Kamera geblitzt hast, stand Egon vor mir. Natürlich hab ich ihn sofort erkannt und er mich auch. Bevor ich noch richtig gucken konnte, hat er mir ein Tuch auf den Mund gedrückt, und dann weiß ich nichts mehr. Irgendwann bin ich dann hier aufgewacht, und meine Reisetasche stand dort drüben.«

Sie macht mit dem Kopf eine Bewegung

Richtung Bett, auf dem Doris' Reisetasche steht. Geöffnet und durchwühlt.

»Egon hat wohl den Schließfachschlüssel in meiner Hosentasche gefunden – nur am Bahnhof gibt es Schließfächer. Es war also nicht schwer, meine Reisetasche zu finden. Als ich wieder ganz bei mir war, wedelte er mit meinen Seminarunterlagen und meinem Handy unter meiner Nase rum und hat mich gezwungen, eine SMS an meine Eltern zu schreiben. Ich war noch so verwirrt – ich glaube, ich habe noch nicht mal ›GLG von Doris‹ daruntergeschrieben.«

Micha hört Doris fassungslos zu. Man sieht ihm an, dass er die Welt nicht mehr versteht. Wen wundert's. Ich versteh sie ja auch nicht.

»Mein Vater ein Entführer? Ich fasse es nicht! Was ist denn nur in ihn gefahren!«

Doris' Blick ruht jetzt noch sanfter auf Micha – wenn das überhaupt möglich ist. Man sieht ihr an, dass es ihr fast leidtut, Micha diese Dinge über seinen Vater erzählen zu müssen.

»Aber er hat mich wirklich gut behandelt. Ich glaube, im Grunde seines Herzens ist er kein schlechter Mensch.«

Ich schaue auf ihre immer noch gefesselten Hände.

»Na ja ...«, sage ich und an Micha gerichtet: »Könntest du jetzt trotzdem mal nach dem Bolzenschneider schauen?«

»Äh, ja, klar«, sagt er, springt mit einem Satz auf und eilt in die Garage, um seine neue Liebste so schnell wie möglich zu befreien. Denn eines ist bereits jetzt klar: Zwischen Doris und Micha hat es ordentlich gefunkt.

»Hast du eine Ahnung, wo Egon jetzt sein könnte?«, frage ich Doris, die trotz Entführung immer noch erstaunlich gut aussieht. Kein Wunder, dass sich Micha direkt in sie verguckt hat. Ich dachte immer, auch die Bondgirls sehen nach ihren Einsätzen etwas mitgenommen aus. Doris beweist mir gerade das Gegenteil – und nicht im Film, sondern im Hier und Jetzt.

»Ich glaube, er wollte zu Rudi in die Kneipe. Er sah wirklich schlecht aus heute. Bestimmt hätte er mich bald freigelassen. Trotzdem ...« Doris hält kurz inne, dann sagt sie: »Lissie, danke, dass ihr da seid.«

Für einen kurzen Moment sieht auch die Superfrau etwas erschöpft aus. Dann steht Micha mit dem Bolzenschneider in der Tür, und schon hat meine tapfere Freundin ihr Lächeln wiedergewonnen.

»Hallo? Herr Loch?«

Jetzt erst merke ich, dass meine Hände zittern und ich Mühe habe, das Telefon festzuhalten.

»Hallo, Frau Sommer! Haben Sie den gestrigen Abend gut überstanden. Ich kann Ihnen allerdings keine weiteren Neuigkeiten erzählen. Wir konnten die Hintermänner leider noch nicht schnappen, obwohl wir ...«

Ich unterbreche den Kommissar in seinem Redefluss.

»Aber ich kann Ihnen was Neues berichten: Wir haben Doris gefunden! Man hat sie tatsächlich gekidnappt, aber jetzt ist sie frei. Ihr geht es gut, und ich kann Ihnen auch sagen, wer sie entführt hat.

»Was?«, fragt er überrascht.

»Ja, ein dummer Zufall. Erzähle ich Ihnen alles später. Können Sie ins ›Grüne Kränzchen‹ kommen?«

»Jetzt?«

Er klingt immer noch verwirrt ob der plötzlichen Neuigkeiten.

»Sofort!«, sage ich bestimmt und ergänze: »Und bringen Sie Verstärkung mit!«

Kurze Stille in der Leitung, dann sagt Herr Loch: »Ich komme, Frau Sommer, und bestelle eine Streife dazu. Aber tun Sie mir bitte einen Gefallen: Lassen Sie diesen Krimi-Jargon!«

Ich schlucke und höre, wie der Kommissar beschwichtigend ergänzt: »Wir sind in 15 Minuten da. Und, Frau Sommer …«

Er sucht kurz nach den richtigen Worten.

»Bitte tun Sie nichts auf eigene Faust. Wir sind wirklich gleich da.«

»Auf mich können Sie sich verlassen, Herr Loch. Aber ich kann Ihnen nicht versprechen, dass ich Micha Kraft zurückhalten kann. Der Entführer ist nämlich sein Vater.«

»Der Metzger?«, fragt der Kommissar nun erneut überrascht.

»Ja, der Metzger. Aber wie gesagt: Ich erkläre Ihnen alles gleich.«

»Ich bin unterwegs«, sagt der Kommissar und legt auf.

»Ich auch«, nuschle ich vor mich hin, öffne die

hintere Wagentür und schwinge mich in Michas Auto, das bereits mit laufendem Motor gewartet hat.

»Dann mal los«, sagt Micha, legt den Rückwärtsgang ein und fährt aus der Einfahrt.

Doris blickt Micha von der Beifahrerseite aus an und sagt:

»Hätten wir deiner Mutter nicht doch noch alles erklären sollen? Ich meine ... du gehst mit einer Frau in dein Kinderzimmer, es kracht, und du kommst mit zweien wieder raus ...«

»Ich fürchte, sie hat sowieso nur die Hälfte gehört, und verstehen würde sie es noch weniger. Ich begreife es ja selbst alles noch nicht. Lass mich erst mit meinem Vater sprechen, und je nachdem, was dahintersteckt, bringe ich den ganzen Schlamassel dann behutsam meiner Mutter bei.« Er schaut grimmig über den Lenker und sagt dann noch bestimmend: »Aber vorher besorg ich ihr endlich ein Hörgerät!«

Wir halten vor Rudis Kneipe.

Im »Grünen Kränzchen« herrscht noch gähnende Leere. Der sonntägliche Gottesdienst läuft noch, und die meisten Kirchgänger nehmen während des Straßenfests ihren Frühschoppen bei den Vereinen und in den offenen Höfen ein. Egon steht an der Theke und schaut gedankenversunken in seinen Apfelwein. Nur ein weiterer Tisch ist besetzt – mit Tante Trudy und Georg Schneider, die von Sabine gerade einen Apfelwein und einen Bio-Cidre serviert bekommen. Na, wenn das nicht ein glückliches Timing ist.

Micha stürmt voraus in den Gastraum, direkt auf seinen Vater zu, Doris und ich hinterher.

Alle Blicke richten sich auf uns. Egon, Rudi und Sabine fällt zudem die Kinnlade runter und rutscht die Farbe aus dem Gesicht, als sie realisieren, dass Doris mit von der Partie ist.

»Papa, kannst du mir bitte mal erklären, warum du Doris entführt hast! Was soll denn der Scheiß?«, platzt Micha mit der Tür ins Haus.

Er ist deutlich größer als sein Vater und wirkt in diesem Moment noch hünenhafter, denn Egon steht mit hängenden Schultern vor seinem Sohn und traut sich nicht, ihm direkt in die Augen zu gucken.

»Ach … ähh … Michael, was machst du denn hier?«, stammelt Egon.

»Das ist doch jetzt schnurzpiepe!« echauffiert sich sein Sohn, der was mit Medien macht, in leichtem Berlinerisch.

»Und nenn mich nicht Michael! Du weißt, dass ich das hasse! Also raus mit der Sprache! Was geht hier vor?«

Egons Schultern sinken um einen kaum für möglich gehaltenen weiteren Zentimeter. Dann lässt er sich erschöpft auf einen Stuhl fallen und seufzt: »Ich wusste, dass das nicht gut gehen kann. Ich wusste es. Die Erpressung und dann die Entführung und die Sache mit Carla …«

Jetzt sind es Doris, Micha, Trudy, Georg und ich, die große Augen machen.

»Hätte ich doch nur meinen Mund gehalten! Aber es war einfach ein Whiskey-Cola zu viel, und Carla hatte aber auch eine Art …«

Egon schüttelt den Kopf und nimmt einen

Schluck von seinem Apfelwein.

»Papa«, sagt Micha fast flüsternd, das Unaussprechliche nicht aussprechen wollend. »Papa, du hast doch nicht etwa Carla …«

Egon schüttelt schnell den Kopf, und ich kann den Stein hören, der Micha vom Herzen fällt.

»Nein, aber mitschuldig bin ich trotzdem«, seufzt Egon tief betrübt und kippt seinen Apfelwein in einem Zug runter.

»Sabine, machst du mir noch einen? Sabine? Scheiße …«

Egon sieht sich suchend nach Sabine um, aber weder die Bedienung noch Rudi sind irgendwo zu sehen.

Da fliegt die Tür auf, und Kommissar Loch flankiert von zwei Polizisten in Uniform schiebt Rudi und Sabine vor sich her in den Gastraum. Beide haben die Hände leicht vor dem Körper angehoben, und ihre Gesichter sehen aus wie nach sieben Tagen Regenwetter.

»Na, ich glaube, wir sind gerade rechtzeitig gekommen«, begrüßt Kommissar Loch die Anwesenden.

»Ich dachte, ich lasse diese beiden Herrschaften mal erklären, warum sie so eilig in ihren Wagen springen wollten und sich dabei angeschrien haben, dass jetzt ›alles aus‹ sei.«

Und an den Wirt und seine Bedienung gewandt: »Ich kann Ihnen nur raten, jetzt reinen Tisch zu machen, wenn sie mit dem allem hier etwas zu tun haben. In der Regel erkennt das der Richter bei der Bemessung des Strafmaßes positiv an. Also …«

»Egon, halt bloß die Klappe!«, herrscht Rudi den

Metzger an, und Sabine kneift so fest die Lippen zusammen, dass man denken könnte, sie wolle nie wieder im Leben auch nur ein Wort aussprechen.

Egon sieht Rudi fest in die Augen und sagt: »Nein, Rudi. Mein schlechtes Gewissen hat mich schon dazu gebracht, Dinge zu tun, die ich mir nie im Leben zugetraut hätte. Jetzt muss Schluss sein. Denn: Einen Mord … Nein …« Er schüttelt bestimmt den Kopf. »Nein, einen Mord lasse ich mir nicht anhängen.«

»Das war kein Mord!«, platzt es jetzt aus Rudi raus. »Es war eher … eine Kurzschlusshandlung.«

Er schaut zu Sabine hinüber, und beide sehen sich traurig an. Sabine lässt sich auf einen Stuhl sinken, Rudi stellt sich hinter sie und streicht ihr liebevoll über die Schultern.

Und dann beginnt er zu erzählen: »Sabine und ich … wir lieben uns. Schon vor Jahren haben wir festgestellt, dass uns mehr verbindet als Arbeitgeber und Angestellte. Und auch mehr als nur Freundschaft.«

»Aber Sie haben doch eine Gemahlin«, meldet sich der Privatdetektiv vom Nachbartisch zu Wort.

Rudi seufzt.

»Ja, auf dem Papier sind wir noch verheiratet. Aber meine Ehe ist die Hölle. Betty und ich haben schon lange keine Gemeinsamkeiten mehr, uns verbindet nur noch die Kneipe. Diese verdammte Kneipe …«

Sabine nimmt Rudis Hand, die auf ihrer Schulter ruht, und streichelt sie sanft.

Herr Loch hört Rudi aufmerksam und mit professioneller Zurückhaltung zu und sagt: »Die meisten Ehepaare lassen sich einfach scheiden.«

Rudi nickt.

»Ja, das hatten Sabine und ich auch geplant. Aber nicht jetzt. Noch nicht. Ich habe damals einen Ehevertrag abgeschlossen. Sollte ich mich vor dem Ablauf von 15 Jahren trennen, erhält Betty die Kneipe und quasi alles, was wir besitzen. Und wenn sie sich von mir trennen würde, würde sie entsprechend leer ausgehen. Es sei denn, einer hätte den anderen nachweislich betrogen. Dann bekommt der andere alles. Meine Frau kommt offenbar gut damit klar, dass wir seit Jahren nur noch nebeneinanderher leben, anders als ich. Für sie kam eine Scheidung nie infrage. Ja, ja, fragen Sie mich nicht, warum ich mich damals darauf eingelassen habe. Ich war einfach blind vor Liebe. Noch zwei Jahre hätten wir durchhalten müssen. Irgendwie hätten wir das auch geschafft. Wenn Egon nicht alles ausgeplaudert hätte.«

Rudi und Sabine sehen Egon an, mit einer Mischung aus Wut, Enttäuschung und Unverständnis. Sabine schüttelt den Kopf, senkt ihr Kinn, und eine Träne läuft ihre Wange hinab.

Egon nickt betroffen, und dann beginnt er seinen Teil der Geschichte zu erklären: »Auf der letzten Kerb hab ich ein bisschen tief ins Glas geschaut. Im Nachhinein denke ich, dass es Carla genau darauf angelegt hat, denn sie war ungewöhnlich spendabel und hat mir immer wieder den nächsten Whiskey-Cola hingestellt. Und dann kamen wir auf Rudi und Sabine – ich glaube, sie wusste schon etwas, konnte sich aber die Fakten noch nicht zusammenreimen. Carla hatte leider ein gutes Gespür dafür, wann und wie sie Menschen aushorchen konnte.«

Seufzend hebt Egon sein Apfelweinglas und fragt

den Kommissar: »Darf ich?«

Der Polizist nickt und macht eine Handbewegung Richtung Theke.

»Lass mal, ich mach das«, sage ich, nehme Egon das Glas aus der Hand, zapfe ein bisschen weniger Apfelwein und etwas mehr Mineralwasser in sein Glas – es ist besser, wenn er bei einigermaßen klarem Verstand bleibt.

»Noch jemand?«, frage ich in die Runde und fülle dabei schon weitere Gläser. Ich stelle sie auf ein Tablett und versorge die Anwesenden mit den Getränken.

Nur Herr Schneider sieht angewidert auf das Glas und fragt: »Kann ich nicht noch eine Flasche von dem köstlichen Bio-Cidre haben? Der mundet mir ausgezeichnet. So süffig und nicht so sauer wie der …«

Er fängt meinen Blick auf, der sagt: »Jetzt ist nicht der richtige Augenblick für ein Wunschkonzert.« Er versteht, greift nach dem Apfelwein und stellt ihn mit spitzen Fingern vor sich auf den Tisch.

»Rudi, gib mir mal deinen Schlüssel«, sage ich auffordernd und strecke dem Wirt meine Hand hin.

Er sieht mich fragend an.

»Ich glaube nicht, dass du heute öffnen wirst, noch brauchen wir hier jetzt das halbe Dorf, damit alle Neuigkeiten gleich die Runde machen, oder?«

Rudi nickt und legt mir seinen Schlüsselbund in die Hand.

»Baumann, das können Sie übernehmen«, weist Kommissar Loch einen der beiden Polizisten an, der mir den Schlüsselbund aus der Hand nimmt, dankbar, endlich auch etwas Sinnvolles tun zu können.

Egon nimmt einen großen Schluck und fährt fort: »Ich wollte Rudi wirklich nicht hintergehen. Er ist mein bester Freund, und ich war der Einzige, der von der Sache wusste. Aber Carla hat es so geschickt angestellt, mich auszuhorchen. Irgendwie hat sie es gedreht, dass ich das Gefühl hatte, dass sie sowieso schon alles wusste.«

»Und so haben Sie die Affäre ausgeplaudert«, resümiert Kommissar Loch.

»Wenn es nur das gewesen wäre«, sprudelt es aus Rudi heraus.

»Wo ich konnte, habe ich monatlich ein bisschen Geld zur Seite gelegt, damit Sabine und ich in zwei Jahren ein kleines Polster für den Neustart gehabt hätten. Betty gab sich mit meinen Erklärungen für die fehlenden Beträge immer zufrieden, außerdem konnte ich ein bisschen was an den Büchern vorbei machen. Und in den Laden habe ich nur das Nötigste gesteckt.«

»Deshalb auch noch die Zettelwirtschaft«, sage ich, und Rudi nickt.

»Investiert hab ich nur in das, was wirklich sein musste. Über die Jahre konnten wir uns so ein hübsches Sümmchen ansparen.«

»Heißt: wie viel genau?«, fragt der Kommissar.

Rudi schluckt, zögert einen Moment und sagt dann: »150.000 Euro.«

Ein anerkennendes Pfeifen entfährt Georg Schneiders Lippen.

Egon nickt wieder betrübt.

»Ja, und auch das hat Carla aus mir

rausbekommen.«

Er nimmt erneut einen großen Schluck.

»Vater, mach langsam«, ermahnt ihn Micha. »Davon wird's jetzt auch nicht besser.«

Langsam stellt Egon sein Glas vor sich hin und nickt bedächtig.

Für einen Augenblick herrscht Stille, niemand sagt ein Wort.

Dann durchbricht Kommissar Loch das Schweigen und sagt in die Stille: »Warum musste Carla Zimmermann sterben?«

Die Frage steht für einen Moment im Raum, da ist es Sabine, die anfängt zu erklären.

»Direkt nach der Kerb begann Carla, uns zu erpressen. Sie drohte damit, Betty alles zu erzählen – von dem Geld und von uns. Dann wären die ganzen Jahre umsonst gewesen.«

»Was wollte Frau Zimmermann von Ihnen?«, hakt der Kommissar nach.

»Nichts«, sagt Sabine, und im Pfeifen des Privatdetektivs ist ein Fragezeichen zu hören.

»Nichts?«, fragt der Kommissar überrascht. »Womit konnte sie Sie dann erpressen?«

»Dieses Mal ging es Carla nicht ums Geld. Davon hatte sie an sich genug, denn sie hatte einige Quellen, die sie angezapft hatte. Sie verdiente besser an ihren Gerüchten als an ihrem Laden. Und sie war der Typ, der den Hals nicht vollkriegen konnte. Erst vor ein paar Wochen hatte sie damit getönt, dass sie den Kontakt mit ihrer reichen Schwester aus Amerika wieder aufnehmen wolle – uns war gleich klar, zu welchem Zweck.«

Und an Trudy gewandt sagt Sabine: »Bestimmt

hätte sie auch bei Ihnen eine Leiche im Keller gefunden!«

Trudy schüttelt traurig den Kopf:

»Ich kann net glaube, dass this the truth is. Yes, sie war e Funzel, aber ich hope, dass der Rest e lie ist.«

Der Kommissar ergreift wieder das Wort: »Aber wenn Geld nicht das Motiv war, was wollte Sie dann von Ihnen?«

Sabine lacht bitter auf.

»Dieses Mal hätte sie Spaß daran gehabt, einfach alles auffliegen zu lassen.«

»Aber warum?« Jetzt bin ich es, die noch einmal nachhakt.

Sabine sieht Rudi gequält an, dessen Gesichtsfarbe daraufhin in ein sattes Dunkelrot wechselt.

»Also, ich …«, bringt er stotternd hervor. »Also, ich hatte vor Jahren mal was mit Carla.« Und beeilt sich hinterherzuschieben: »Bevor ich mich in Sabine verliebt habe!«

Sabine seufzt und fügt erklärend hinzu: »Sehr kurz bevor du dich in mich verliebt hast. Im Grunde hat Rudi Carla für mich verlassen. Das hat sie wohl nie verwunden. Sie wusste, dass sich Rudi in eine andere Frau verliebt hatte, aber nicht, in wen. Auch aus diesem Grund hielten wir unsere Beziehung immer geheim – mir war klar, dass Carla austicken würde, wenn sie davon erfahren würde.«

»Aber dann haben Sie Ihre Frau doch bereits mit Carla betrogen«, hakt der Kommissar bei Rudi nach.

»Warum hat sie dieses Verhältnis nicht schon für

die Erpressung benutzt?«

Rudi zuckt mit den Schultern.

»Ich glaube, sie selbst wollte nicht zum Dorfgespräch werden. Außerdem hätte sie keine Beweise gehabt. Und …« Er stockt kurz.

»Betty hätte nie geglaubt, dass ich ausgerechnet was mit Carla angefangen hätte …«

Und fügt noch hinzu: »Carla war nicht dumm, sie konnte die Risiken gut einschätzen: Wenn Aussage gegen Aussage gestanden hätte, hätte meine Frau mir wahrscheinlich eher geglaubt als Carla.«

»Aber dann hat sie Ihre Affäre mit Sabine herausgefunden«, stellt Micha fest und hält dabei Doris im Arm, die sich an ihn schmiegt und ihn aus seiner Achselhöhle heraus anhimmelt. Ihr aufschauender Blick sagt: »Mein Held!«, und ich muss zweimal hinsehen, ob ihr vor Begeisterung nicht sogar etwas Sabber aus dem Mund läuft.

Sabine und Rudi nicken. Rudi fährt fort: »Sie drohte damit, pünktlich zum Straßenfest alles öffentlich zu machen. Deshalb wollte ich vorher noch einmal mit ihr reden.«

»Einen Versuch war es wert: Wir wollten ihr etwas von dem Geld anbieten«, unterbricht Sabine ihren Geliebten und erklärt weiter: »Eigentlich war an dem Tag nur Rudi mit Carla verabredet, aber ich wollte ihn nicht allein gehen lassen. Ich schnappte mir eine Flasche Wein, und wir sind zu ihr gefahren.«

»Aber Carla trank doch gar keinen Alkohol«, sage ich verwundert.

Sabine nickt.

»Da hast du recht. Aber ich habe in diesem

Moment gar nicht daran gedacht und vielleicht sogar gehofft, dass wir alles bei einem Glas Wein regeln könnten.«

»Und offenbar haben Sie den Wein auch getrunken, denn wir haben in der Küche von Frau Zimmermann zwei gespülte Weingläser gefunden.«

Sabine nickt erneut.

»Sie war erst ganz freundlich. Hat sich für den Wein bedankt, ihn gleich geöffnet und Rudi und mir ein Glas eingeschenkt. Ich habe das erste Glas ziemlich schnell runtergestürzt, so nervös war ich. Mein Fehler war, dass ich die Tage zuvor kaum etwas gegessen habe, meine Kehle war wie zugeschnürt. Der Alkohol schoss mir direkt ins Blut und in den Kopf – es war ja auch noch nicht einmal Mittag. Mit Engelszungen begann ich auf Carla einzureden, dass sie doch um unseretwillen den Mund halten soll. Aber sie ließ sich nicht erweichen, wollte nur noch mehr Details wissen. Ich glaube, es hat ihr noch eine zusätzliche Befriedigung verschafft, mich so betteln zu sehen. Und dann … dann …«

Sabine schlägt schluchzend die Hände vor ihr Gesicht.

Rudi nimmt sie liebevoll in den Arm und greift ihren Erzählfaden auf: »Die Wut, die Verzweiflung und der Alkohol … Plötzlich stürzte sich Sabine auf Carla, legte ihr die Hände um den Hals und hat zugedrückt. Erst war ich total perplex, dann habe ich ihr geholfen. Die Möglichkeit, dass damit der Albtraum ein Ende hat, war einfach zu verlockend. Ich habe meine Hände auf Sabines Handgelenke gepresst und damit den Druck ihrer Hände um Carlas Hals noch verstärkt. Alles ging so schnell, und dann lag sie da und atmete nicht mehr. Geistesgegenwärtig spülten wir noch die Weingläser ab, haben Carla in den Garten geschleppt, damit sie nicht so schnell gefunden wird, und sind dann durch den Garten unbemerkt abgehauen.«

Rudi schüttelt bedauernd den Kopf.

»Ich weiß wirklich nicht, was da über uns gekommen ist. Es war eine Kurzschlusshandlung, und wenn wir könnten, würden wir alles rückgängig machen. Aber mit dieser Schuld müssen wir nun für immer leben.«

»What about the DNA?«, schaltet sich nun Trudy ein.

»Wir haben natürlich DNA-Spuren sichergestellt«, erklärt Kommissar Loch.

»Aber wenn noch kein Vergleichsmaterial in unserer Datei gespeichert ist – wir es also mit Ersttätern zu tun haben -, bringen uns diese Spuren erst einmal nicht weiter.«

»Und warum habt ihr dann noch Doris entführt?«, frage ich Sabine. Ich kann es immer noch nicht glauben, dass die beiden Carla auf dem Gewissen haben sollen.

Sabine schaut mich ruhig an und sagt: »Wir wollten Doris ja gar nicht entführen. Eigentlich …« Sie stockt. »Eigentlich wollten wir mit dir sprechen.«

Ich ziehe erstaunt eine Augenbraue hoch.

»Mit mir?«

»Ja, mit dir, Lissie. Deshalb haben wir dich angerufen – es konnte ja niemand ahnen, dass du die arme Doris mitschleppst.«

Sie sagt es fast etwas vorwurfsvoll. So, als wäre

ich schuld, dass sie Doris quasi entführen mussten.

»Das hättest du aber wirklich einfacher haben können! Ich war ja sogar an einem Abend hier in der Kneipe«, rechtfertige ich mich.

Sabine seufzt.

»Da wollte ich ja schon mit dir reden, um zu hören, was du alles weißt. So, wie du an dem Abend Egon und Rudi über Carla ausgefragt hast ... Und Egon auch schon wieder mehr gesagt hat, als notwendig war.«

Egon schaut unter sich und sagt nichts.

»Ich wollte dich auf dem Nachhauseweg abpassen, und fast wäre es mir auch gelungen, da ist dieser Möchtegerndetektiv aufgetaucht!«

Sabine nickt abfällig Richtung Georg Schneider, der diese Geste mit einem etwas übertrieben entrüsteten »Ich darf doch wohl sehr bitten!« kontert.

»Dann hast du mich also auf dem Heimweg verfolgt!«, stelle ich fest, und Sabine und Rudi nicken.

»Wir wollten wissen, wie viel du weißt und ob Carla vielleicht schon Andeutungen gemacht hatte«, sagt Rudi, und Egon fährt fort: »Als Sabine dich aber nicht erwischt hatte, haben wir uns noch einmal beratschlagt und entschieden, dass es vielleicht besser sei, wenn erst einmal ich mit dir rede. Falls du gar nichts von der Sache mitbekommen hättest, hättest du auch nichts von der Sache zwischen Rudi und Sabine wissen müssen. Aber dann ...«

»... dann stand Doris plötzlich in der Grillhütte vor dir«, vollende ich seinen Satz.

Schuldbewusst zieht Egon die Schultern hoch und macht eine entschuldigende Geste.

»Ich wusste nicht, was ich machen sollte. Für den Notfall hatte ich das Tuch mit Chloroform dabei, und das habe ich dann Doris einfach unter die Nase gehalten. Das war eine … Kurzschlussreaktion.«

»Dieses Dorf braucht dringend einen guten Elektriker … bei den ganzen Kurzschlussreaktionen …«, murmelt Kommissar Loch.

»Aber Egon hat mich wirklich gut behandelt«, säuselt Doris fast entschuldigend Richtung Micha und Kommissar Loch.

»Bitte bestrafen Sie ihn nicht zu hart!«

Kommissar Loch hebt die Schultern: »Das habe ich nicht zu entscheiden.« Und dann an Egon gewandt: »Wir haben das Handy von Frau Gundlach aber tatsächlich in Nizza geortet. Wie ist es denn dorthin gekommen?«

Da schaltet sich Micha ein: »Du hast es doch nicht etwa ans Mariechen geschickt!«

»Wer ist das Mariechen?«, fragt Doris, und es schwingt ein leichter Eifersuchts-Unterton mit.

Micha sieht in Doris' fragendes Gesicht.

»Sag bloß, du kennst unsere ehemalige Verkäuferin, das Mariechen, nicht mehr?

»Natürlich!«, ruft Doris aus, schlägt sich mit der Hand an die Stirn und erklärt der Runde: »Sie hat sich vor Kurzem ihren Lebenstraum erfüllt und ist nach Südfrankreich ausgewandert. In irgendein kleines Dorf in der Nähe von Nizza.«

Egon nickt und erklärt: »Ich habe das Handy ausgeschaltet, nachdem Doris' die SMS an ihre Eltern geschrieben hat, es in einen Umschlag gesteckt und an die Adresse vom Mariechen geschickt – natürlich ohne Absender. Ich dachte mir, das macht die SMS glaubwürdiger und wenn einer nichts mit einem Handy anfangen kann, dann das Mariechen. Bestimmt hat sie es inzwischen sogar weggeworfen.«

Kommissar Loch hakt noch einmal nach: »Wie lange hätten Sie die Entführung denn noch durchziehen wollen?«

Egon zuckt erneut hilflos mit den Schultern. »Ehrlich gesagt: Ich habe keine Ahnung. Wir wollten erst einmal das Straßenfest abwarten und schauen, ob irgendetwas rauskommt. Wenn sich Gerüchte und Neuigkeiten nicht während dieses Wochenendes verbreiten, wann dann. Danach wollten wir in Ruhe mit Doris sprechen und ihr alles erklären, in der Hoffnung, dass sie es verstanden hätte.«

Egons Blick ist dem eines begossenen Pudels mehr als würdig.

»Ach, Egon!« Doris streichelt dem Metzger über den behaarten Arm. »Hättest du doch gleich mit mir gesprochen. Wir hätten das sicher klären können.«

Kommissar Loch räuspert sich. »Ich muss Sie drei bitten, mich aufs Präsidium zu begleiten. Baumann, Pütsch: Nehmen Sie die Herrschaften mit zum Einsatzwagen. Können wir auf Handschellen verzichten?«

Rudi, Sabine und Egon nicken dankbar und lassen sich von den beiden Beamten widerstandslos abführen.

»Ich möchte Sie alle bitten, morgen auch noch einmal aufs Präsidium zu kommen und ihre Aussagen zu Protokoll zu geben. Ort und

Dienstzimmer finden Sie auf meiner Karte.« Der Kommissar zückt seine Visitenkarten und verteilt sie an alle Anwesenden. Er nickt jedem in der Runde zu, dabei sieht er mir fest und einen Moment länger als den anderen in die Augen.

»Ich glaube, ich muss mich bei Ihnen entschuldigen, Frau Sommer. Mit der Entführung Ihrer Freundin haben Sie recht behalten. Es tut mir leid, dass ich Ihnen nicht geglaubt habe. Aber …« Er zögert einen Augenblick, bevor er sagt: »Ich habe schließlich nicht jeden Tag mit einer leibhaftigen Miss Marple zu tun.«

Dabei zuckt ihm ein kleines Lächeln um seine Mundwinkel. Und ich habe das Gefühl, dass es nicht das letzte Mal ist, dass ich mit Sebastian Loch zu tun haben werde.

Epilog

»Sie wollen was?« Die Stimme meines Chefs überschlägt sich fast in dem Reisebüro, für das ich arbeite,.

»Ich kündige!« Auch als ich es das zweite Mal ausspreche, überläuft mich ein angenehmer Schauer, und ich weiß, dass ich die richtige Entscheidung getroffen habe.

»Ich habe noch 25 Tage Resturlaub, die ich hiermit nehme. Und den Rest verrechnen wir mit meinen Überstunden. Ich glaube, damit machen Sie einen guten Schnitt.«

»Aber die Urlaubssaison beginnt! Wo soll ich denn so schnell Ersatz für Sie herbekommen? Frau Sommer! Das können Sie nicht machen!«

»Sie sehen ja, dass ich es kann. Ich melde mich bei Ihnen wegen meiner Papiere!«

Ich lege den Hörer auf, und mein Grinsen reicht von einem Ohr zum anderen.

Meine Mutter sieht mich an und runzelt die Stirn.

»Kind, ich weiß immer noch nicht, ob das wirklich eine gute Idee war. Da hattest du doch einen sicheren Job. Und jetzt? Willst du wirklich Rudis Kneipe übernehmen?«, fragt sie mich und legt den Kopf schief.

Ich nicke bestimmt und sehe ihr fest in die Augen.

»Ja, Mama, das will ich wirklich!«

»Hm …« Sie überlegt kurz, dann startet sie einen letzten Versuch: »Du weißt aber schon, dass die

Betty auch keine Einfache ist.«

Ich lege meiner Mutter beruhigend die Hand auf die Schulter.

»Mit Betty komme ich schon klar. Ich denke, sie ist mir dankbar, dass wir alles aufgedeckt haben. Das Angebot, das sie mir gemacht hat, ist wirklich fair: einen Pachtvertrag für zwei Jahre und dann die Option, den Laden zu kaufen. Wenn ich es bis dahin nicht geschafft habe, muss ich mir so oder so Gedanken über die Zukunft machen.«

Mein Vater kommt mit drei Gläsern Sekt aus der Küche, drückt meiner Mutter und mir jeweils eins in die Hand. Wir prosten uns zu, und mein Vater sagt:

»Na dann: Auf zu neuen Ufern!«

ENDE

Danke!

Danke – meiner kritischen Mama, die den Ehrgeiz in mir nie hat abreißen lassen, das Buch – obwohl ihrer Meinung nach »brotlose Kunst« – fertig zu schreiben.

Danke – meinem Papa, der mit der Sammlung meiner bereits geschriebenen Werke auch plastisch gezeigt hat, dass das Schreiben ein wichtiger Teil meines Lebens ist.

Danke – allen Freunden, die ich mit einer Leseprobe »angefixt« habe und die kontinuierlich nach der Fortsetzung geschrien haben.

Danke – allen Freunden, die noch nichts gelesen haben und mich dennoch angespornt haben, das Buch fertigzustellen.

Danke – an Charly für die Polizei-Insider-Tipps und an seine liebe Dagmar für die lustigen Stunden.

Danke – an den Ullstein-Verlag für eine tolle Chance und den netten Support!

Danke – dem Scheiß-Krebs, der mich endlich hat anfangen lassen.

Die Geschichte ist frei erfunden. Ähnlichkeiten mit lebenden oder toten Personen sowie Orten und Städten sind rein zufällig!

Liebe Leserinnen und Leser,

ich freue mich, dass Sie „Ausgeplappert - Lissie Sommers erste Leiche" gelesen haben, und ich hoffe, Sie hatten so viel Spaß beim Lesen wie ich beim Schreiben!

- Meine bislang erschienenen Bücher finden Sie hier: liebe-geht-durch-den-magen.de
- Auf meiner Facebook-Seite http://www.facebook.com/KatrinSchoenAutorin teile ich regelmäßig Neuigkeiten und auch Textausschnitte mit meinen Lesern. Ich würde mich freuen, Sie dort wiederzutreffen!
- Auch auf Twitter und Instagram führe ich gern Gespräche mit meinen LeserInnen. Dort findet man mich unter: twitter.com/KatrinSchoen und Instagram: katrinschek
- Rezensionen sind für AutorInnen ein wichtiges Feedback und auch für LeserInnen sehr hilfreich bei der Wahl ihres nächsten Buches. Wenn Sie Ihren Eindruck von meinem Buch zusammenfassen und mit anderen teilen, freue ich mich sehr. Ob positiv oder negativ spielt keine Rolle – ich freue mich über jede Rückmeldung!

Oder aber: Wenn Sie Lust auf neuen Lesestoff haben, blättern Sie um! Auf der nächsten Seite finden Sie die Leseprobe von meinem zweiten Buch. Weiterhin viel Freude beim Stöbern und Lesen!

Sonnige Grüße

Ihre Katrin Schön

Leseprobe

„Ausgeschifft –

Lissie Sommer ermittelt wieder"

O du Fröhliche

»Lissie, du siehst echt geschafft aus! Gegen deine Augenränder hilft keine Creme mehr. Du brauchst dringend Urlaub!«

Es ist kurz nach fünf an einem trüben Novembertag, ich habe gerade die Türen des »Grünen Kränzchen« aufgeschlossen und die Außenbeleuchtung eingeschaltet. Doris ist gerade hereingeschneit – wortwörtlich, denn zusammen mit ihrem neu gewonnenen Selbstbewusstsein hat sie auch eine kleine Schneewehe mit in den Gastraum gebracht. Der Winter kündigt sich mit aller Macht an.

Dass ihre Therapie bei Dr. Tiefenbruch für ein »neues Selbstbewusstsein« langfristig angeschlagen hat, merkt man auch an ihrer neuerdings allzu direkten Ehrlichkeit. Mein Unterbewusstsein weiß, dass ich wahrscheinlich so aussehe, wie ich mich fühle: Geschafft und urlaubsreif. Aber es so offen ins Gesicht geschmettert zu bekommen, hilft nicht gerade, die letzten Kräfte für das anstehende Weihnachtsgeschäft zu mobilisieren.

Das vergangene halbe Jahr war aber auch kein

Zuckerschlecken, obwohl ich es mir so – und zwar genau so – ausgesucht hatte. Aber wie das mit dem Übereinanderlegen von Theorie und Praxis so ist: Abweichungen sind Programm. Im letzten Sommer hatte ich mich mit Betty auf einen Pachtvertrag geeinigt, das Grüne Kränzchen übernommen, und meinen Job im Kölner Reisebüro geschmissen. Meine Freunde im Rheinland staunten nicht schlecht, als ich verkündete, nun Wirtin einer Apfelwein-Kneipe in Hessen werden zu wollen, und meinen Plan direkt umsetzte, indem ich meine Kölner Wohnung vermietete und mir im Gegenzug eine Bleibe in Traunbach suchte. Meine Mutter startete noch einen kurzen Versuch, mich überreden zu wollen, wieder zu Hause einzuziehen. Aber mein Vater intervenierte mit dem schönen Ausspruch: »Also ich freu mich ja immer, wenn sie kommt. Aber ich freu mich auch immer, wenn sie wieder fährt …« Auch ich hatte nicht eine Minute daran gedacht, wieder im elterlichen Kinderzimmer Zuflucht zu finden. Schon wegen der Vorstellung, dass meine Mutter kommende potentielle Löcher in meinen Hosen mit weiteren Helden meiner Kindheit flicken könnte. Denn auf meiner Sommerhose prangt seit Mai ein Pumuckl und seitdem liegt sie ungenutzt im Schrank. »Für daheim oder wenn du mal streichen musst, ist die noch gut«, meinte meine Mama. Naja.

Glück für mich, dass sich der Traunbacher Wohnungsmarkt entspannter darstellte, als der einer Großstadt – innerhalb von zwei Wochen hatte ich eine neue Bleibe gefunden. Zwei Zimmer, Wohnküche, Balkon – mehr brauchte es nicht, denn ich war mir bewusst, dass mit der Übernahme der Apfelwein-Kneipe jede Menge Arbeit auf mich zukommen würde. Die Miete würde ich so oder so nicht abwohnen.

Dass der Ansturm aber dermaßen groß sein würde, hatte selbst ich unterschätzt. Zwar blieben einige Einheimische dem Lokal erst einmal fern (als würde man jetzt hier täglich Gefahr laufen, in ein Verbrechen verwickelt zu werden), andere trieb die Neugier aber erst recht in die Gaststätte, um Details der Geschichte rund um den Mord an Carla zu erfahren.

Carla war eine gute Bekannte meiner Mutter – leider aber auch die größte Klatschbase von Traunbach, was ihr letztendlich zum Verhängnis wurde. Und hier, im Grünen Kränzchen, stellte sich heraus, wer für ihren Tod verantwortlich war. Auch deshalb wollten wohl viele einfach mal sehen, welche Leute jetzt im Grünen Kränzchen »verkehren«. Und natürlich waren sie neugierig auf mich, dem »Traunbacher Mädchen«, das aus der Großstadt in die hessische Idylle zurückgekehrt war, nachdem sie zuvor einen Mord aufgeklärt hatte. Die Publicity machte den Rummel durch die Berichterstattung perfekt. Lokalblatt, Regionalradio und sogar die Hessenschau berichtete live und vor Ort von den mörderischen Ereignissen in Traunbach.

Nein, ich konnte mich über mangelnde Gäste wahrlich nicht beschweren. In den ersten Wochen waren wir auf Tage ausgebucht. Die Angestellten hielten mir und dem Grünen Kränzchen die Treue und so konnte sich auch meine Verpächterin Betty über einen nahtlosen Geldeingang auf ihrem Konto durch ihre neue Pächterin freuen.

Umzug, neuer Job, Selbstständigkeit – jetzt, da ich

vor Doris sitze, merke ich, wie kaputt ich mich in der Tat fühle, und lasse merklich die Schultern hängen.

»Jetzt lass nicht direkt die Schultern hängen«, versucht mich Doris trotz Selbstwusstseins-Ehrlichkeitsschub dann doch zu trösten.

»Ich meine es ernst: Wie wäre es denn mit Urlaub?«

Urlaub … Das Wort dringt langsam in meinen Kopf und bahnt sich seinen Weg direkt ins Belohnungszentrum in meinem Gehirn. Ich schließe die Augen.

»Urlaub«, murmle ich, und vor meinem inneren Auge ziehen Bilder von Palmen auf, die auf einem weißen Sandstrand stehen. An der Bar steht ein Cocktail für mich bereit – natürlich mit einem bunten Schirmchen und einer Portion Obst am Rand. Aus der Ferne erklingt »Aloha heee« und ein knackiger hawaiianischer Eingeborener mit starken Armen und einem gewinnenden Lächeln, das zu allem einlädt, was Frau sich wünscht, will mir gerade einen Blumenkranz über den Kopf werfen, als mich eine schrille Stimme mit hessischer Klangfarbe laut und jäh aus meinem Tagtraum reißt:

»Ei, Lissie, biste am Schlafen? Wo dürfe mir denn hin?«

Ich öffne die Augen und sehe in das rosige Gesicht von Frau Kraft, Chefin unserer hiesigen Metzgerei, und Mutter von Doris' Exfreund Micha. Denn lange hielt die frische Liebe leider nicht. So heftig die beiden sich Knall auf Fall verliebt hatten, so schnell hatte sich die Liebe auch wieder abgekühlt. Metzger Egon Kraft, der ebenfalls in den Mordfall verwickelt war, ist mit einer Bewährungsstrafe davongekommen und überlässt jetzt meist seiner Frau das gesellschaftliche Leben, die es sichtlich genießt, nun endgültig die Hosen im Hause Kraft anzuhaben.

»Guten Abend, Frau Kraft«, sage ich freundlich, aber so erschöpft, als würde das Abendgeschäft nicht erst beginnen, sondern sich schon dem Ende neigen.

»Tisch fünf dort in der Ecke. Ist Ihnen der recht?«

Frau Kraft strahlt mich erst an – ich weiß ja inzwischen, dass die Metzgersfrau und ihr kartenspielendes Damenkränzchen Tisch fünf am liebsten mögen –, dann kräuselt sie ihre Stirn und sieht mich besorgt an:

»Kindchen, du siehst aber nicht gut aus. Du solltest auch mal ausspannen!«

Bevor ich das tue, muss ich ein ernstes Gespräch mit meiner Douglas-Fachverkäuferin führen, ob der von ihr empfohlene Concealer noch das Kosmetikum der Wahl ist, um meine Augenringe adäquat abzudecken. Wahrscheinlich kommt nach Concealer direkt: Schönheits-OP. Dann vielleicht doch erst mal Urlaub, bevor ich zu solch drastischen Mitteln greifen muss.

Frau Kraft nickt Doris, ihrer Exschwiegertochter in spe, noch kurz und etwas frostig zu, und lässt sich dann auf die Bank an Tisch fünf fallen. Für Mutter Kraft gibt es keinen, gar keinen, also überhaupt keinen Grund, warum man einem ihrer vier Söhne den Laufpass geben sollte. Das wird sie Doris ewig übel nehmen.

Ich wende mich wieder meiner Freundin zu, die gerade den letzten Schluck ihres Apfelweins austrinkt und sich anschickt, ihren

Dämmerschoppen bei mir zu beenden.

»Hast du eigentlich mal wieder was von Micha gehört?«, frage ich sie noch, als wir beide uns von unseren Stühlen erheben – ich, um die letzten Vorbereitungen für den Abendservice zu treffen, Doris, um sich auf die heimische Couch zu werfen.

Ich seufze. Wie gern würde ich heute mit ihr tauschen.

Doris zuckt kurz mit den Schultern.

»Naja, wir schreiben uns ab und zu eine Nachricht bei WhatsApp. Ich glaube, er will nächste Woche zum Weihnachtsmarkt kommen. Aber ich fürchte, er hat es immer noch nicht überwunden, dass ich jetzt mit Logan zusammen bin.«

»Andreas«, korrigiere ich sie. »Du nennst ihn doch wohl nicht auch Logan?«

Doris sieht mich streng an.

»Natürlich nenne ich ihn Logan, Lissie! Ich unterstütze ihn in allem! So, wie Logan und ich das beide in der Therapie von Dr. Tiefenbruch gelernt haben. Und da sein Manager meint, in der Schlagerbranche käme Logan bei den Jüngeren einfach ein bisschen cooler rüber als Andreas, dann ist er für mich jetzt eben auch Logan.«

Ich schüttle den Kopf, in dem gerade Johnny Logan – Popstar meiner Kindheit – seinen Hit »Hold me now« anstimmt. Damals, als es noch »Grand Prix Eurovision de la Chanson« und nicht »Eurovision Song Contest« hieß. Ich fürchte, dass das nun immer so sein wird, wenn ich den Namen Logan höre. Immerhin löst das vielleicht meinen Loriot-Buttike-Tick ab. Denn immer, wenn ich das Wort »Boutique« höre, muss ich an Loriots Sketch denken, in dem von der »Herren-Buttike in

Wuppertal« die Rede ist. Und mein Hirn macht dann aus »Boutique« automatisch »Buttike« – so habe ich es geistesabwesend sogar schon ausgesprochen. Peinlich.

Laura, meine neue studentische Aushilfe, tritt an den Tisch von Frau Kraft und ihren Freundinnen, die bereits die Karten für ihre »Riffifi«-Runde ausgeteilt haben, um die Bestellung aufzunehmen.

Reihum bestellen die Damen wahlweise Apfelwein oder Wasser, als schlussendlich Frau Lehmann, ihres Zeichens Frau eines hiesigen Bauunternehmers, dran ist. Jetzt wird sich zeigen, ob Laura zu gebrauchen ist, denn Frau Lehmann ist die ungekrönte Bestellkönigin: »Hach, Kind, mir ist den ganzen Tag schon kalt. Ich brauche was Warmes.

»Wie wäre es mit einem Kaffee?«, schlägt Laura vor.

»Kind! Wo denkst du hin! Dann kann ich die ganze Nacht nicht schlafen!«

»Wir haben auch einen entkoffeinierten ...«, versucht es Laura noch einmal.

»Der schmeckt nicht!«

Wenn die wüsste, denke ich. Denn bei jedem Beerdigungskaffee, der bei mir stattfindet, gibt es ausschließlich entkoffeinierten Kaffee. In allen Kannen. Auch, wenn ich meinen Servicekräften etwas anderes sage. Das ist reiner Selbstschutz. Ein Herzinfarkt bei einem Leichenschmaus aufgrund einer verwechselten Kaffeekanne – das würde mir gerade noch fehlen. Ich muss dann immer leicht grinsen, wenn ich höre, dass der »normale« Kaffee heute aber wieder stark sei.

»Vielleicht möchten Sie einen Kakao?«, fragt

Laura dienstbeflissen.

»Macht der dick?«, fragt Frau Lehmann.

»Natürlich macht der dick«, sagt Laura unverblümt.

Ich nehme ein feuchtes Glas aus dem Spülmaschinenkorb, beginne es trocken zu polieren, und frage mich, wie dieser Dialog ausgehen wird.

»Kindchen, ich möchte etwas, das dünn macht«, sagt Frau Lehmann bestimmt.

»Ähm ... einen Tee?« Laura gibt nicht auf. Bisher schlägt sie sich ganz tapfer.

»Ja, Tee ist gut. Welchen würdest du mir denn empfehlen?«

»Ich mag keinen Tee«, sagt Laura trocken.

Pause. Frau Lehmann ist kurz sprachlos – was nicht oft vorkommt.

»Vielleicht einen schwarzen Tee?«, versucht Laura doch noch eine Bestellung aus Frau Lehmann herauszubekommen.

»Ne, schwarzen Tee kenne ich«, sagt Frau Lehmann und schüttelt den Kopf.

»Wir haben auch einen frischen Pfefferminztee!«

»Ne, ne, kein Pfefferminz. Davon hab ich so viel im Garten! Das wächst ja wie Unkraut! Und Unkraut kommt mir nicht in die Tasse!«

»Ins Glas«, verbessert Laura und ergänzt: »Wir haben Teegläser. Doppelwandig, damit man sie auch heiß anfassen kann.«

Frau Lehmann starrt Laura an wie ein Auto.

Laura startet einen letzten Versuch.

»Rooibos?«

»Ja, Rooibos ist gut. Den trinke ich nicht so oft. Bekommt man ja hier im Lädchen nicht. Glaube ich jedenfalls. Aber nach dieser Sorte hab ich auch noch gar nicht geschaut. Ja, den nehme ich!«

Frau Lehmann gibt tatsächlich auf.

»Mit Vanille oder pur?«, fragt Laura nach.

»Was?«

»Mit Vanille oder pur?«, wiederholt Laura.

»Äh … pur«, sagt Frau Lehmann nun reichlich verdattert.

Laura nickt, notiert und entfernt sich von der Damenrunde.

1:0 für Laura. Meine neue studentische Aushilfskraft hat den Bestellungskampf gegen Frau Lehmann tatsächlich gewonnen. Ich kann sie guten Gewissens einsetzen. Teebestellungen aufnehmen, Stammgäste betüdeln, Gläser polieren: Aber eines ist mir gerade wirklich klar geworden:

Ich brauche dringend Urlaub!

Neues Jahr, neues Glück

»Eine Kreuzfahrt??«, frage ich entgeistert.

Ich bin mir immer noch nicht sicher, ob ich mich verhört habe.

Aber meine Mutter strahlt übers ganze Gesicht. Nein, ich habe mich nicht verhört. Sie meint das ernst. Wir haben in den letzten Tagen darüber gesprochen zu verreisen, aber dass sie jetzt mit einer Kreuzfahrt um die Ecke kommt – das hätte ich selbst ihr nicht zugetraut. Alles begann vor einer Woche:

Je länger ich über das Thema Urlaub nachgedacht hatte, desto mehr war mir klar geworden, dass ich wirklich mal raus musste. Und da sich Anfang Januar nach dem Weihnachtsgeschäft sowieso die Saure-Gurken-Zeit anzubahnen schien, hatte ich beschlossen, Nägel mit Köpfen zu machen, und ein paar Tage in die Sonne zu fahren. Als ich diesen Plan meinen Eltern an meinem freien Montag mitteilte, hatte ich mit viel gerechnet, aber nicht damit: »Weißt du was? Da fahren wir mit!«, erklärte meine Mutter begeistert.

Mir blieb fast das Stück Torte im Hals stecken, das ich gerade genüsslich in meinem Mund abgeladen hatte.

»Mama, ich wollte mich eigentlich erholen ...«, startete ich einen zaghaften Abwehrversuch.

»Ach, du wirst gar nicht merken, dass wir dabei sind!«, wischte meine Mutter meinen Einwand weg, und setzte bestimmt fort: »Dein Vater und ich wollten auch noch mal in die Sonne, damit der

Winter nicht so lang wird. Ich kümmere mich um alles! Wann willst du denn auch noch nach Urlaubsangeboten gucken? Du hast doch so schon keine Zeit für nix. Ich geh mal zur Judith ins Reisebüro. Die sucht uns was Schönes raus! Und weißt du was? Dein Vater und ich wissen eh nicht, was wir dir zu Weihnachten schenken sollen. Dann bekommst du was zur Reise von uns dazu.«

»Aber … Also, ich weiß nicht …«, versuchte ich mich an einem letzten Widerstand, war zu diesem Zeitpunkt aber einfach schon zu urlaubsreif, um meiner Mutter etwas entgegenzusetzen.

Ich seufzte und trank einen Schluck Filterkaffee. Cappuccino und Latte macchiato haben im Haushalt meiner Eltern noch keinen Einzug gehalten.

»Tu mir bitte nur einen Gefallen«, hatte ich meiner Mutter aufgetragen. »Ich brauche irgendwas Entspannendes. Sonne und Sommer! Und ich will mich um nichts kümmern. Also bitte buch' uns keine Nordpolexpedition und keinen Campingausflug.«

»Ach Kind, schwätz nett so ein dummes Zeug!«, sagte meine Mama noch, und mein Vater ergänzte: »Die Mama sucht uns schon was Schönes raus. Und außerdem, Lissie, denk dran: Einem geschenkten Gaul schaut man nicht ins Maul.«

Damit war der Familienurlaub beschlossene Sache.

Jetzt, eine Woche später, sitze ich wieder an der Kaffeetafel meiner Eltern, die sich in den letzten Wochen zu einem schönen Ritual an meinem freien Montag entwickelt hat. Eine Kreuzfahrt? Ich hoffe immer noch, dass ich mich doch verhört habe.

»Das ist ein ganz neues Schiff. Tipptopp!«

Meine Mutter strahlt mich an.

Und wieder muss ich an dem Stück Kuchen, das ich im Mund habe, schwer schlucken. Obwohl es objektiv an dem gar köstlichen Bienenstich rein backtechnisch nichts auszusetzen gibt. Im Gegenteil: Der lockere Kuchenteig ist überzogen von perfekt gerösteten, karamellisierten Mandeln, und umschließt eine zarte Buttercreme, die einfach nur meine Mutter so hinbekommt.

»Du hast uns wirklich eine Kreuzfahrt gebucht?«

Ich fürchte, ich muss es noch ein paarmal hören, damit es mein Verstand endlich begreift.

Meine Mutter zieht das Prospekt hervor, schlägt eine Seite auf und legt es mir neben den Teller mit dem Bienenstich.

»Kind, das musste ich direkt buchen, das war ein Spitzenangebot! Du weißt doch selbst, dass es gerade bei Kreuzfahrten auf den Buchungszeitpunkt ankommt.«

Naja, wie bei den meisten Reisen, denke ich mir, aber ich will mit meiner Mutter jetzt nicht die Reisebranche diskutieren, denn ich bin froh, dass dieses Kapitel meiner Arbeitswelt hinter mir liegt.

Trotzdem muss ich noch eine Sache klären.

»Du hast uns aber keine Drei-Bett-Kabine gebucht?«

Ich habe ein bisschen Angst vor der Antwort, aber meine Mutter schüttelt entrüstet den Kopf.

»Lissie, wir haben zwei Kabinen gebucht. Eine Doppelbalkon-Kabine für uns und eine Einzelkabine – ebenfalls mit Balkon – für dich«, erklärt meine Mutter stolz und mein Vater ergänzt grinsend: »Wir wollen dich auch nicht bei allem dabei haben, Kind. Du weißt ja: Wenn auch auf den Bergen schon Schnee liegt, so kann doch im Tal noch Frühling sein.«

Ich schließe kurz die Augen und denke: Too much information, Papa, too much information. Die dazugehörigen Bilder habe ich jetzt für immer in meinem Kopf. Es gibt einfach Dinge, die man von seinen Eltern nicht wissen will, auch wenn einem der Verstand sagt, dass man selbst nicht durch Blümchen und Bienchen auf die Welt gekommen ist.

Ich atme einmal tief durch und starte einen letzten Versuch, der Schiffs-Kaffeefahrt doch noch zu entkommen.

»Du hast mir eine Einzelkabine gebucht? Weißt du, was die kostet? Die ist für eine Kreuzfahrt doch quasi unbezahlbar!«

Meine Mutter sieht mich mit einem überlegenen Blick an, den nur Mütter drauf haben und sagt: »Natürlich weiß ich, was sie gekostet hat. Wir haben sie ja schließlich bezahlt.«

Sie lässt den Satz kurz bedeutungsschwanger im Raum stehen, und ich bereue schon, dass ich meinen letzten Rest Stolz an die Bezahlung dieses Urlaubs abgegeben habe.

»Aber mach dir mal keine Gedanken. Ich hab doch gesagt, dass die Judith ein echtes Schnäppchen für uns gefunden hat, quasi einen Restposten.«

Das wird ja immer besser: Per Resterampe zur See.

Meine Mutter liest mal wieder meine Gedanken und sagt:

»Offenbar ist da jemand abgesprungen und

deshalb war das so günstig. Das Schiff ist wirklich ganz neu und kein alter Kahn! Das siehst du doch!«

Sie tippt mit dem Zeigefinger auf das Prospekt.

»Außerdem klingt die Tour sehr gut: Zehn Tage Kanaren und Marokko!«

Ich muss anerkennen, dass sich das wirklich nicht schlecht anhört – nach der richtigen Mischung aus Relaxen, schönen Städten, gutem Essen und etwas Luxus. Jetzt schaue ich mir das Prospekt genauer an und muss zugeben, dass ich beginne, an dem Gedanken Gefallen zu finden. In meiner Zeit im Reisebüro habe ich die Testfahrten immer meiner Kollegin überlassen, da mich das Thema Kreuzfahrt nicht so recht begeistern konnte. Zudem wollte ich meine Vorurteile weiter pflegen können: Kreuzfahrten sind was für alte, reiche Leute. Da aber das Angebot und die Zahl der neugebauten Schiffe rasant zunehmen, buchen offenbar auch immer mehr »normale« Leute so eine Reise. Und wenn hier jemand normal ist, dann ist das die Familie Sommer. Obwohl …

»Also gut«, sage ich zustimmend. »Wann geht's los?«

»Am 5 Januar bringt uns der Flieger von Frankfurt nach Gran Canaria!« Meine Mutter klatscht vor Begeisterung in die Hände und wirft dabei ihre Kaffeetasse um.

Während sie und ich hektisch versuchen, den Fleck auf der guten weißen Damasttischdecke so klein wie möglich zu halten, schiebt sich mein Vater entspannt den letzten Rest seines Stücks Bienenstich in den Mund und kommentiert kauend:

»Keine Begeisterung sollte größer sein, als die nüchterne Leidenschaft zur praktischen Vernunft.«

Meine Mutter hält in ihrem Wischen inne und sieht meinen Vater fragend an.

»Helmut Schmidt«, sagt mein Vater trocken.

Ich bin beeindruckt – er erweitert sein Zitate-Repertoire offenbar stetig.

Als wolle das Schicksal sicher sein, dass ich nicht als Pleitegeier von meiner Luxus-Schiffstour zurückkehre, reiht sich bis zu den Feiertagen eine Weihnachtsfeier an die andere. Die Hütte ist voll und das Geschäft brummt. So freue ich mich nicht nur auf Meer und Sonne, sondern vor allem auf leichte Mittelmeerkost und »normale« Musik – ich kann keine Weihnachtsgans mehr sehen und Last Christmas nicht mehr hören.

Zu allem Überfluss ist heute und morgen auch noch Weihnachtsmarkt in Traunbach. Sobald alle kalte Füße haben, verlassen sie die festlich geschmückten Höfe, um entweder nach Hause zu gehen – das sind die, die noch halbwegs nüchtern sind –, oder sich im Grünen Kränzchen aufzuwärmen – das sind die, die »keinen Heimgang finden«, wie meine Oma gesagt hätte. Obwohl man doch nach Hause gehen soll, »wenn's am Schönsten ist« – wie es mein Papa kommentieren würde.

Die Tür fliegt auf und eine Gruppe offensichtlich gut beschwipster Kerle betritt lautstark die Gaststube. Ich seufze, denn ich sehe meinen Feierabend auch heute wieder in weite Ferne rücken, aber dann sehe ich etwas anderes, beziehungsweise jemand anderen: Micha. Was macht der denn hier? Ach ja, ich erinnere mich, dass Doris vor kurzem sagte, dass Micha vorhat, zum Weihnachtsmarkt zu kommen.

»Lissssiiiieeeee«, schreit er mir jetzt entgegen. Sein Arm liegt über Carstens Schulter – ich wusste gar nicht, dass die sich kennen – und ich kann noch nicht deuten, wer hier wen stützt. Carsten gehört zu einer größeren Clique aus unserem Dorf, deren Mitglieder alle ungefähr im gleichen Alter und zusammen aufgewachsen sind – das, was man früher die Dorfjugend nannte. Die, die aus Traunbach nicht herausgekommen sind, treffen sich an Festivitäten wie Straßenfest und Weihnachtsmarkt regelmäßig mit denen, die irgendwo in der Welt verstreut sind. Und meist wird es feucht-fröhlich. Auch heute waren eindeutig schon jede Menge alkoholischer, pseudo-wärmender Getränke im Spiel.

Ich setze mein herzlichstes Wirtinnen-Lächeln auf.

»Micha! Schau an! Bist du extra wegen unseres schönen Weihnachtsmarkts nach Traunbach gekommen?«

Er grinst mich schelmisch an, hebt belehrend den Zeigefinger und lallt:

»Und wegen den hübschen hessischen Mädchen!« Er zwinkert mir vielsagend zu.

»Ja, ja, is' klar. Na, was wollt ihr trinken, Männer? Wasser?«, frage ich in die Runde.

Das Lachen ist ohrenbetäubend.

Ich lache mit und beginne schon mal, ein paar Bier anzuzapfen. Auch, wenn wir in einer Apfelweingegend zu Hause sind: Nach heißem Apfelwein, Glühwein oder Punsch, sehnt sich die männliche Leber erfahrungsgemäß nach einem kalten Bier.

Micha sieht mich anerkennend an und nickt:

»Lissie, du weißt, was Männer wollen!«

Er zwinkert schon wieder so schelmisch. Was ist denn mit dem los? Eigentlich pflegt Micha seinen »Ich lebe in Berlin und mache was mit Medien«-Habitus. So angeschickert macht er sich heute aber ganz schön locker.

Ich grinse zufrieden. Ja, ich weiß, was Männer wollen – jedenfalls in meiner Kneipe. Und stelle der Runde ihr Bier auf die Theke. Micha nimmt sein Glas und trinkt, ohne den Blick von mir abzuwenden. Ich merke, dass ich rot werde, und wende mich schnell wieder den Getränkebestellungen der anderen Gäste zu.

Obwohl wir aus dem gleichen Dorf stammen, hatte ich Micha erst im Mai mehr oder weniger durch Zufall bei einem Blind Date kennengelernt. Aber so richtig gefunkt hatte es bei unserem ersten Zusammentreffen nicht. Und ein zweites Date wurde obsolet, da noch am gleichen Tag zwischen Micha und Doris der Blitz eingeschlagen hatte. Schade eigentlich, dass meine Freundin mit der Bondgirl-Figur ihn ziemlich bald wieder in den Wind geschossen hat. Neidlos musste ich anerkennen, dass die beiden ein schönes Paar abgegeben hatten. Wahrscheinlich hätte ich den attraktiven Micha auch nicht von der Bettkannte gestoßen. Aber da Freunde von Freundinnen selbstverständlich tabu sind, hatte ich keinen weiteren Gedanken an Micha Kraft verschwendet.

Und jetzt steht er hier angesäuselt vor mir und macht mir plötzlich schöne Augen.

Ich nehme gedankenverloren ein Glas und will schon mal eine weitere Runde anzapfen.

Pfffff … grrrrr … roahhh …

Das Fass ist leer.

»Noch 'ne Runde, Lissie«, ruft Carsten von der Theke in meine Richtung.

»Dauert einen Moment. Ich muss in den Keller, um ein neues Fass anzuzapfen«, sage ich schulterzuckend und verschwinde in den Bierkeller. Ich steige die Treppe hinunter, öffne die Tür zum Getränkekühlraum, hänge das leere Fass ab und steche ein neues an. Zufrieden drehe ich mich um, um wieder nach oben zu laufen, aber Micha verstellt mir den Weg. Er lehnt lässig im Türrahmen und grinst – wie schon den ganzen Abend.

»Na, Frau Wirtin, das hast du aber schon gut drauf.«

»Danke. Muss ja«, sage ich und wische mir eine Strähne aus dem heißen Gesicht. Bierfässer umherziehen ist anstrengend – trotz Kühlhaus. Vielleicht macht mich auch Michas Anwesenheit hier unten etwas nervös.

Micha lehnt noch immer in der Tür und macht keine Anstalten, mich vorbeizulassen.

»Wenn du mich nicht gehen lässt, wird das nichts mit der nächsten Runde Bier«, versuche ich ihn dazu zu bewegen, mich wieder an meinen Zapfhahn zu lassen.

Er sieht mir in die Augen und ich bekomme eine Gänsehaut.

»Ich hab dich schon mal gehen lassen und glaube inzwischen, dass das ein großer Fehler war.«

Ach du meine Güte! Was läuft denn hier für ein Film?

Er versucht, mich an sich zu ziehen, aber ich

drücke ihn sanft weg.

»Micha! Wenn das mit uns was hätte werden sollen, hätte es dann nicht schon beim ersten Date gefunkt?«

Micha zuckt mit den Schultern und rollt ein bisschen mit den Augen. Ne, der Mann ist eindeutig zu betrunken für ernstgemeinte Liebeserklärungen.

Ich lächle und nutze die Gelegenheit, mich jetzt doch an ihm vorbeizudrücken.

»He, Lissie, warte doch mal!«

Er hebt die Hand, macht einen unbeholfenen Schritt, verliert das Gleichgewicht und landet rücklings in einem Stapel leerer Pappkarton-Weinkisten.

Ich lasse Micha kurz in seinem Papphaufen liegen, schließe in Ruhe die Tür zum Bierkühlhaus und helfe ihm dann doch auf, obwohl er bereits einen hilflosen Versuch startet, sich selbst aus dem Kisten-Chaos hochzurappeln.

»Danke«, ächzt er und ich schiebe ihn vor mir die Treppe hoch.

Carsten schaut uns erstaunt an, als wir wieder in den Gastraum kommen.

»He! Wo kommt ihr denn her?«, ruft er laut durch die Kneipe und ein paar Köpfe drehen sich zu uns um.

»Micha hat wohl gedacht, ich könnte kein Bierfass anschließen!«, erkläre ich wie selbstverständlich und jetzt ist es Micha, der eine rote Birne bekommt.

Aber das Wort »Bier« hat bei Carsten alle aufkeimenden Mutmaßungen über unseren Kelleraufenthalt verdrängt und er ruft in gleicher

Lautstärke:

»Dann zeig mal, was das neue Fass hergibt! Wir haben Duuuurst!!«

Pfffff ... grrrrr ... roahhh ...

Und ein frisches, kühles Blondes fließt ins Glas. Es ist nicht das Letzte an diesem Abend.

»Mensch, was war das für ein Jahr! Danke, dass ihr mir alle von Anfang an so toll beigestanden, und dem Grünen Kränzchen die Treue gehalten habt!«

Ich hebe mein Sektglas und proste meiner Mannschaft zu – jedenfalls dem Teil, der mir auch an diesem Silvesterabend zur Seite steht, um noch die letzte gastronomische Schlacht dieses aufregenden Jahres mit mir gemeinsam zu schlagen. Ich nippe am Sekt, er rinnt meine Kehle hinab und wärmt Bauch und Seele, wie es sonst nur ein hochprozentiger Schnaps zu tun vermag. Mit der angenehmen Wärme im Bauch breitet sich ein Gefühl von Stolz in meiner Brust aus. Auf mein Team, aber auch auf mich. Ja, Lissie, heute darfst du dir ruhig auch mal auf die Schulter klopfen. Du hast das Grüne Kränzchen in den letzten Monaten gerockt.

Während ich noch meinen Gedanken nachhänge, öffnet sich die Tür und die ersten Silvestergäste treten ein. Die Weihnachtsdeko haben wir zugunsten von Luftschlangen und Konfetti abgeräumt, ein paar Tische mussten für die Tanzfläche weichen, der DJ steht in den Startlöchern – die Party kann losgehen.

Es dauert nicht lange und das Grüne Kränzchen ist rappelvoll. Die Älteren haben es sich an den wenigen Tischen bequem gemacht, die Jüngeren drängen sich grüppchenweise um die Stehtische oder bevölkern rhythmisch wippend die Tanzfläche. Die Gäste essen, trinken und feiern das Jahr zu Ende.

Mitten im Feiervolk entdecke ich auch Micha, der offenbar nach den Weihnachtsfeiertagen noch ein bisschen Urlaub in seiner alten Heimat drangehängt hat. Ich wundere mich, denn wenn ich in Berlin wohnen würde, wüsste ich, wo an Silvester mehr los ist, als in unserem verschlafenen Städtchen Traunbach.

Er steht bei der gleichen Clique, mit der er schon nach dem Weihnachtsmarkt unterwegs war, und schaut zu mir herüber. Er lächelt, hebt sein Apfelweinglas und prostet mir zu.

Ich lächle zurück und erwidere seinen Gruß mit meinem Sektglas. Eigentlich ist Alkohol während des Dienstes tabu. Darin bin ich konsequent, denn sonst läuft man schnell Gefahr, in seiner eigenen Kneipe zum Alkoholiker zu werden. Wenn ich jeden Schnaps mittrinken würde, der mir ausgegeben wird, könnte ich meine Leber als Rumtopf verkaufen. Nein zu sagen ist nicht immer leicht, aber inzwischen wissen meine Gäste, dass sie mir mit einem Schnaps keine Freude machen können, und versuchen erst gar nicht, mir einen auszugeben.

Aber heute feiern wir Silvester – und keine Regel ohne Ausnahme.

An meinen roten Wangen merke ich aber, warum ich das mit dem Alkoholgenuss sonst lasse.

»Ach, Lissie, mach dich mal locker!«, schelte ich mich selbst. Die Mädels im Service haben ihre Stationen im Griff, Peter unterstützt mich wie immer professionell hinter der Theke. Wenn ich heute statt 120 Prozent mal 80 gebe, wird die Welt schon nicht zusammenbrechen.

»Lissie, haste mal 'ne Schüssel mit Wasser für uns?«, fragt mich Frau Kraft, die heute ebenfalls mit ihren Karten-Ladies und deren Männern mitfeiert und sich ihren geliebten Tisch fünf in der Ecke gesichert hat.

»Bleigießen?«, frage ich mit einem süffisanten Grinsen.

»Ei, Kind, man muss doch wissen, was des neue Jahr so bringt.«

Ja, das würde ich wohl auch gern wissen, aber ob ein Klumpen Blei mir das an Silvester verraten kann, daran hab ich doch so meine Zweifel.

Ich hole eine wassergefüllte Schüssel aus der Küche und nehme noch ein paar Teelichter mit – dann schmilzt das Zeug wenigstens richtig.

Wie ein Haufen lustiger Kinder kippen die Herren und Damen, die sich alle im gesetzten Alter befinden, das heiße Blei zischend ins kalte Wasser. Um danach – unter lautem Gekicher – augenscheinlich einen immer gleich aussehenden Klumpen herauszuholen, der aber selbstverständlich immer anders gedeutet wird. Und zwar so lange, bis es passt.

»Lissie! Jetzt bist du dran!«, ruft Frau Kraft und winkt mich heran. Na gut. Gönne ich ihnen ihren Spaß.

Egon sitzt wie immer kleinlaut in der Ecke, als Frau Kraft schwungvoll das heiße Blei ins Wasser gießt und es mit erhitzten Wangen wieder herausfischt. Und es ist: Ein Klumpen.

Leider habe ich »Klumpen« noch nie unter den

Deutungsmöglichkeiten gefunden, die auf der Verpackung abgedruckt sind. Was soll »Klumpen« auch bedeuten? Mach mal wieder das Katzenklo sauber? Streng dich bei der nächsten Mehlschwitze mehr an? Iss mal wieder ein paar Hähnchen-Nuggets?

Frau Kraft dreht und windet den Klumpen in ihrer Hand, legt die Stirn in Falten und sagt dann bestimmt: »Ich finde, es sieht aus wie ein Lippenstift!«

Frau Lehmann dreht die Verpackung um und liest vor: »Lippenstift: Sinnliche Stunden!«

»Ooohhhh! Aaaaahhhhhh! Sieh an! Sieh an! Was hast du denn heute noch vor?«, kommentiert die Runde belustigt das Ergebnis. Ich werde rot. Frau Kraft hat sicher schon vorher die Erklärungen gelesen!

»Ach, papperlapapp«, sage ich, nehme Frau Kraft die Bleifigur aus den Händen und drehe sie hin und her. Dann sage ich triumphierend: »Ich finde, es sieht aus wie ein Leuchtturm! Wenn das nicht ein schönes Vorzeichen für meinen Kreuzfahrt-Urlaub ist!«

Frau Lehmann schaut auf die Erklärungstabelle und liest vor:

»Leuchtturm: Du landest im Ehehafen!«

Das Rot in meinem Gesicht steigert sich direkt mal um drei Stufen. Ich schüttle den Kopf.

»So ein Quatsch!«

Die Runde grinst, lacht und spekuliert bereits, wen ich heiraten könnte.

»Ich finde, es sieht aus wie 'ne Kanone«, nuschelt Egon schon etwas angetrunken aus seiner

Ecke.

Frau Lehmann deklamiert erneut: »Kanone: Amor schießt auf dich!«

Frau Kraft lacht ihr lautestes Lachen. Obwohl sie neuerdings ein Hörgerät trägt, ist alles, was aus ihrem Mund kommt, trotzdem nicht leiser geworden. Sie wackelt mit ihrem Zeigefinger und flötet: »Lissie, du kannst es drehen und wenden, wie du willst! Im nächsten Jahr kommt die Liebe!«

Ich schüttle den Kopf und verziehe mich wieder hinter die Theke. Dabei denke ich kurz darüber nach, was mir von den bleiernen Weissagungen am liebsten wäre: Ein paar heiße Stunden, mich zu verlieben, oder vielleicht sogar direkt zu heiraten? Egal was: Das hebe ich mir fürs neue Jahr auf.

***